Coleção policial

Álvaro Cardoso Gomes
As joias da coroa

John Buchan
Os trinta e nove degraus

Sarah Caudwell
Assim mataram Adônis

Sarah Caudwell
Assim mataram Adônis

Tradução de
Renato Rezende

TORDSILHAS

Copyright © 1981 by Sarah Caudwell

Todos os direitos reservados. Nenhuma parte desta edição pode ser utilizada ou reproduzida – em qualquer meio ou forma, seja mecânico ou eletrônico –, nem apropriada ou estocada em sistema de banco de dados, sem a expressa autorização da editora.

O texto deste livro foi fixado conforme o acordo ortográfico vigente no Brasil desde 1º de janeiro de 2009.

TÍTULO ORIGINAL *Thus was Adonis murdered*
EDIÇÃO UTILIZADA NESTA TRADUÇÃO Sarah Caudwell, *Thus was Adonis murdered*, New York, Dell Book, 1994
REVISÃO Beatriz de Freitas Moreira, Otacílio Nunes, Bia Nunes de Sousa
CAPA E PROJETO GRÁFICO Kiko Farkas e Thiago Lacaz/Máquina Estúdio

1ª edição, 2011

Dados Internacionais de Catalogação na Publicação (CIP)
(Câmara Brasileira do Livro, SP, Brasil)

    Caudwell, Sarah
        Assim mataram Adônis / Sarah Caudwell ; tradução de Renato Rezende. -- São Paulo : Tordesilhas, 2011. -- (Coleção policial)

    Título original: Thus was Adonis murdered.

    ISBN 978-85-64406-11-7

    1. Ficção inglesa I. Título. II. Série.

11-05438   CDD-823

Índice para catálogo sistemático:
1. Ficção : Literatura inglesa   823

2011
Tordesilhas é um selo da Alaúde Editorial Ltda.
Rua Hildebrando Thomaz de Carvalho, 60
04012-120 – São Paulo – SP
www.tordesilhaslivros.com.br

Sumário

Assim mataram Adônis 7

Sobre a autora e o tradutor 285

Assim mataram Adônis

Capítulo 1

A Erudição não pede, graças a Deus, nenhuma recompensa exceto a Verdade. Não é pela recompensa material que ela (a Erudição) busca-a (a Verdade) em meio ao emaranhado da Ignorância, iluminando a Obscuridade com a tocha brilhante da Razão e retirando os espinhos tortuosos do Erro com a lâmina afiada do Intelecto. Não é também em busca de glória pública nem do aplauso da multidão: o erudito é indiferente aos aplausos vulgares. Não é nem mesmo na esperança de que aqueles poucos amigos íntimos que observaram em primeira mão o trabalho da busca venham a marcar com uma ou duas palavras de congratulação inteligente sua conquista final. E isso é muito bom, porque eles não agem assim.

Se os eventos em que Julia Larwood envolveu-se em setembro passado não tivessem sido sujeitados ao exame minucioso do erudito treinado — ou seja, ao meu próprio —, bem, eu não diria que fosse certo que Julia estaria ainda agora definhando em uma prisão veneziana. Como o crime teria sido considerado passional, grande indulgência poderia ter sido demonstrada; o governo italiano poderia ter declarado uma anistia; o Departamento das Relações Exteriores poderia ter feito algo. É bastante possível. Eu diria, contudo, que foi apenas em resultado de minha própria investigação que a inocência de Julia foi estabelecida conclusivamente e que ela retornou à Inglaterra sem nenhuma mancha em seu caráter.

Como um exemplo do que pode ser alcançado por meio dos métodos da Erudição, o caso não parece indigno de ser registrado por escrito. E você pode pensar, caro leitor, que aqueles que tiveram a oportunidade — a modéstia me proibiria de dizê-lo, se outros não o tivessem feito — e o privilégio de observar por si mesmos o processo de meu raciocínio teriam competido ansiosos para realizar essa tarefa. Quão pouco se sabe, quando paramos para pensar, sobre os advogados que participam da Associação dos Advogados. Timothy Shepherd — inspirado adicionalmente pela reverência que deveria sentir por sua antiga mestra, isto é, eu mesma —, Timothy, poder-se-ia imaginar, teria ficado encantado com essa oportunidade. Mas não; Timothy tem um caso sobre a Lei Empresarial que será apresentado diante da Câmara dos Lordes; ele está semanas atrasado em seu trabalho e não pode fazer isso. Selena Jardine, que tanto gosta de Julia e teria ficado desolada com seu prolongado encarceramento — não, Selena está envolvida no planejamento de uma investigação em nome de alguns opositores de um esquema de ampliação de estradas; está meses atrasada em seu trabalho e não tem como fazê-lo. Michael Cantrip e Desmond Ragwort são da mesma Câmara — Cantrip está trabalhando em nome de uma senhora que afirma, por um costume imemorial, ter direito a pendurar suas roupas no jardim de seu vizinho; o vizinho contratou Ragwort para se opor à ação; eles esperam confiantes que a questão ocupe sua atenção pela maior parte do período e a atenção de um juiz do Superior Tribunal de Justiça por, ao menos, uma quinzena: não, claramente eles não podem fazê-lo.

Sou obrigada, portanto, com alguma relutância, a assumir a tarefa. Isso significa que meu próprio trabalho deve ser deixado de lado: deve ser adiado para um futuro ainda mais distante o dia que verá a publicação de *Causa nos primórdios do Common Law*, de Hilary Tamar*, e o aparecimento nos periódicos eruditos de frases como "a exposição magistral da professora Tamar", "a revolucionária análise da professora Tamar" e assim por diante. Entretanto, faço o sacrifício de boa vontade — se hesito, é apenas por medo de que alguns de meus leitores suspeitem de que meu motivo para publicação seja apenas autopromoção. O perigo de incorrer em uma opinião tão desprezível quase me detêve; mas não posso permitir que a simples sensibilidade pessoal prive o público de uma crônica possivelmente útil e instrutiva. Devo registrar o que aconteceu, conforme aconteceu: e se, na causa da Verdade, eu for incapaz de minimizar minha própria realização, espero que os espíritos mais sábios — refiro-me especialmente, caro leitor, a você — não pensem o pior de mim.

Eu havia decidido passar o mês de setembro em Londres — meu trabalho sobre o conceito da *causa* exigia que eu estudasse diversos documentos originais no Tabelionato Público de Registros. E Oxford em setembro não é nada divertido.

A princípio, fiquei em dúvida sobre onde deveria me hospedar. Por uma ou duas noites ocasionais, com certeza eu

---

* A personagem Hilary Tamar é apresentada sem definição de gênero. Pelo texto original, não há meio de definir se se trata de um homem ou de uma mulher. Devido a particularidades linguísticas do português, manter tal ambiguidade mostrou-se impossível sem adulterar radicalmente as opções estilistica da autora. No intuito de preservá-las, optou-se por considerar Hilary Tamar uma mulher. (N. E.)

seria bem-vinda no apartamento de Timothy em Middle Temple Lane. Eu temia, contudo, que minha presença por um mês inteiro pudesse constituir um abuso excessivo da hospitalidade dele. A sorte veio em meu auxílio: um ex-colega meu, atualmente proprietário de uma casa e de dois gatos em Islington, havia tomado providências para passar o mês nos Estados Unidos e percebera, depois de tudo confirmado, a dificuldade de levar os gatos consigo para aquele país — ele me escreveu em termos comoventes, implorando-me que ficasse em sua casa e cuidasse deles. Feliz por ajudar um colega erudito, consenti.

Em meu primeiro dia em Londres, comecei bem cedo. Chegando ao Tabelionato Público de Registros não muito depois das 10 horas, logo obtive os documentos necessários à minha pesquisa e me acomodei em meu lugar. Eu fiquei, à maneira dos estudiosos, tão profundamente concentrada que perdi toda a consciência do que me rodeava ou da passagem do tempo. Quando, finalmente, dei acordo de mim, eram quase 11 horas e eu estava exausta: sabia que não seria prudente continuar sem espairecer.

Se, às 11 horas de um dia útil, você sair do Tabelionato Público de Registros, virar à direita na Chancery Lane e continuar além de Silver Vaults até a cafeteria mais próxima, geralmente encontrará lá reunidos (caso as obrigações profissionais e seus Escriturários permitam) os membros juniores do número 62 da New Square. Eles formam um grupinho decorativo — apenas um gosto bem difícil poderia não se agradar de nenhum deles. Entre Ragwort e Cantrip existem alguns pontos de semelhança: eles são da mesma idade; têm altura similar; ambos são magros e muito pálidos. No entanto, para aqueles cujo prazer se encontra na conquista da virtude é que o perfil delicado e o sério colorido outonal de Ragwort têm um charme especial.

Cantrip, em marcante contraste, tem olhos e cabelos tão negros quanto os de uma feiticeira, mais agradáveis àqueles que preferem um toque de iniquidade. Selena — não consigo pensar em nenhuma característica especialmente marcante pela qual se possa distinguir Selena de qualquer outra bela mulher de vinte e poucos anos, de altura média e compleição arredondada, com os cabelos em um inconstante tom de loiro; quer dizer, até que ela fale: pois sua voz é inconfundível, suave e persuasiva, e provoca a inveja dos advogados rivais. Mas até então — bem, se você puder imaginar um gato persa que tenha acabado de concluir uma reinquirição bem-sucedida, isso lhe dará alguma ideia dela. Timothy, meu ex-aluno, sendo por cerca de dois ou três anos o membro da Associação mais experiente em plantão, é detido com frequência pelas necessidades de sua profissão e estava ausente na manhã sobre a qual escrevo — assim, não há motivo para que eu o descreva.

Eles estavam debatendo uma daquelas questões diversas que interessam às mentes dos advogados membros da Associação dos Advogados — quando convocar por mandado em vez de por moção, o que fazer a respeito da Irlanda ou de quem é a vez de pagar o café.

"Completamente escandaloso", estava dizendo Ragwort enquanto eu entrava na cafeteria. O objeto de sua desaprovação poderia ter sido quase qualquer coisa, pois Ragwort tinha princípios muito elevados. Nessa ocasião, a reprovação era o preço do café. Mas ele é um jovem de maneiras muito educadas e, ao me ver, pediu mais uma xícara, quase que sem hesitação.

Eu temera, em meio ao longo recesso, encontrar o Lincoln's Inn vazio. Expressei minha surpresa e meu prazer por encontrá-los.

— Minha querida Hilary — disse Selena —, você certamente sabe agora que, no período ironicamente chamado de longo recesso, Henry nos permite um afastamento da Câmara por não mais de uma quinzena. Cantrip e eu já desfrutamos de nossas quinzenas; Ragwort está deixando a dele para o final do mês.

Henry é o Escriturário do número 62 da New Square. Pelas referências que, de tempos em tempos, serão feitas a ele, alguns de meus leitores, pouco familiarizados com o sistema, podem deduzir que Selena e os demais sejam empregados por Henry sob um contrato mais ou menos equivalente a uma servidão pessoal. Devo explicar que não é este o caso: eles empregam Henry. A função de Henry, em troca de 10% dos ganhos deles, é lidar em nome deles com o mundo externo: administrar, gerenciar e negociar; exaltar seus méritos, encobrir suas falhas, justificar seus honorários e disfarçar seus atrasos; lisonjear aqueles clientes cujo atendimento seja mais lucrativo; escrever de modo acusativo àqueles que atrasem o pagamento por mais de cerca de dois anos; prometer com igual convicção na mesma manhã que cada um dos seis casos diferentes será o primeiro a receber atenção. Com mundo externo, eu me refiro, é claro, aos advogados que atuam como conselheiros legais: nada seria mais impróprio para um membro da Associação dos Advogados da Inglaterra do que tratar, sem a intervenção de um conselheiro legal, com um membro do público geral.

Perguntei se a ausência de Timothy podia ser, ao menos, atribuída a um prazer. Selena e Ragwort acenaram que não.

— Foi arrebatado — disse Cantrip.

— Arrebatado? — repeti, um pouco perplexa com a palavra. Cantrip é de Cambridge e nem sempre é fácil entender o que ele diz. — Arrebatado? Por quem, Cantrip? Ou, para adotar o modo de falar de Cambridge, quem por?

— Henry, é claro — disse Cantrip. — Ele viu Tim tentando escapar e enviou os guardas para impedi-lo. Fez com que fosse arrastado de volta à masmorra.

— Cantrip quer dizer — disse Selena — que, enquanto saíamos para vir tomar café, Henry enviou uma mensagem pela datilógrafa temporária dizendo que a presença de Timothy era necessária na Câmara. Parece que uma empresa bastante importante de conselheiros legais, de Londres, precisa do parecer de um advogado que seja membro da Associação dos Advogados em um assunto de alguma urgência.

— Isso mesmo — disse Cantrip. — Então, enquanto estamos tomando café, o pobre Tim está ouvindo os loucos desvarios do sócio sênior da "Isso, Aquilo & MaisAlgumaCoisa".

— Assim, você vê, Hilary — disse Selena —, ninguém está em férias. Exceto Julia, é claro. Ela deve estar em Veneza neste momento.

— Julia? — disse eu, muitíssimo surpresa. — Vocês não deixaram que Julia fosse sozinha a Veneza, deixaram?

— Por acaso — perguntou Selena — sou a guardiã de Julia?

— Sim — disse eu, um tanto severamente, pois a atitude dela me parecia irresponsável. Ela gosta, bem sei, de fingir que Julia é uma mulher adulta normal, que pode ser mandada em segurança até a esquina para comprar pão; mas é claro que isso é absurdo. A incapacidade da pobre Julia para entender o que está acontecendo, ou por quê, no mundo que a rodeia, sua incompetência para aprender até mesmo as habilidades práticas mais simples necessárias para a sobrevivência devem ter evidenciado, já na infância, que ela nunca seria capaz de lidar, sem ajuda, com as responsabilidades plenas da vida adulta. Ela deve ter sido, sem dúvida, uma criança dócil e de boa natureza, com certa facilidade para verbos latinos e testes de inteligência — mas de que serve isso para alguém? Em busca de um refúgio apropriado, no qual suas inadequações passariam despercebidas, seus parentes, com muita sensatez, mandaram-na para o Lincoln's Inn. Ela é agora um membro do pequeno conjunto de escritórios da Câmara Fiscal no número 63 da New Square. Lá ela fica o dia inteiro, aconselhando bem feliz sobre a construção das Leis Financeiras, sem prejudicar ninguém. Mas deixá-la ir a Veneza... Eu a imaginei, vagando sozinha por aquelas ruelas tortuosas, parecendo — como, de fato, ocorre em seus melhores momentos — uma das heroínas mais desalinhadas da tragédia grega; e não pude conter uma repreensão.

— Além disso — acrescentei —, de nada lhe serve dar a entender, Selena, que sua parte nessa aventura foi somente negativa. Se você me disser que Julia poderia ter conseguido comprar uma passagem, encontrar o passaporte, fazer a mala e pegar um avião, tudo isso sem ajuda de algum adulto responsável, serei obrigada a não acreditar em você.

Selena admitiu ter fornecido esse auxílio. Ela acompanhou Julia a uma agência de viagens e falou, em nome dela, sobre a necessidade de férias em Veneza serem providenciadas com cinco dias de antecedência. (Não perguntei por que Julia não tinha tomado providências antes — planejar com cinco dias de antecedência é uma realização admirável para ela.) Os agentes de viagem encontraram um lugar vago em uma excursão temática denominada "Amantes da Arte". Quando perguntaram de que modo isso diferia de outras excursões, explicaram a elas que incluía turnês guiadas a diversos locais de interesse histórico e artístico: turnês adicionais estavam disponíveis de modo opcional.

— Isso causou — disse Selena — uma grande impressão em Julia. Se algumas das turnês são opcionais, as demais, raciocinou ela, devem ser obrigatórias. Na maior parte do tempo, portanto, ela não estará entregue a si mesma, mas viajando em Vêneto em um grupo de respeitáveis "Amantes da Arte" sob a supervisão de um guia qualificado. Assim, você vê, Hilary, que todo esse alarme e desalento são bastante injustificados.

— Naturalmente, você prefere — disse eu — ver o lado bom. Porém, até onde eu saiba, as qualificações para um guia não são as mesmas de uma enfermeira ou de um cuidador de pessoas mentalmente enfermas. O pobre guia vai desviar o olhar por um momento e ela vai se perder. E então?

— Ela vai perguntar o caminho de volta ao hotel.

— Ela terá esquecido o nome do hotel.

— Nós a fizemos escrevê-lo em um pedaço de papel.

— Ela vai perder o pedaço de papel e estará sozinha em uma cidade estranha. Ela não vai saber onde está ou o que deveria fazer.

— A mesma coisa — disse Selena — acontece em Londres ao menos duas vezes por mês.

Havia alguma verdade nisso. Em sua cidade natal, Julia ainda é incapaz de achar o caminho de Holborn a Covent Garden com confiança. Mesmo assim...

— Julia — disse Ragwort com firmeza — não vai se perder em Veneza. Eu lhe emprestei meus guias de Veneza e das cidades do Vêneto que ela provavelmente vai visitar. Nem sempre consegui a edição em inglês, então um ou dois deles estão em italiano. Ainda assim, não acho que isso importa; o principal é que todos eles contêm mapas. Mapas claros e muito simples. Julia conseguirá ver de imediato onde está, onde deveria estar e como ir de um lugar ao outro.

Isso foi de uma gentileza além da mera cortesia. Tendo visitado Veneza na primavera anterior, Ragwort havia se apegado apaixonadamente à cidade e a tudo que fosse ligado a ela — os guias lhe eram tão caros como as últimas lembranças de um caso de amor. Entregá-los a Julia, especialmente quando se sabe da tendência que ela tem de derrubar coisas...

— Eu lhe disse — comentou Ragwort — que ela devia tomar muito cuidado com eles e não lê-los quando estivesse bebendo gim. Ou café. Ou comendo pizza com a mão. E encapei os guias com papel pardo para protegê-los por fora. Então, tudo realmente deve dar certo.

— É claro que tudo vai dar certo — disse Selena. — E não importa que alguns deles estejam em italiano. Julia fala italiano muito bem.

Essa opinião de Selena é errônea, mas incorrigível. A própria Selena recusa-se a aprender qualquer idioma estrangeiro. Julia, por outro lado, abre seu caminho ao longo das praias do Mediterrâneo na crença feliz de que todos ainda falam alguma versão do latim, com o final dos substantivos pouco claro e um sotaque levemente agitado; com isso ela consegue uma fluência suficiente para ser considerada por Selena, quando ambas viajam juntas, como alguém que fala o idioma.

Eu formulei outra questão que estava me intrigando.

— Tudo isso parece — disse eu — muito caro. Como Julia pode pagar a viagem? Eu achava que o Imposto de Renda a havia reduzido à pobreza.

O infeliz relacionamento de Julia com o Departamento da Receita Federal devia-se à sua omissão, durante quatro anos de prática com um sucesso modesto como advogada, de pagar qualquer imposto sobre sua renda. A verdade é, creio, que ela não acreditava realmente, no fundo do coração, no imposto de renda. Esse era um assunto que ela havia estudado para os exames e sobre o qual havia aconselhado inúmeros clientes; ela naturalmente não supunha, nessas circunstâncias, que ele tivesse algo a ver com a vida real.

Chegou o dia em que a Receita descobriu a existência dela e a lembrou da existência deles. Inicialmente, eles não tinham lhe pedido dinheiro: primeiro insistiram, irracional mas implacavelmente, que ela entregasse as declarações. Eles haviam mostrado com isso que não eram motivados por um desejo justo e legal de encher os cofres públicos para benefício público: seu verdadeiro objetivo era fazer Julia passar todas as noites, por vários meses, copiando as entradas dos últimos quatro anos do Livro-Caixa de seu Escriturário em uma velha máquina de escrever que não funcionava bem. Eu mesma não estou totalmente certa de que a idade e o mau funcionamento da máquina de escrever fossem uma característica essencial dos planos da Receita. Mas Julia estava: cada vez que a máquina emperrava, a amargura de Julia aumentava. Ao receber o resultado de tanto trabalho, a Receita não pronunciou uma palavra de gratidão ou de elogio. Eles exigiram uma grande soma de dinheiro. Mais do que ela tinha. Mais, segundo ela — embora eu creia que ela não pode estar certa a esse respeito —, do que ela jamais teve. Mais do que ela poderia ter esperança de possuir.

Nesse ponto, ela pediu ajuda a seu Escriturário. O Escriturário de Julia chama-se William; é mais velho que Henry e, talvez, mais indulgente. Foram necessárias apenas duas horas de súplicas e bajulações, entremeadas com promessas de esforço perpétuo, para garantir a ajuda dele. Ele enviou notas de cobrança, em regime de urgência, solicitando pagamento imediato dos conselheiros legais que haviam contraído dívidas com Julia pelos serviços dela.

Os esforços dele resultaram em uma soma suficiente para pagar à Receita, mas deixaram Julia sem nada com que se sustentar. Ou, de qualquer modo, apenas como o mínimo para arcar com as necessidades básicas da vida. Eu não via como ela poderia dar-se ao luxo de uma viagem a Veneza.

— Os infelizes eventos a que você se refere — disse Selena — ocorreram há alguns meses. Isto é, no ano fiscal que terminou em 5 de abril. Por volta dessa data, a Receita escreveu a Julia, lembrando-a de que ela deveria entregar a declaração do ano fiscal que findara.

— E Julia ficou bastante ofendida — disse Cantrip. — Porque, em sua opinião, ela fizera sua parte no que dizia respeito às declarações.

— Mas ela se consolou — disse Selena — com o pensamento de que era apenas a declaração de um ano e não poderia ser tão ruim quanto da última vez. Então, ela voltou à máquina de escrever e, em menos de três meses, preparou sua declaração do ano anterior.

— Mas como — comentou Ragwort — sua renda do ano anterior incluía a soma substancial levantada por William para pagar sua dívida anterior com a Receita...

— Ela agora deve a eles ainda mais do que devia no ano passado. E ela ficou muito desalentada em relação a isso, porque lhe parece que todo esforço que faz para reduzir sua dívida servirá, de fato, apenas para aumentá-la. E é difícil encontrar qualquer falha em seu raciocínio. — Selena olhou tristemente para sua xícara de café.

— Ainda não está claro para mim — disse eu — por que ela agora se sente em condições de pagar pelas férias.

— É verdade — disse Selena — que, se ela tirar férias, não poderá pagar à Receita. Mas, se ela não tirar férias, ainda assim não poderá pagar à Receita. Concluindo que é um caso de seis ou meia dúzia, ela decidiu ir a Veneza. Acho que isso é muito sensato. Ela voltará a Londres espiritualmente renovada e mais capaz de lidar com a vida.

— Espiritualmente? — perguntou Ragwort. — Minha querida Selena, todos nós sabemos exatamente o que Julia espera encontrar em Veneza e, sinto dizer, não há nada de espiritual nisso. — A bela boca de Ragwort fechou-se em uma linha reta severa, como se se recusasse a proferir impropriedades mais explícitas.

— Em busca de um pouco do seu contrário — disse Cantrip. Essa é uma expressão de Cambridge que significa, conforme a entendo, a procura pela satisfação erótica.

— Julia trabalhou muito durante todo o verão — disse Selena — e teve poucas oportunidades para o prazer. Ninguém, espero, iria negar-lhe um pouco de diversão inocente. Meu único medo é que ela possa ser impulsiva demais. Eu tive de lembrar-lhe que os jovens gostam de pensar que estamos interessadas neles como pessoas; se formos claras cedo demais quanto à verdadeira natureza de nossos interesses, eles tendem a ficar ofendidos e cheios de não me toques. Mas devemos esperar que alguém chame a sua atenção no primeiro ou no segundo dia, ou ela poderá achar que não tem tempo para uma abordagem sutil.

— Quanto tempo ela tem? — perguntei.

— Dez dias. Mas, na verdade, apenas oito, porque dois são passados viajando. Ela voltará a Londres no sábado da próxima semana.

Depois de um momento de reflexão, Selena achou prudente qualificar sua última afirmação com as palavras *Deo volente*. A frase tinha a intenção, sem dúvida, de considerar a possibilidade de uma catástrofe menos séria do que Julia ser presa sob a acusação de assassinato.

Capítulo 2

Apesar de sua alardeada confiança de que Julia voltaria sem nenhum dano, a conversa de Selena demonstrou, nos dias que se seguiram, uma familiaridade incomumente ansiosa com as colunas do *The Times* que traziam notícias da Itália. Sua conversa estava repentinamente repleta de referências casuais à agitação estudantil em Bolonha; aos problemas dos produtores de pêssego da Toscana; e às inovações doutrinárias do Vaticano e do Partido Comunista Italiano. Felizmente, parecia que nem crimes nem acidentes, nem comoção civil nem catástrofe natural haviam ocorrido a nenhuma pessoa que correspondesse à descrição de Julia.

Além dessa ausência de informações preocupantes, ela esperava cartas. Ela havia gravado na mente de Julia o dever de escrever diariamente, para edificação moral e diversão dos que ela deixara em Lincoln's Inn.

— Você deixou claro, espero — disse Ragwort —, que as cartas devem ser adequadas para serem lidas em companhia mista e que as atividades descritas devem exprimir um decoro inquestionável, não?

— Não exatamente — disse Selena. — Eu disse que esperávamos uma série divertida de tentativas de sedução. Eu lhe disse, porém, que não insistiríamos em seu sucesso constante. Pelo contrário, eu disse que poderíamos considerar isso pouco artístico.

Ragwort suspirou.

Eu pensei que Selena era otimista por esperar que as cartas enviadas de Veneza chegassem a Londres antes da própria Julia, mas, no período sobre o qual escrevo, fomos afortunados por contar com a eficiência dos serviços postais. A primeira das cartas de Julia chegou na terça-feira e Selena, que é a única capaz de decifrar sua caligrafia, leu-a para nós enquanto tomávamos café.

Aeroporto de Heathrow
Quinta-feira à tarde

Querida Selena,
"Doze adultérios, nove relações perigosas, sessenta e quatro fornicações e algo que se aproxima de um estupro" me são exigidos para sua inocente diversão. Bem, vocês terão de ser pacientes — o aeroplano não foi projetado para acomodar tais aventuras. Estou começando, porém, e pretendo assim continuar, conforme suas próprias instruções, a realizar um relato exato de tudo o que ocorrer.

Acabo de perceber que me manter literalmente fiel a essa resolução pode ter um efeito ligeiramente inibidor sobre os adultérios, relações perigosas etc. Em determinadas circunstâncias, portanto, devo esperar certa indulgência no que diz respeito à prontidão precisa, e sei que, por ser você a mais razoável das mulheres, sem dúvida posso contar com ela.

Faz cerca de uma hora e meia que você me deixou no aeroporto. Desde que você se foi, as coisas não têm ido bem para mim: eles me levaram de um lugar onde havia gim para um lugar onde não existe gim, e de um lugar onde eu podia fumar para um lugar em que não posso fumar. Ou seja, da sala de embarque para o avião. Eles também levaram meu passaporte.

— Eles não podem fazer isso com Julia — disse Selena. — Ela é uma súdita britânica.

E não adianta você dizer, Selena, que eu sou uma súdita britânica e que eles não podem fazer isso comigo. Eles fizeram. Tudo começou com uma diferença de opinião a respeito de minha mala; eu pensei que ela seria considerada bagagem de mão e poderia ficar comigo; a aeromoça, no último momento, decidiu que não era assim. Submetendo-me à opinião especializada, eu a entreguei e a aeromoça lançou-a por um tipo de tubo inclinado. Somente quando ela deslizou, com um impulso irreversível, para as entranhas da aeronave, é que me lembrei de que meu passaporte estava no bolso lateral. Não devo ver meu passaporte novamente até pegar minha bagagem, o que acontecerá, se minha memória dos procedimentos aeroportuários não me enganar, do outro lado do posto de controle de passaportes. Criou-se um impasse.

Tarde demais, tarde demais, Selena, lembrei-me de seu excelente conselho para que eu mantivesse meu passaporte o tempo todo em minha bolsa junto com outros documentos essenciais, como minha passagem, meus cheques de viagem, meu dicionário de italiano, o guia de Veneza de Ragwort e minha cópia da Lei Financeira deste ano. Você acha que algum deles poderá ser aceito como prova de minha identidade? Ou estou fadada a vagar para sempre entre Veneza e Londres, com desvios ocasionais, devidos a erros administrativos, para Ancara e Bancoc?

— Eu gostaria — disse eu — de não precisar dizer que eu avisei.

— O carimbo postal é de Veneza — disse Selena. — Podemos inferir que a Lei Financeira foi aceita em lugar do passaporte.

E essa, posso dizer, é a perspectiva otimista, supondo que realmente cheguemos a Veneza. A visão pessimista é que o avião será sequestrado. Perto de mim há um homem de cerca de cinquenta anos, com aparência vagamente militar, que parece um tipo capaz de tal ato: seu bronzeado é intenso demais para ter sido obtido na Inglaterra; seu bigode branco parece o de um pirata; seus olhos azuis têm um brilho fanático. E, ainda por cima, ele está usando bermudas que expõem suas pernas cabeludas e preênseis como as de uma aranha. Um homem que exibe pernas como as que descrevi, em tal indumentária, como mencionei, em um aeroplano cheio de passageiros — alguns muito jovens, outros talvez de temperamento nervoso —, esse homem, como você certamente vai concordar, Selena, é capaz de qualquer depravação. A bagagem de mão dele tem uma etiqueta de identificação similar às que me foram dadas pela agência de viagens, afirmando que ele é, como eu, um "Amante da Arte". Mas não se pode ser um "Amante da Arte" sem um mínimo de sensibilidade estética. Ele não demonstra esse mínimo, *vide supra*. Concluo, portanto, que ele é um impostor.

— Não consegue suportar aranhas, pobre garota — disse Cantrip. — Eu já lhes contei?
— Sim — disse Selena. — Todos nós já ouvimos o episódio da aranha, Cantrip, e não queremos ouvi-lo de novo. É uma história revoltante.
— Eu pensava que era bastante inteligente — disse Cantrip.

— Creio — disse Ragwort — que Julia não concorda.
— Não — disse Cantrip, com ar tristonho. — Não, ela realmente não concorda.

Não será necessário, espero, em nenhum estágio de minha narrativa, perturbar meus leitores com um relato do episódio da aranha. Direi apenas que qualquer relacionamento de natureza erótica entre Julia e Cantrip que possa vir a ser mencionado aqui quase que certamente pode ser presumido como anterior ao incidente. Embora, com toda a justiça, pareça-me que uma mulher que se recolha para passar a noite com Cantrip no dia 31 de março de qualquer ano, esquecendo-se de que no dia seguinte — bem, como eu disse, proponho que ponhamos uma pedra sobre esse assunto.

Pensando bem, Selena, quando se trata de procurar possíveis sequestradores, não estou de modo algum tranquila com a matrona empertigada do outro lado do corredor. Suspeito de seu penteado: será que qualquer cabelo que tenha crescido naturalmente poderia ser moldado com uma simetria tão férrea? E como poderia qualquer mulher que se assemelhasse tanto à falecida Rainha Boadicea deixar de nutrir alguma aspiração militar?

Observo, com alguma apreensão, que ela também está identificada como uma "Amante da Arte". Talvez haja uma conspiração. Para apoiar alguma causa desesperada, um bando de extremistas implacáveis disfarçaram-se como apreciadores de história e de arte. Devo olhar cuidadosamente ao meu redor para descobrir se há mais algum deles.

Há outra etiqueta "Amante da Arte" algumas fileiras atrás de mim, do outro lado do corredor, presa à bolsa a tiracolo de uma moça muito bonita. O cabelo dela tem aquele tom que você usou na primavera — "Luar da Colheita", acho que era esse o nome escolhido pelo fabricante. Ela tem aquela palidez etérea que associamos ao idealismo; muitos sequestros são cometidos por idealistas.

Há um jovem sentado ao lado dela. Embora não conversem muito, ambos parecem estar viajando juntos. Se assim for, ele presumivelmente é um "Amante da Arte" também. Seu rosto tem o formato denominado trapezoide em geometria: retilíneo, mas não retangular, mais amplo no maxilar que na testa. Seu corpo tem a mesma forma geométrica, mas ao contrário: mais amplo nos ombros que nos quadris. Ainda assim, ele tem uma aparência ordeira e cuidada e poderia ser muito agradável de olhar; mas tem uma expressão desconfiada e irritada, como se estivesse em guarda constante contra as outras pessoas.

Ele pergunta à aeromoça quanto tempo mais teremos de esperar; seus modos indicam que ele espera uma resposta enganosa; seu sotaque revela que ele é americano. O número de sequestros cometidos por americanos também é muito alto.

Os outros únicos "Amantes da Arte" que consigo identificar são dois jovens sentados algumas fileiras à minha frente. Eu não os teria notado, mas um acabou de levantar-se e ficar no corredor para permitir que o outro ajeite a bagagem de mão no bagageiro. (Não se deve colocar a bagagem no bagageiro. Eles foram censurados pela aeromoça.)

O que pôs a bagagem (e retirou-a de novo, depois da censura) tem um bom corpo para a tarefa, com o físico de um touro, mais musculoso que o comum — assemelhando-se ao jogador de rugby que se apaixonou por você em Oxford, aquele que parecia confiável e que sempre estava ameaçando cometer suicídio. O rosto dele, que brevemente voltou-se em minha direção, tem uma aparência pesada e sobrancelhas que quase se juntam. Não é realmente o meu tipo.

Mas o outro — o que se levantou para permitir que a bagagem fosse acomodada — parece ser bem mais atraente. O cabelo dele é ainda mais claro que o da moça loira. E ele é magro, muito magro. Está usando uma bela camisa de mangas amplas, daquele tecido de algodão que Ragwort às vezes gosta — acho que se chama morim. Ele adotou uma postura muito graciosa e atraente, inclinando-se para trás contra o alto da poltrona, com pressão apenas suficiente para enfatizar a bela curva de seu quadril. Mas não consegui ainda ver o rosto dele.

— Que pena — disse Ragwort.
— Isso afastou a mente dela do sequestro, de qualquer modo — disse Cantrip.
— As considerações estéticas — disse Selena — prevaleceram sobre a preocupação com a segurança pessoal. Isso é bem dela.
— Estéticas, com toda a certeza — disse Ragwort.

O capitão anunciou que estamos prestes a decolar. Ele nos recomendou que lêssemos o folheto sobre segurança. Fiz o que pude, mas ele tem apenas imagens, sem nada que as explique. Há uma imagem de uma passageira sentada reta, depois uma seta e, depois, uma imagem dela inclinada para a frente com a cabeça entre as mãos. A única coisa exigida de mim em uma emergência é me inclinar para a frente e pôr a cabeça entre as mãos? Se sim, devo ser capaz disso. Posso, porém, não estar captando algum significado mais profundo. O artista pretendia, talvez, representar um ato de contrição — a moça está se preparando para encontrar seu Criador. Essa é uma ideia menos agradável.

Alguns quilômetros acima de Paris.
Mais tarde.

As coisas estão muito melhores. Meus pulmões foram preenchidos com a saudável nicotina. A devida proporção de gim foi introduzida em minha corrente sanguínea. Recebi comida em pequenas bandejas de plástico. Compreendi que os "Amantes da Arte" não vão sequestrar o avião.

A moça loira, é verdade, ainda tem aquela palidez translúcida que associei com idealismo. Contudo, acabou de me ocorrer que é mais provável que se deva a enjoo de viagem.

O homem sentado ao lado dela pode, sem dúvida, ser americano; mas, embora muitos sequestros sejam cometidos por americanos, isso não significa, de modo algum, que muitos americanos cometam sequestros. Devemos evitar a falácia do silogismo.

A matrona empertigada deu vazão ao seu espírito marcial reclamando da comida com a aeromoça. Ela não gostou nem da qualidade nem da quantidade. Sua opinião sobre a primeira iria deixá-la, poder-se-ia pensar, indiferente à última — mas não foi assim: ela declarou que a comida estava horrível e pediu uma segunda porção.

Meu vizinho de pernas de aranha, por outro lado, gosta de tudo. Ele diz que assim é a vida. "Tenho de agradecer aos meus agentes de viagem", disse ele. "Dá para alguém se orgulhar de um pacote como este. Avião bom, comida boa, um copo de tamanho decente para beber, e um tremendo 'avião' ao lado do qual me sentar. Assim é a vida para Bob Linnaker, tudo bem."

Parece que ele estava tentando fazer um elogio.

"Os agentes de viagem", disse eu, com uma expressão, espero, similar à de Ragwort, "não estavam autorizados a me incluir no pacote. Se eles assim o fizeram, o remédio legal está contido na Lei Comercial."

Ao ouvir isso, ele riu sem moderação e disse que eu era inteligente. Temo que minha imitação de Ragwort não seja perfeita e que eu tenha de estudar cuidadosamente, ao retornar a Londres, o modo como ele realiza aquele austero estreitar de pálpebras e a intimidante compressão de lábios.

— Temo — disse Ragwort — que, por mais que pratique, Julia nunca conseguirá a verdadeira aparência de uma propriedade verdadeiramente formidável. Suas formas a impedem disso.

— Acho que Julia tem formas muito agradáveis — disse Cantrip. Certa ternura suavizou seus olhos negros; sem dúvida, ele estava pensando na época anterior ao episódio da aranha.

— Exatamente — disse Ragwort, com o rosto fazendo aquela expressão de frio decoro que teria sido tão útil a Julia. — São o tipo de forma que, para falar com o máximo de delicadeza, dá margem a uma equívoca inferência de sensualidade.

— Nem tão equívoca assim — disse Cantrip, ainda nostálgico.

— Muito enganosa — disse Selena — àqueles mais capazes de aproveitá-las.

Quanto aos dois jovens, não tenho mais nada a dizer, pois nossa posição relativa me impede de observá-los. Eu queria poder ver a face do mais magro. O rosto é, para mim, a essência da atração. Por mais gracioso que seja o corpo, se o rosto não tiver um charme estético, não consigo sentir as fagulhas da paixão. Eu sei que isso é absurdo e que vocês rirão de mim por eu ser uma sentimental. Bem, é assim que eu sou, Selena, não há cura para isso.

— Será que alguém diria — perguntou Ragwort — que Julia é uma sentimental?
— Incurável — disse Selena.

Meu vizinho ainda parece achar que a proximidade é a única condição para a amizade. Ele me chama de querida. Em resposta, eu o chamei friamente de Sr. Linnaker, mas ele nem se abalou. Na verdade, disse ele, não é Sr., mas major, embora ele não se incomode com isso agora que voltou à vida civil. De qualquer modo, para os amigos, ele é apenas Bob. Isso me trouxe um dilema: chamá-lo de Bob seria uma admissão de amizade, chamá-lo de outro modo pareceria pouco educado.

Ele também começou a dar batidinhas leves no meu joelho. Isso está me deixando bem irritada. Eu tento ser tolerante com os prazeres inocentes das outras pessoas, mas, afinal de contas, o joelho é meu. Ainda assim, é bem pouco viável, quando se está sentada ao lado de alguém em um avião, afastar-se de modo imperceptível.

Eu podia tentar ler a Lei Financeira. Isso certamente daria uma impressão de respeitabilidade implacável. Devo, em algum momento, dar alguma atenção à Lei Financeira: prometi a William, se ele me permitisse ir a Veneza, que meu Parecer sobre o Anexo 7 estaria pronto dentro de 48 horas após meu retorno. Entretanto, de algum modo, apesar do interesse do assunto e da elegância do estilo, a Lei Financeira no momento não me atrai.

O único refúgio parece ser o banheiro. Eu não poderia ali permanecer pelo resto da viagem, pois os outros passageiros ficariam aflitos, mas isso me daria um alívio temporário do major. E, no caminho, eu poderia vislumbrar o rosto do jovem magro.

— O próximo parágrafo — disse Selena — é bem difícil de ler. A caligrafia, mesmo pelos padrões de Julia, está incomumente irregular. Ela também parece ter derramado gim sobre a página. Peça mais café, Cantrip.

Ah, Selena, Selena. Eu escrevi "o rosto do jovem magro" como se fosse algo comum e mundano. Como minha caneta escreveu essa frase casualmente antes, sem saber sobre o que escrevia; com que trêmulo ardor escrevo agora. "O rosto do jovem magro" — ah, Selena, que rosto! Um rosto pelo qual Narciso poderia cometer perjúrio e que faria Selene esquecer Endimião. A pele translúcida, as sobrancelhas arqueadas, a boca angelical, o perfil celestial... Não lamente mais, Selena, a monotonia de nossa era e a pobreza de nossa arte; sobre o tempo que criou tal perfil, nem Atenas, nem Roma, nem a Renascença, em toda sua glória, vão triunfar: Praxíteles e Michelangelo ajoelham-se em admiração.

Sinto-me fraca demais com a paixão para continuar. É algo assustador, em um momento como este, não ter o benefício de seu conselho, mas enviarei esta carta imediatamente ao pousar para que você saiba quanto antes da agitação que agora afeta meu espírito. Enquanto isso, continuo a ser

Sua amiga de sempre,
Julia

PS. O exposto acima, nem é preciso dizer, em nada afeta minha devoção ao belo e virtuoso Ragwort, a quem, por favor, transmita minhas respeitosas saudações.

— Acho que Julia ficou bem impressionada com esse rapaz loiro — disse Cantrip, que é famoso por sua percepção do coração feminino. — Ela não fala assim sobre ninguém desde aquele *barman* grego que contrataram em junho no Guido's.

— Se for assim — disse Selena —, acho que ela não menciona Praxíteles desde o ator desempregado de fevereiro.

— Toda a carta — disse Ragwort — é completamente infeliz. Estou muito aliviado de termos chegado ao fim dela.

Eu não atribuiria a nenhum de meus leitores uma sensibilidade menos refinada que a de Ragwort nem, por um motivo frívolo, me arriscaria a ofendê-la. No entanto, julguei apropriado transcrever a carta de Julia *in extenso*, por ela conter descrições de diversos indivíduos que serão mencionados adiante em minha narrativa, inclusive a de sua suposta vítima.

Capítulo 3

Houve certa frieza. Selena disse que não culpava minimamente Timothy, mas acrescentou que deveriam ter sabido como Henry agiria a respeito disso. Ragwort ficaria satisfeito se o Conselho de Advogados não visse objeção — e admitiu alguma surpresa ao saber que eles não haviam sido consultados. Cantrip usou as expressões "trapaceiro" e "queridinho do professor".

Tudo isso porque Timothy estava indo para Veneza e, ao contrário de Julia, à custa de outra pessoa. A ausência dele no café de minha primeira manhã em Londres se devera, como o leitor atento deve se lembrar, a uma solicitação de seu conselho pelo sócio sênior de um importante escritório de conselheiros legais. O sócio sênior — o Sr. Isso ou o Sr. MaisAlgumaCoisa, eu não estou certa de qual — era um dos *trustees* de um fundo discricionário. "Um pequeno e bom fundo", dissera o sócio sênior modestamente; conforme a mais recente avaliação, valia um pouco menos de 1 milhão de libras. O principal beneficiário fora aconselhado a tomar algumas providências para diminuir suas futuras obrigações quanto aos impostos de transferência de capital, mas se mostrara recalcitrante. O auxílio de Timothy foi solicitado para persuadi-lo da seriedade e da urgência da questão.

Além do mais, solicitaram que ele o fizesse pessoalmente. As tentativas de explicação por escrito — diversas longas cartas já haviam sido enviadas sobre o assunto — haviam se deparado com uma recusa obstinada a perceber a necessidade de ação. O beneficiário, embora normalmente residente em Chipre, logo iria a Veneza para resolver os negócios de sua tia-avó recentemente falecida e que morara nessa cidade: uma ótima ocasião, pensava o sócio sênior, para que ele reconsiderasse sua posição quanto ao fundo inglês estabelecido por seu falecido avô, enquanto sua mente já se ocupava de questões similares. Seria, portanto, muito gentil por parte de Timothy — cobrando honorários, nem seria preciso dizer, o que refletiria não só o valor intrínseco de seu conselho, mas também a inconveniência causada — "Oh, muita", disse Ragword —, por ter de ser ausentar de Londres por vários dias, se ele fosse a Veneza. Timothy, que era a gentileza personificada, havia consentido.

— E suas acomodações — disse Ragwort — também terão um estilo comensurável com o valor de seus conselhos. Suponho que fique no Danieli's. Ou talvez no Gritti Palace.

Parecia que o espólio da falecida tia-avó incluía um pequeno *palazzo* bem ao lado do Grande Canal. O beneficiário havia sido gentil o bastante para indicar que Timothy poderia hospedar-se ali.

— Muito agradável — disse Selena, torcendo o nariz.

— Delicioso — disse Ragwort, levantando uma sobrancelha.

— Fico até doente — disse Cantrip.

O que fizera Selena torcer o nariz, Ragwort levantar uma sobrancelha e deixara Cantrip doente não era simples inveja da sorte de Timothy. O que os perturbara mais fora o efeito do acontecimento sobre Henry, que, por vários dias, não parara de comentá-lo como um exemplo das maravilhosas recompensas que cabiam aos justos — ou seja, aqueles que não passavam as manhãs tomando café — em comparação com os injustos — ou seja, os que faziam isso. Na eterna luta dos Advogados contra os Escriturários para ganhar um momento em que os primeiros pudessem ser donos das próprias almas, muito terreno havia sido perdido. Horários de café foram cortados, almoços, abreviados, e compromissos para o jantar, cancelados.

Mas os jovens do número 62 da New Square eram tolerantes e de boa natureza, com a mente sempre abertas a uma concessão razoável. Após Timothy afirmar que na véspera de sua partida, ou seja, na sexta-feira, ele pagaria um jantar para todos os prejudicados, ficou acordado que ninguém mais iria se pronunciar sobre o assunto. Eu observei que também tinha algum direito de estar entre seus hóspedes, ao que ele respondeu, de modo muito gentil, que não podia imaginar como eu pensara que seria excluída.

Deveríamos nos encontrar no Corkscrew, um bar de vinhos na região norte de High Holborn, popular por se situar nas cercanias do Lincoln's Inn. Nossa diversão incluiria outras duas cartas de Julia, que nem mesmo Selena, nas condições que reinavam nas Câmaras, havia tido tempo de ler.

Às 19 horas, fui a primeira a chegar. Sentei-me a uma das mesinhas redondas de carvalho e acendi a vela fornecida para sua iluminação. O bar de Corkscrew foi planejado para aqueles que preferem certa penumbra: de construção longa e estreita, ele recebe, mesmo ao meio-dia, um mínimo de luz natural; a maior parte da luz que entra é absorvida pelo teto escuro e pelos painéis de madeira nas paredes. Depois disso sobra apenas a luz que pode confortavelmente refletir-se na superfície de uma mesa polida ou no brilho de um copo de vinho. Acender uma luz ali é quase o bastante para inspirar nos que se reúnem ao redor dela um senso de alegre conspiração.

Não tive de esperar muito por companhia. Timothy, que chegava com Ragwort e Selena, parou no bar para comprar uma garrafa de Nierstein e uma tigela de biscoitos. Os outros dois se juntaram a mim imediatamente perto da vela.

— Por que biscoitos? — perguntei. — Timothy vai nos proporcionar um jantar excelente.

— Vamos comer tarde — disse Ragwort. — É a noite de Cantrip ler o *Scuttle*.

Os proprietários do *Daily Scuttle* julgaram prudente que sua publicação, antes de ir para a prensa, seja lida por um advogado. Eles estão sujeitos à agradável superstição de que estarão protegidos, por este ritual, contra todas as acusações e processos de calúnia, blasfêmia, obscenidade, subversão, desacato ao tribunal, *scandalum magnatum* ou qualquer outro crime ou contravenção que conste na lei inglesa. Esse trabalho noturno é realizado em regime *freelance* por vários membros indigentes dentre os advogados juniores. Embora a lei de calúnia e similares não esteja especialmente dentro da especialização da Associação dos Advogados, o posto de leitor às sextas-feiras, por razões agora perdidas na antiguidade, é sempre preenchido por um dos membros do número 62 da New Square. No momento, a tarefa cabia a Cantrip. Se a fome nos impela a começar o jantar sem ele, o companheirismo não nos permitiria terminá-lo dessa forma. Iríamos, portanto, jantar tarde. Nesse ínterim, o Corkscrew teria nossa presença.

É doloroso refletir que, enquanto nos sentávamos bebendo Nierstein na agradável penumbra do Corkscrew, a pobre Julia já devia estar tentando persuadir a polícia veneziana de que a presença de sua cópia da Lei Financeira ao lado do cadáver... — mas eu não devo desarranjar o desenvolvimento ordenado de minha narrativa. Nós bebemos sem nos perturbar, pois desconhecíamos as dificuldades de Julia; por algum tempo essa foi a última ocasião em que pudemos fazê-lo.

Quanto às infelizes consequências da ida de Timothy a Veneza, nada mais, é claro, havia a ser dito. Ainda assim...

— Você está certo realmente de que é adequado — disse Ragwort — ver um cliente leigo sem a presença de um conselheiro legal que explique, com palavras de uma sílaba, o que você está dizendo?

— E em palavras de baixo calão o que ele está lhe dizendo — disse Selena.

— Com toda a certeza — disse Timothy. — Um conselheiro legal tem, é claro, o direito de estar presente, mas ele também pode, adequadamente, desistir de seus direitos nessa questão.

— Bem, se você acha — disse Ragwort —, então, naturalmente, nós o aceitamos. Até porque você está pagando o jantar. Mas o que parece não convencional ao extremo é que você vá até o cliente. Existe, é claro, uma antiga regra de etiqueta que afirma que o cliente deve vir até o advogado. Sempre entendi que apenas em casos muito excepcionais, como uma grave deficiência...

— Meu cliente — disse Timothy —, em certo sentido, é portador de uma deficiência. Ele não consegue nem pensar em vir à Inglaterra. Aos treze anos, ele estudou em um internato inglês e isso lhe inspirou tamanha aversão por este país que, desde então, ele se recusa a pôr os pés em solo inglês.

— Que excêntrico — disse Selena. O mel da voz dela estava temperado, por assim dizer, com limão; sendo muito apegada a seu país natal, ela tende a levar para o lado pessoal qualquer crítica a ele. — Se ele não se importa de morar em Chipre, desviando do fogo cruzado entre turcos e gregos, é bem absurdo que ele tenha medo de vir à Inglaterra. E, se ele está preparado para ir à Itália, que, como todos sabemos, está no momento em meio a uma vasta onda de crimes...

— Está? — disse Ragwort.

— Meu caro Ragwort, é claro que sim — disse Selena. — O crime é uma indústria nacional na Itália. Se um italiano não está assassinando alguém na Calábria, é apenas porque ele está ocupado demais sequestrando alguém na Lombardia. Ou se apossando de fundos públicos em Friuli. Ou roubando quadros quase desconhecidos de igrejas em Verona. Ou roubando o Tribunal em Monza. Assim, de qualquer modo, se podemos acreditar no *The Times*, foi como eles passaram a semana passada, e não temos motivo para pensar que seja atípico.

— Meu cliente — disse Timothy — não está perturbado, conforme compreendi, com a possibilidade de ser assassinado, sequestrado ou chantageado. Sua objeção contra a Inglaterra baseia-se na crença de que a temperatura nunca ultrapassa os quatro graus Celsius, que o único alimento disponível é um pudim de arroz morno e que a população é inteiramente formada por monitores autoritários e quartanistas violentos.

— Fico pensando se é sábio — disse Selena — enviar você para conversar com ele, Timothy. Você parece muito inglês, entende? Provavelmente, você vai lembrá-lo de seu antigo professor de geometria e ele vai fugir e se esconder.

Parece ter-me esquecido de dar a meus leitores qualquer descrição de meu ex-aluno. É verdade, porém, que ele tem aquela aparência angular, com ossos longos e pele cor de palha, que é amplamente considerada característica dos ingleses.

— Exatamente o que é que você deve persuadi-lo a fazer? — perguntei.

— Tenho de persuadi-lo — disse Timothy — a se tornar domiciliado na Inglaterra antes de 19 de dezembro deste ano. — Ele se inclinou confortavelmente para trás na cadeira, não se parecendo com um homem desencorajado pela dificuldade da tarefa que tem diante de si. — Nessa data, em que ele completa 25 anos, o fundo discricionário chegará ao fim. Meu cliente, como o descendente sobrevivente de seu falecido avô, ganhará a sorte grande. Os impostos de transferência de capital que serão pagos nesse momento, se meu cliente estiver domiciliado fora do Reino Unido, serão da ordem de 450 mil libras. Se, por outro lado, ele estiver domiciliado na Inglaterra, os impostos serão calculados segundo uma taxa concessionária sob as provisões transitórias do parágrafo 14 do Anexo 5 da Lei Financeira de 1975, e ele terá de pagar apenas 15% dessa soma.

— Isso certamente parece — disse eu, ignorando toda essa conversa sobre anexos e parágrafos — ser um motivo bastante persuasivo. Mas será suficiente para superar a repugnância dele a este país?

— Ah, minha querida Hilary — disse Timothy, sorrindo para mim —, ele não tem de vir para a Inglaterra. Tem apenas de se tornar domiciliado aqui.

Percebi com tristeza que havia sido atraída para uma armadilha. O sorriso de Timothy, para um observador casual, poderia parecer irrepreensível e até mesmo atraente. Eu, por conhecê-lo melhor, identifiquei-o imediatamente como aquele sorriso de complacência enigmática que significa que ele sabe algo que eu não sei sobre a lei e vai explicá-lo a mim. Isso seria irritante, o céu bem o sabe, em qualquer pessoa, mas em um ex-aluno é quase intolerável. Embora seja membro do corpo docente da Escola de Direito, sou mais historiadora que advogada; meu interesse nos princípios da lei inglesa diminui depois da Idade Média. Eu não duvido — e, para o bem de seus clientes, realmente espero — que Timothy saiba mais que eu sobre a lei inglesa moderna; não há nada para ser complacente ou enigmático nisso.

Ainda assim, lembrei que ele ia pagar o meu jantar. Permiti, portanto, como ele claramente desejava, que fizesse uma pequena palestra sobre a lei do domicílio. Se bem me lembro, o resumo é que se a pessoa residir em um país, mas pretender passar seus últimos anos em outro, ela não estará necessariamente domiciliada em nenhum deles, mas sim no lugar em que seu pai estava domiciliado na época do nascimento dela. Se ele, nessa época, estivesse em uma condição igualmente equívoca, então o domicílio da pessoa seria o de seu avô paterno na época em que o pai dessa pessoa nasceu. E assim *ad infinitum*, se Timothy explicou tudo corretamente, por meio de um determinado número de ancestrais de disposição migrante, até que o domicílio finalmente seja estabelecido no Jardim do Éden.

No caso presente, porém, não era preciso chegar a tal extremo. O avô do cliente de Timothy, o fundador do pequeno fundo, havia passado seus dias na Inglaterra sem demonstrar o menor desejo de vaguear. O pai do cliente, embora servisse, na época do nascimento do rapaz, no Exército Britânico em Chipre e tivesse se casado com uma moça grega, havia escrito várias cartas para a família, todas ainda existentes e disponíveis para inspeção pelo Departamento de Impostos de Capital, expressando sua intenção derradeira de retornar à Inglaterra. Ambos haviam se comportado admiravelmente, do ponto de vista de Timothy; apenas o próprio cliente é que estava sendo difícil.

— Mas certamente — disse Ragwort — sua tarefa é muito simples, Timothy. É claro que seu cliente tem um domicílio inglês de origem. Sempre que ele não estiver domiciliado em nenhum outro lugar, ele estará domiciliado na Inglaterra. Se ele é um residente de Chipre, tudo que tem a fazer é formar uma intenção de se aposentar, em seus anos de velhice, e ir para qualquer lugar exceto Chipre. Paraguai ou Nova Gales do Sul ou outro local. Ele pode fazer isso, com certeza.

— E você vai rascunhar uma bela carta para ele — disse Selena —, explicando a intenção dele ao Departamento de Impostos de Capital. Um ou dois toques artísticos, para acrescentar credibilidade, como a compra de um jazigo no país escolhido para a aposentadoria...

— Temo — disse Timothy — que meu cliente tenha se comportado de modo tolo. Na época em que a Turquia invadiu a ilha, quando os outros residentes britânicos se apressaram a partir, ele fez vários pronunciamentos públicos, relatados na imprensa, declarando com alguma veemência que não faria algo semelhante. Ele continuaria ali, disse ele, para cuidar da fazenda que havia herdado da mãe e dedicaria sua vida a restaurar a paz e a unidade da ilha.

— Dedicar sua vida — disse Selena. — Meu caro, que frase infeliz!

— Pois é. Então, é provável que a Receita seja um pouco cética a respeito de sua súbita intenção de terminar seus dias no Paraguai ou em Nova Gales do Sul. Não, temo que ele tenha de vender sua casa em Chipre e passar a residir em outro lugar. Um lugar, é claro, onde ele não tenha intenção de ficar permanentemente.

Deve ter sido, creio, neste ponto que o telefone tocou; não havia nada de estranho nisso. A moça atrás do bar atendeu e chamou Timothy; não havia nada de estranho nisso também — qualquer pessoa que desejasse se comunicar, em tal hora de uma sexta-feira à noite, com um dos membros juniores do número 62 da New Square, ligaria para o Corkscrew. O telefone ficava longe demais para que ouvíssemos sem esforço e não tínhamos motivo para pensar que devíamos fazer algum esforço.

Eu tentei, em vez disso, saber com Selena e Ragwort se também eu, ao morar em um país em que não pretendia permanecer e ao estabelecer um domicílio em um país ao qual não pretendia ir, poderia economizar uma vasta soma em impostos de transferência de capital.

— Não — disse Selena.

— Não — disse Ragwort.

— Por que não? — perguntei indignada.

Eles me indicaram que, para economizar as 400 mil libras dos impostos, eu primeiro teria de ser herdeira de um fundo que valesse 1 milhão. Concordei tristemente que não era esse o meu caso. O de Selena também não, nem o de Ragwort. Parecia — pois não tínhamos dúvida de que em intelecto, charme e beleza todos nós éramos mais merecedores que o cliente de Timothy — um extraordinário equívoco por parte da Providência.

Ao terminar a conversa telefônica, Timothy parecia um pouco menos alegre que antes, mas fez uma parada no bar para comprar outra garrafa de Nierstein.

Voltando à mesa, ele encheu o copo de Selena. Isso, como vimos depois, foi uma pena. Depois, ele encheu seu próprio copo. Ragwort e eu tivemos de cuidar de nós mesmos; uma pequena descortesia, mas que Timothy não costumava cometer. Comecei a pensar que algo devia estar errado.

— Era Cantrip — disse Timothy, sentando-se e dirigindo-se a Selena. — Sinto, mas parece que Julia está com alguns problemas.

— Ela não pode estar — disse Selena. — Ela ainda está em Veneza. Quer dizer, ouso dizer que ela poderia estar com problemas, mas Cantrip não teria como saber disso.

— Cantrip, como vocês se lembram, está trabalhando na sala de imprensa do *Scuttle*. A sala de imprensa está equipada com diversas máquinas de teletipo que produzem uma impressão contínua das notícias que chegam das diversas agências de notícias internacionais, como a Reuters e outras. O processo, conforme entendi, é quase instantâneo: assim que uma notícia é transmitida pela agência, de qualquer lugar do mundo, passam-se apenas alguns minutos antes de chegar ao teletipo.

— Sim — disse Ragwort —, sabemos disso. Mas o que Julia poderia fazer que despertaria o interesse de uma agência de notícias internacional?

— Eles parecem pensar — disse Timothy, com ar de quem pede desculpas e ainda se dirigindo a Selena — que ela esfaqueou uma pessoa. De modo fatal.

Foi, como eu disse, uma pena que ele tivesse enchido o copo de Selena, pois nesse momento ela o soltou e ele caiu, quase cheio, sobre o piso duro.

— Sinto muito — disse Selena. — Como sou estabanada. Não acho, Timothy, que eu o tenha entendido corretamente. O que você disse que estava escrito na notícia da agência?

— Até onde descobri — disse Timothy —, a notícia dizia que um turista inglês foi encontrado esfaqueado até a morte em seu quarto, em Veneza. E que um membro do mesmo grupo, a Srta. Julia Larwood, de Londres, advogada, foi detida pela polícia para ser interrogada.

— Bobagem — disse Selena.

— Eu sei — disse Timothy, ainda com ar de quem pede desculpas. — Mas isso parece ser o que está escrito na notícia.

— Eles não disseram — perguntou Ragwort — quem *supostamente* foi esfaqueado?

— Não. Suponho que estão esperando para contar primeiro aos parentes, se houver algum. Mas parece que deve ter sido um dos "Amantes da Arte".

— Timothy — disse Selena —, você tem certeza de que essa não é uma das horríveis piadas de Cantrip?

— Tenho toda a certeza, infelizmente. As piadas de Cantrip, embora sejam realmente horríveis, não são tão horrendas quanto isto. Além disso, se fosse uma piada, ele teria tentado parecer sério. E, ao contrário, ele tentou parecer casual. Ele ainda estava na sala de imprensa, vocês entendem.

Eu fiquei bem confuso no início. Ele começou me perguntando se eu conhecia uma garota chamada Julia Larwood e eu disse que é claro que conhecia Julia e perguntei do que ele estava falando. Então ele respondeu que não achava que eu conhecesse, mas que achou que valia a pena perguntar porque o editor de notícias havia ficado subitamente interessado por ela. Foi então que percebi que algo estranho estava acontecendo.

— Vamos fazer algo a respeito disso? — perguntou Ragwort.

— Vamos nos encontrar no Guido's, como combinado. Cantrip vai ficar atento ao teletipo, é claro, e se mais notícias chegarem antes das 22 horas, ele nos contará.

É difícil, em uma ocasião como a que descrevi, saber precisamente em que tom retomar a conversa. Ficamos em silêncio por vários momentos.

— Meu querido — disse Selena por fim. — Como é bom, afinal de contas, Timothy, que você esteja indo a Veneza amanhã.

Capítulo 4

O Guido's não é o restaurante mais próximo do Corkscrew, nem o mais econômico da vizinhança. A superioridade de seu menu, porém, é uma compensação suficiente para a curta caminhada por Holborn Kingsway e o contorno por trás do Aldwych Theatre; e Timothy ia pagar a conta.

Ainda não eram 21 horas e não esperávamos a chegada de Cantrip pelo menos por mais uma hora. Propus que, enquanto isso, comêssemos os aspargos e prosseguíssemos, como anteriormente combinado, com a leitura das cartas de Julia. Embora elas talvez não lançassem luz diretamente sobre o incidente do esfaqueamento, sua leitura poderia ser útil para Timothy, que assim poderia estar tão bem informado quanto possível sobre os eventos antecedentes antes de mergulhar *in medias res* em benefício de Julia.

A primeira começava de um modo nada auspicioso.

> Hotel Cytherea
> Veneza
> Tarde da noite de quinta-feira

Querida Selena,
Tenho notícias extremamente chocantes para lhe contar. Você terá dificuldade em acreditar. Se outra pessoa tivesse

me contado, eu mesma não teria acreditado. "Ah, não", eu deveria ter dito, "não é possível. Um monstro não pode se disfarçar sob uma máscara angelical. A razão e a natureza o proíbem. A deformação mental necessariamente distorceria a perfeição do perfil. A depravação da alma infectaria alguma horrenda marca na suavidade da pele. Não, não pode ser".

— Eu suponho que ela esteja se referindo — disse Timothy — ao jovem que ela tanto admirou no avião. Mas isso evidentemente foi escrito apenas poucas horas depois; o que poderia ter acontecido nesse período que deixasse Julia tão chocada? Afinal de contas, ela é uma mulher tolerante.
— Até certo ponto — disse Selena.

Mas não vale a pena escrever a você deste modo incoerente e ao acaso, começando pelo final e terminando Deus sabe onde. Devo prosseguir de modo claro e cronológico, começando no princípio.

O início não foi nada auspicioso graças ao fato de eu ter me separado de meu passaporte. Felizmente, éramos esperados no aeroporto por nossa guia, uma moça de Veneza, mal-humorada e com um nariz aquilino e frágil, que nos disse que seu nome era Graziella. Graziella demorou apenas dez minutos para entender minha dificuldade, explicá-la para o agente da imigração e garantir minha entrada legal em solo italiano. Enquanto isso, porém, os outros "Amantes da Arte" foram obrigados a esperar por nós no barco a motor que aguardava para nos transportar através da lagoa até Veneza. Quando nos juntamos a eles, havia sinais de impaciência.

A matrona empertigada, especialmente, que estava sentada perto do jovem belo, fez alguns comentários bastante ferinos sobre os completos imbecis que não têm consideração pelas outras pessoas. Talvez ela não pretendesse que eu os ouvisse; mas, se assim for, ela subestima em muito a sonoridade de sua voz.

Fiquei tão temerosa de provocar ainda mais reprovação e tão concentrada em encontrar alguma desculpa apaziguante que, ao entrar no barco, de algum modo, pisei em falso. Minha entrada no barco deu-se em um ângulo mais obtuso do que perpendicular ao cais e a uma velocidade mais rápida do que graciosa. Em resumo, eu caí de cabeça.

Isso fez com que a matrona empertigada fizesse novos comentários em relação à minha sobriedade. Ainda pior, isso deu um pretexto para que o major, supostamente para me amparar na queda, me desse um forte abraço e dissesse, em altos brados: "Caiu um lenço".

Por outro golpe de infortúnio, minha bolsa, em consequência de minha rápida descida, abriu-se e dispersou seu conteúdo sobre o fundo do barco. Ansiosa por dever o mínimo possível ao major pelo auxílio que ele ofereceu em sua recuperação, tentei recolher tudo com, como agora percebo, pressa imprudente e reflexão insuficiente quanto ao efeito de uma atitude de semigenuflexão sobre meu equilíbrio. Impaciente, sem dúvida, diante de mais um atraso, o piloto deu a partida. O movimento repentino atirou-me contra o lado do barco e trouxe o banco de madeira, ali instalado para repouso e conforto dos passageiros, em rumo de colisão com meu nariz, que começou a sangrar.

Fui assim obrigada, afinal de contas, a agradecer ao major, *videlicet* pelo empréstimo de seu lenço. Ele aproveitou a ocasião para dar batidinhas de consolo em vários pontos de meu corpo e parecia inclinado a me oferecer seu ombro para que eu sangrasse sobre ele. Eu lhe expliquei que era essencial, quando se sofria um sangramento nasal, inclinar-se para trás e não para a frente e que, se ele não tivesse objeções a que eu molhasse o lenço na água da lagoa, o sangramento seria estancado em breve. "Boa menina", disse o major, dando-me mais batidinhas de consolo e acrescentando que gostava de mulheres corajosas.

Considerei as vantagens de irromper em lágrimas: não só isso teria aliviado meus sentimentos, mas também, ao que parece, desestimularia a admiração do major. Considerando minha situação, porém, percebi que não teria um público simpático. Além do mais, parecia possível que o major mudasse de ideia e descobrisse sua preferência por mulheres frágeis e chorosas. Julguei melhor manter-me firme no que restava de meu sangue-frio. Acomodando-me o mais longe possível dos demais passageiros, inclinei-me para trás com os olhos fechados e o lenço do major, encharcado em água do mar, pressionado firmemente contra meu nariz.

Não havia como pensar que causara uma impressão favorável.

— Julia saiu-se muito bem — disse Selena — ao não cair na lagoa. Que deselegante aquela mulher ao sugerir que ela tinha bebido demais.

— Sem a menor compaixão — disse Ragwort. — Julia, como todos sabemos, não precisa de nenhum auxílio do álcool para tropeçar nas coisas.

Enquanto cruzávamos a lagoa, Graziella fez um relato muito instrutivo sobre a história de Veneza, desde sua fundação no século V até a derrota da invasão franca no século IX. Contudo, eu não estava em condições de prestar atenção, como deveria ter feito, nem de observar os numerosos pontos de interesse artístico e histórico que ela nos indicava. Quando, finalmente, julguei prudente remover meu nariz do lenço, a travessia estava quase completa. Olhei em frente e vi Veneza, flutuando sobre a água.

Veneza, como se vê no mapa do guia de Ragwort, consiste essencialmente em três grandes ilhas que, no entanto, são subdivididas em muitas outras menores pelos canais. Duas das três encontram-se enlaçadas, divididas apenas pelo Grande Canal, em um abraço de tanta sofisticação gaulesa que impede que eu prossiga com a analogia anatômica. À esquerda, excluída de sua intimidade, a longa ilha magra de Giudecca alonga-se solitária, uma parábola geográfica dos perigos de uma *partie à trois*. Para consolo, como uma bolsa de água quente divina, ela tem a seus pés a pequena ilha de San Giorgio Maggiore.

A Igreja de San Giorgio, portanto e, um pouco depois, a da Salute, surgindo à esquerda da entrada do Grande Canal, são os primeiros dos grandes edifícios religiosos de Veneza a se oferecer à admiração do turista. Que eles honrem divindades exclusivamente cristãs não parece, de modo algum, garantido: existe uma voluptuosidade por demais oriental em seus domos elevados, uma elegância ateniense em suas fachadas clássicas. Eles parecem projetados para viajantes que desejariam, ao se inclinar, murmurar uma prece a Alá e outra a São Jorge; ou que, ao agradecer por um retorno seguro nas amplas escadarias de Salute, incluiriam uma ou duas palavras à deusa Afrodite.

Não existe essa ambiguidade nos palácios que ladeiam o Grande Canal. Não se duvida nem por um momento que eles tenham sido construídos inteiramente para glória de seus proprietários, em um espírito focado em competir com os Foscari. Se uma fachada tem duas camadas de colunas e pedra entalhada, a seguinte tem três; a fachada em frente tem colunas ainda mais delicadas; o trabalho de pedra entalhada da seguinte revela um bordado ainda mais intrincado.

Tanto que, ao vê-las refletidas na água, quase se espera encontrar ali também um detalhe a mais.

Eu vivenciei, enquanto percorríamos esse grande corredor de espelhos, a emoção que senti pela última vez durante a cena de transformação da pantomima, quando levada a esse espetáculo por minha avó materna, aos sete anos de idade. Ela me levou novamente quando eu tinha oito anos, pois minha avó materna sempre foi muito gentil comigo, mas dessa vez eu não me impressionei com tanta facilidade. O prazer foi, portanto, algo que eu não esperava sentir de novo.

Virando à direita, em algum ponto depois da Ponte da Academia descemos no desembarcadouro do Cytherea.

"*Signore, signori*", disse Graziella, "o jantar será às 20 horas. Se todos vierem me encontrar antes, na área da recepção, eu lhes explicarei sobre nossas excursões. Vocês têm muito tempo para se lavar e repousar; mas todos se vestem aqui de modo bastante informal." No entanto, ela olhou para mim de um modo que sugeria que a gerência do Cytherea, por mais aberta que fosse, preferiria deixar de fora calças sujas de lama e camisas manchadas de sangue.

Nós nos retiramos, como instruídos, para nos lavar e repousar. Concentrei minha mente, enquanto seguia tais instruções, no tópico do belo jovem, lamentando mais uma vez a ausência de seus sempre admiráveis conselhos. Privada deles de fato, eu os busquei hipoteticamente: "Se Selena estivesse aqui", perguntei a mim mesma, "o que ela me aconselharia?".

Respondi sem hesitação que você recomendaria uma atitude pragmática: que eu não baseasse meus planos em algum princípio teórico, mas que examinasse a situação como ela era e visse qual vantagem poderia extrair dela.

Isso naturalmente me levou a pensar nos canais. Estamos em uma cidade cheia de canais. Como essa circunstância poderia ser usada em minha vantagem? Uma possibilidade seria cair em um e ser salva pelo belo jovem. Isso certamente levaria a alguma coisa. Havia, contudo, uma falha nesse plano: eu poderia cair em um canal, mas o jovem talvez não me salvasse.

Outra possibilidade seria o jovem cair em um canal e ser salvo por mim. Parecia ainda mais certo que isso levasse a alguma coisa. Mas percebi que esse plano também não era à prova de erros. O único modo de garantir que ele caísse em um canal seria empurrá-lo; a menos que isso pudesse ser feito com extraordinária discrição, o plano poderia se mostrar ineficaz por si só. Eu tampouco tinha total confiança de que, depois de jogá-lo em um canal, seria capaz de tirá-lo de lá.

— Timothy — disse Selena —, Cantrip disse "esfaqueado", não foi?

— Sim — disse Timothy —, "esfaqueado" foi a palavra que ele usou.

Para ser totalmente sincera, Selena, eu não estava muito entusiasmada com meu plano que exigia um mergulho em um canal. Embora bonitos, eles não são nada atraentes vistos de perto; parecia-me que um mergulho em suas águas provocaria um terrível resfriado, e possivelmente complicações com algum vírus desagradável.

Concluí que você me aconselharia a não me aproximar dos canais e a me concentrar nas oportunidades oferecidas pelo próprio hotel. Os "Amantes da Arte" estão acomodados em um anexo, rodeado por canais em três lados e unidos ao prédio principal do hotel por uma pequena ponte. No quarto lado, ele se junta a outro prédio, formando parte, por assim dizer, da mesma península; mas isso não tem nada a ver com o Cytherea e não há como passar por ali. A ponte é o único meio de acesso. Os quartos do primeiro piso são ocupados pelos "Amantes da Arte"; os do segundo piso, aparentemente, pelos funcionários do hotel. O piso térreo é usado apenas como um tipo de hall de entrada, onde as camareiras separam a roupa de cama e assim por diante.

Contemplei com alguma satisfação as possibilidades oferecidas por esse arranjo. Eu só teria de me livrar dos outros "Amantes da Arte" e da equipe do hotel e encontrar algum meio de impedir a passagem pela ponte — e teria a adorável criatura inteiramente à minha mercê, sem meios de fuga. A menos, é claro, que ele pulasse da janela para o canal e, nesse caso, eu seria obrigada, embora com relutância, a retomar o plano anteriormente mencionado. Embora alguns detalhes ainda precisassem ser resolvidos, foi em um estado de espírito de algum otimismo que desci para o jantar.

Lembrei-me de que tinha, ao menos, o auxílio de seus conselhos quanto à estratégia geral. Sua opinião, como eu a entendo, é de que, ao lidar com rapazes, não se deve admitir nos primeiros estágios a verdadeira natureza de nossos objetivos, mas, em vez disso, demonstrar profunda admiração pelas refinadas almas e os esplêndidos intelectos deles. Não devemos nos desanimar, se eu a entendi corretamente, com o fato de eles não terem nada disso. Eu me lembrei, portanto, de que se conseguir envolver a adorável criatura em uma conversa, não devo comentar a beleza de seu perfil e de sua pele, mas devo me esforçar por demonstrar um interesse simpático em suas esperanças, sonhos e aspirações. Mal sabia eu, Selena, como esses sonhos eram assustadores, como essas esperanças eram sinistras, como essas aspirações eram totalmente impronunciáveis.

— Meus caros — disse Timothy. — O que ele pode ter feito?

— Seria muito útil — disse Ragwort — se esse jovem tivesse um grave histórico criminoso. Isso o transformaria em um suspeito natural para qualquer fato desagradável que possa ter ocorrido.

— Muito útil, certamente — disse Selena. — Embora não creia que Julia, nesse caso, teria se expressado nesses termos; enfim, sem dúvida logo saberemos.

A sala de jantar do Cytherea situa-se em uma esquina na junção entre dois canais, de modo que se pode comer ao lado de uma janela que dá para um deles e tomar café em um terraço ao lado do outro. O terraço, de fato, dá para o anexo em que estamos acomodados.

A gerência, parece-me, não se saiu nada bem em relação à disposição dos hóspedes para o jantar. Eles puseram o belo jovem e seu companheiro de viagem em uma mesa com a matrona empertigada. Deixaram a bela moça loira em uma mesa com o jovem trapezoide. Eles me escolheram para ficar em uma mesa com o major.

"Gostaria de dividir uma garrafa de vinho comigo, querida?", perguntou o major. A ideia de dividir qualquer coisa com o major me era repugnante; mas senti que não poderia recusar sem ser mal-educada. Ele estudou a Carta de Vinhos com o sorriso furtivo que se tornou característico dos ingleses no exterior desde o declínio da libra: trata-se de comparar preços enquanto se finge estudar as safras. Ele comentou que o Colle Albani parecia ser um vinho bastante bom. Confirmando, com um olhar sub-reptício similar, que ele custava duzentas liras menos que qualquer um dos outros disponíveis, concordei com a escolha dele.

"Este é um pequeno hotel bem confortável", disse o major. Eu não discordei — os padrões do Cytherea me pareciam até luxuosos. "Já estive em acomodações piores que estas em meu tempo, posso lhe contar, querida", continuou ele, um pouco desanimado por eu ter concordado. "Lembro-me do navio militar em que fui para Trípoli em 1948..."

A partir daí, ele se lançou em um épico de lembranças militares, que começaram logo depois da Segunda Guerra Mundial e terminaram — não, temo que não houvesse um fim ou, se houve, que eu não o tenha ouvido. O relato incluía diversas histórias com o objetivo de ilustrar a proposição de que o major "sempre havia sido um gozador". Havia uma, se bem me lembro, sobre sequestrar um bonde em Alexandria em 1949 e outra sobre introduzir um bode nos alojamentos das enfermeiras em Limassol em 1952.

Comecei a ficar muito preocupada com Desdêmona. Somos levados a entender que a corte de Otelo a ela consistiu quase inteiramente em história, começando com "Quando estive estacionado entre os antropófagos" ou "Preciso lhe contar algo engraçado que aconteceu durante o cerco de Rhodes". O dramaturgo Shakespeare quis nos fazer crer que ela não só tolerou isso, mas que, na verdade, gostava disso: pode esse grande conhecedor do coração humano realmente ter pensado que isso era possível?

"E o que você faz agora, Bob?", perguntei, várias eternidades depois, com a esperança de mudar de assunto.

Ele me disse que ao deixar o exército encontrara-se com vários objetos que havia colecionado como lembranças de todas as suas viagens. Pensando que esses objetos poderiam ser de interesse para o público, ele se sentira inspirado a investir suas economias na compra de uma loja de objetos usados em Fulham. (Ele usou a expressão "loja de objetos usados" como se estivesse se referindo modestamente a um antiquário muito superior, mas eu desconfio que seja, de fato, uma loja de objetos usados.) Alguns de seus amigos também possuíam objetos colecionados do mesmo modo durante suas carreiras militares; tais objetos foram acrescentados ao seu estoque. Os objetos se mostraram mais valiosos que o esperado e o negócio tinha prosperado. Isso me parecia, disse ele, um trabalho engraçado para um velho soldado, mas foi bem adequado. Ele, então, retomou suas lembranças, contando-me as diversas peripécias pelas quais os objetos haviam sido adquiridos.

"Suponho que devamos convidar Eleanor Frostfield a se juntar a nós para o café", disse o major, quando a refeição se aproximava do fim. "Foi um pouco enfadonho encontrá-la de novo, mas é melhor ser cortês."

Eleanor Frostfield era o nome da matrona empertigada. Eu não tinha notado o menor sinal de conhecimento entre ela e o major; mas eles se conheciam, ao que parece, por causa dos negócios, já que Eleanor era proprietária, por herança de um falecido marido, de uma empresa dedicada ao comércio de artes e antiguidades.

Concordei muito gentilmente com a sugestão dele, pois me parecia que qualquer convite a Eleanor deveria, por uma questão de cortesia, ser estendido aos dois jovens que ocupavam a mesma mesa. No final, já que não pareceria gentil excluir os outros dois "Amantes da Arte", nós sete fomos juntos para o terraço. Enquanto essas providências estavam sendo tomadas, descobrimos que o belo jovem chamava-se Ned; que seu amigo de ombros largos era Kenneth; que Eleanor era a Sra. Frostfield; que a bela moça loira era Marylou Bredon; que o jovem que a acompanhava era seu marido, Stanford; que o major era chamado de Bob pelos amigos; e que eu era Julia Larwood. Eu já sabia, é claro, que eu era Julia Larwood, e os outros, ouso dizer, também sabiam quem eram; mas presumivelmente existe algum sentido em que a soma de conhecimento humano tenha sido aumentada.

O major, assim que o café chegou, tentou continuar me contando sobre um ardil por meio do qual ele se tornou proprietário de um ícone grego do século XII, anteriormente de propriedade de um monastério perto de Pafos. Felizmente ele foi interrompido por Kenneth, que lhe disse, em um sotaque escocês carregado de reprovação, que ele não deveria ter feito isso; e continuou a deplorar o dano feito à herança artística de Chipre por uma sucessão de exércitos de ocupação. Isso não silenciou o major por muito tempo, mas desviou sua atenção. Kenneth tornou-se o público para uma série de outras histórias que demonstravam a dureza da vida militar desconhecida pelos jovens da geração de Kenneth.

Eleanor e Marylou estavam sentadas lado a lado. Eu me acomodei em um banquinho a seus pés e pensei que deveria tentar modificar a impressão infeliz que havia causado em Eleanor. Lembrei que havia visto o nome da empresa dela recentemente em uma avaliação de impostos de transferência de capital obtida por alguns de meus clientes. Isso me deu algum material para uma leve lisonja.

"Não devo me aventurar", disse eu, "a abrir minha boca na presença da Sra. Frostfield em nenhum assunto ligado às artes. Espero que saiba, Marylou, que a Sra. Frostfield é diretora de uma de nossas principais empresas especializadas em antiguidades e obras de arte."

Isso funcionou perfeitamente. Até o ponto em que uma mulher tão semelhante à falecida Rainha Boadicea pode sorrir, Eleanor sorriu. "Na verdade", disse ela, "a Srta. Larwood está exagerando. Não somos a Christie's nem a Sotheby's, entende?" Mas ela falou de modo que ser Christie's ou Sotheby's parecesse bem exagerado.

Ela se suavizou a ponto de perguntar pela minha profissão. Respondi que trabalhava como advogada especializada em tributos; mas que o nome de sua empresa era naturalmente familiar a mim, pois clientes meus com importantes coleções a serem avaliadas para propósitos fiscais com muita frequência haviam recorrido ao conhecimento da Frostfield's. Não existe vínculo como o de clientes mútuos: desde então éramos como Rute e Noemi. Bem, está certo, Selena, estou exagerando, mas ao menos passamos a nos chamar de "Julia" e "Eleanor".

Comentei a coincidência de ela e o major se conhecerem. Parece, contudo, que isso não era realmente surpreendente. A agência de viagens que nos vendeu o pacote tem conexões com o mundo da arte e das antiguidades e muita experiência em fazer arranjos de viagens de negócios para as pessoas que trabalham nesse ramo.

"Viagem de negócios?", perguntei. "Você não está simplesmente de férias, então?"

"Minha querida Julia", disse Eleanor, com certa reserva, "para propósitos contábeis, é claro, tem de constar como viagem de negócios. Você será a primeira a reconhecer que nosso sistema penal de tributos..."

"Quer dizer", perguntou o encantador Ned, tomando parte na conversa pela primeira vez, "que a senhora declara as férias como despesas de negócios para propósitos fiscais?"

"Caro jovem, é claro", disse Eleanor de modo afável. "Todos fazem isso." Não cabia a mim ser uma voz discordante e sugerir que essa prática estava no lado errado da linha tênue entre uma isenção legítima e a evasão ilegal.

É irônico refletir que eu me congratulei, sentada no banquinho, sobre o conforto de minha situação. O ar macio da noite era agradável em meu rosto; as estrelas estavam brilhando em um céu aveludado; a água do canal batia suavemente contra as margens; o major estava falando com outra pessoa sobre suas aventuras militares. O que mais uma mulher poderia pedir para estar totalmente feliz?

Exceto, é claro, os favores do adorável Ned. Havia chegado a hora, senti, de demonstrar interesse nas esperanças, sonhos e aspirações dele.

"E você, Ned", perguntei, "está envolvido profissionalmente com as artes?" Preparei-me para dar um incentivo simpático a uma ambição infantil de descobrir um Giorgione perdido ou algo assim.

"Não", disse a adorável criatura. "Não, na verdade sou advogado como você." Menos romântico, mas mais fácil: poderíamos passar muitas horas felizes discutindo as decisões recentes do Tribunal de Recursos. "Quer dizer, eu me formei em direito, mas não atuo em um escritório particular."

"Ah", disse eu, "você trabalha em uma empresa."

"Não", disse ele, olhando-me de modo sério sob seus belos cílios. "Não, não exatamente. Eu trabalho no Departamento da Receita Federal."

Minha caneta, enquanto escrevo essas terríveis palavras, cai trêmula de meus dedos paralisados. Mal me sobram forças para assinar.

Sua amiga de sempre,
Julia

Capítulo 5

Poucos de meus leitores, imagino, assinam regularmente o *Scuttle*, pois esse não é um jornal voltado para pessoas de gosto refinado. Alguns, no entanto, podem, em raras ocasiões, ter sido levados a buscar mais detalhes do escândalo da corrupção nos supermercados ou da investigação de uma conexão política suspeita anunciada pelas manchetes em letras garrafais. Eles terão então descoberto que as esposas em East Dagenham receberam a oferta de mais cupons de troca com a compra da geleia de morangos de McCavity do que com o produto igualmente integral e delicioso oferecido pelas fábricas de Gonegal, o que, pelos estritos padrões éticos do *Scuttle*, é um escândalo de corrupção. Eles lerão que um membro da Câmara dos Comuns jantou em companhia de uma moça que trabalha a duas portas de distância de uma boate no Soho: essa é a política suspeita. Esses leitores irão simpatizar com meus próprios sentimentos ao ouvir que o monstro de depravação anunciado na carta de Julia era, afinal de contas, nada pior que um pobre, inofensivo e necessário funcionário público.

— Bom, realmente — disse eu.

— Minha querida Hilary — disse Selena. — Você não parece se sensibilizar com a intensidade dos sentimentos de

Julia em relação do Departamento da Receita Federal. Ela tem a impressão de que existe uma ampla conspiração que tem como único objetivo sua ruína física, mental e financeira. Os sentimentos dela ao encontrá-los repentinamente a seu lado estão expressos com admirável moderação.

— É uma decepção — disse Ragwort — que o jovem não fosse um maníaco homicida. Mas isso não pode ser evitado.

— Fico imaginando o que terá acontecido a Cantrip — disse Timothy. — A essa hora ele já costuma ter saído de lá.

Estava ficando tarde. As mesas do Guido's que se enchiam eram um sinal de que as cortinas estavam começando a baixar nos teatros das redondezas. Pedimos nosso segundo prato.

Cantrip chegou ao mesmo tempo que o *escalope de veau*. Seus cabelos e olhos pareciam mais negros que nunca, sua pele parecia mais pálida; seus dedos também estavam escurecidos de tanto folhear páginas impressas úmidas: ele se parecia com um cartão de convite para uma vigília bastante frívola. Ele colocou sobre a mesa um pedaço de papel, evidentemente rasgado do teletipo.

VENEZA 22H30 HORA LOCAL 9.9.77
VÍTIMA DE ESFAQUEAMENTO NO HOTEL IDENTIFICADA PELA POLÍCIA COMO EDWARD WASTSON 24 EMPREGADO DA RECEITA FEDERAL DE LONDRES TURISTA INGLESA AINDA DETIDA PARA INTERROGATÓRIO

— Cara, quem morreu era um funcionário da Receita — disse Cantrip.

— Ah, meu caro — disse Ragwort, olhando sombriamente para Cantrip.

— Foi isso que pensei — disse Cantrip, olhando de modo taciturno para Ragwort.

— Se Michael e Desmond vão ficar falando bobagens...
— disse Selena. O uso dos nomes próprios era um sinal do quanto ela estava contrariada.

— Ela ficou um pouco zangada com a última avaliação — disse Cantrip.

Selena começou a cortar cuidadosamente seu *escalope* em pedaços muito pequenos, parecendo um gato persa que, inesperadamente, se encontrasse em companhia menos nobre.

— Poucas pessoas — disse Timothy — ficam felizes com suas declarações de renda.

— Exatamente — disse Selena. — Considerando do modo adequado, a notícia é bastante encorajadora. Um homem da Receita poderia ser assassinado por qualquer um.

— Sejamos sensatos — continuou Timothy. — Nenhum de nós, com certeza, pode acreditar realmente que Julia tenha esfaqueado alguém. Não é simplesmente uma questão de caráter, é uma questão de competência. Mesmo que quisesse, o que não aconteceria, ela não teria a menor ideia de como fazê-lo.

— Isso é verdade — disse Cantrip, parecendo mais animado. — Eu não tinha pensado nisso.

— Então, não duvido de que tudo isso seja simplesmente um engano e que, a longo prazo, possamos resolvê-lo. Seria muito bom, no entanto, se conseguíssemos esclarecê-lo antes que haja muita publicidade. Esse tipo de coisa não é bom para a imagem profissional de ninguém.

— Isso — disse Selena — é certamente verdade. Assim que os conselheiros legais começarem a pensar que Julia é sujeita a ataques intermitentes de mania homicida, eles podem começar, mesmo que irracionalmente, a questionar sua sensatez quanto às leis tributárias. Alguma coisa será publicada no *Scuttle* de amanhã?

— De modo algum — disse Cantrip. — Eu lhes disse que isso tudo era incrivelmente calunioso e por demais *sub judice* para comentários. O que pode ser mesmo, por tudo que sei. De qualquer modo, eles deixaram a nota de lado como uma batata quente.

— Ah, muito bom, Cantrip — disse Selena.

— E liguei para um rapaz que conheço na agência de notícias e lhe perguntei se ele notara que havia uma história sendo enviada pelos teletipos que provocaria um incrível processo de indenização. Ele não tinha e me agradeceu muito por ter-lhe falado a respeito. É por isso que não estão mais mencionando o nome de Julia.

Abrandada por essas notícias, Selena resumiu para Cantrip o conteúdo da carta anterior antes de continuar com a próxima.

Terraço do Cytherea
Sexta-feira à noite

Querida Selena,

Encontrei um lugar conveniente em que posso desfrutar sem ser perturbada dos prazeres de lhe escrever e de beber um Campari antes do jantar. Um dos cantos do terraço é separado do resto por uma pequena treliça sobre a qual cresce algum tipo de parreira ou trepadeira similar. A parreira ou trepadeira similar não está indo muito bem pelos padrões mais elevados da horticultura, mas é suficiente para me proteger da observação de alguém que entre no terraço e que eu preferisse evitar. Ou seja, o major. Tem-se também uma visão clara da ponte para o anexo e assim pode-se perceber a aproximação de qualquer pessoa que se deseje encontrar, aparentando um acaso. Ou seja, o adorável Ned.

A descoberta da temível profissão de Ned deixou-me, como você pode imaginar, implacável em minha resolução. A Receita, em sua exigência sobre meu tempo, minha energia e meu parco rendimento, foi detida por qualquer sentimento de pena ou remorso? Não. Deveria eu, se a virtude de Ned fosse a maior joia que eles possuem, demonstrar mais indulgência em sua conquista? Não, não deveria. "Canais, se necessário" é o meu slogan agora.

Foi nesse estado de espírito que acordei para saudar a manhã, personificada por um garçom que trazia café e pães. (Ele é um garçom bem bonito, jovem e muito magro, com olhos escuros e tímidos, como os de uma gazela; mas meu coração concentra-se no encantador Ned e praticamente nem reparei nele.) Entretanto, quando começava a me vestir, encontrei um obstáculo.

Graziella havia nos pedido, como a excursão do dia incluiria lugares de adoração divina, que as mulheres evitassem vestir calças e que os homens não usassem shorts. Eu estava disposta a obedecer qualquer proibição com o objetivo de proteger o público da visão das pernas do major. Quanto a mim, não previa nenhuma dificuldade em seguir a solicitação, pois tenho comigo duas saias de comprimento adequado para o dia. Uma tem alguns pontos com pequenas queimaduras de cigarro e a outra perdeu o botão que deveria segurar a cintura; mas esses parecem pequenos defeitos que não ofenderão os devotos.

Para escolher qual delas usar, consultei o espelho, auxiliada em um exame crítico de minha aparência pela luz do sol que entrava pela janela atrás de mim. Foi então que descobri que nenhuma delas, nessas condições, tinha a opacidade necessária para o perfeito decoro. Na penumbra do interior das igrejas não haveria nada a objetar a elas; porém, no exterior banhado de sol, você bem pode ver o problema.

Mas não desanimei. Lembrei que, enquanto fazia as malas, você me aconselhou — prevendo talvez, com admirável clarividência, esta situação — a levar uma combinação. Como você deve lembrar, houve alguma dificuldade em encontrar alguma que não me expusesse, em razão da sua condição lastimável, à censura de meus companheiros de viagem, caso fosse retirada de minha mala e aberta no ar por um zeloso agente alfandegário; mas nossa busca foi finalmente recompensada ao encontrarmos uma perfeitamente limpa e quase nova.

Lembrei-me, quando a vesti, por que ela quase não fora usada. Ela foi comprada em uma liquidação em janeiro passado e, ao chegar em casa, percebi que ela era dez centímetros mais longa que as minhas saias.

— Não se pode pensar em tudo — disse Selena.
— Não, é claro que não — respondeu Timothy.

Alguém me explicou certa vez que esse tipo de coisa acontece por causa da Segunda Lei da Termodinâmica, que diz que tudo tende ao Caos. Não se pode lutar para sempre contra as leis da física: comecei a pensar que seria melhor, por mais que a excursão fosse obrigatória, voltar para a cama e ler a Lei Financeira, muito calmamente, até que alguém chegasse e me dissesse o que fazer. Sempre acaba aparecendo alguém.

Antes que eu pudesse agir segundo minha indecisão, houve uma batida na porta: Marylou tinha vindo se assegurar de que eu estava pronta para a excursão. Eu lhe falei de minha dificuldade.

"Julia, querida", disse ela, "você não pode simplesmente cortar dez centímetros da bainha de sua combinação?"

"Essa", disse eu, "seria uma solução muito engenhosa. Mas é impraticável. Seria preciso ter uma tesoura à mão."

"Não há problema, querida", ela respondeu. "A minha tesoura de alfaiate está em meu quarto."

Lá se foi ela para buscá-la e, ao retornar, em questão de momentos os dez centímetros de material, que me impediam de ficar apresentável, desapareceram.

Foi assim que, afinal de contas, apenas alguns minutos depois das 8h30 chegamos ao hall de entrada para começar nossa excursão por Veneza.

— Interessante — disse Ragwort.
— Interessante? — disse Cantrip, quase engasgando com seu *steak Diane*. — Interessante? Eu diria que é absolutamente repugnante. Não sei o que acontece com Julia. Ela só precisa ficar sentada e parecer indefesa — o que, Deus sabe, admito que ela é — e alguma moça desorientada aparece e começa a cuidar dela. É como se ela fosse um filhote de cuco. Um filhote de cuco é chocado no ninho de outro pássaro. Depois, ele só fica lá, com o bico aberto e cara de faminto. E o pássaro a quem o ninho pertence, em vez de jogá-lo pela borda do ninho, sente um impulso irresistível de empurrar comida pela goela dele abaixo. Julia tem o mesmo efeito sobre as mulheres. E, ainda mais, elas são geralmente moças bem atraentes, que deveriam fazer algo melhor que juntar minhocas para Julia.

— Os caminhos da natureza — disse Selena — são realmente maravilhosos.

— O que achei interessante — disse Ragwort — foi a tesoura de alfaiate. Existem, é claro, diversos tamanhos e tipos de tesoura usados em alfaiataria. Mas não seria conveniente usar uma tesoura pequena para cortar a bainha de uma combinação? Deve ter sido uma tesoura de alfaiate maior. Com lâminas longas. Muito longas e bem afiadas. E com pontas bem afiladas, é claro. Você disse "esfaqueado", não foi, Cantrip?

Não faltava ninguém entre nós, exceto Kenneth, o amigo grandalhão de Ned. Os demais, em um grupo que também incluía alguns estrangeiros "Amantes da Arte", seguiram obedientemente os passos de Graziella. Graziella foi consciente em seu dever de nos instruir sobre a história geral e artística de Veneza; sinto que ela pode exigir, no final das férias, que prestemos um exame sobre esses assuntos. Eu a ouço, portanto, com a máxima atenção, pois não gostaria de decepcioná-la, caso isso ocorra.

A excursão começou na Praça São Marcos, descrita por Napoleão como a melhor sala de visitas na Europa. Isso mostra, disse Graziella, que Napoleão era um tolo porque a praça não se parece em nada com uma sala de visitas; na realidade, embora certamente espaçosa e elegante, é o átrio para a Basílica de São Marcos, projetada para permitir que o visitante, antes de admirar em detalhes os ricos mosaicos e as luxuosas colunas da igreja, aprecie como uma unidade a grandeza de sua incomparável fachada. Nós apreciamos devidamente a fachada.

Os venezianos, parece, adotaram São Marcos como seu patrono no século IX, época em que os restos mortais do evangelista repousavam em Alexandria. Para demonstrar sua piedade, os venezianos enviaram uma expedição para conseguir trazer o corpo. Eles retiraram o cadáver sagrado de seu local de repouso e o levaram de volta, passando pela alfândega com a relíquia embalada entre duas peças de porco, de modo a desestimular a investigação pelos muçulmanos meticulosos.

Isso lembrou o major de algo engraçado que lhe acontecera no Líbano em 1952. Eu comecei a me lembrar de Desdêmona novamente.

Tendo conseguido o corpo, eles passaram trezentos anos construindo uma igreja para alojá-lo e, durante esse tempo, saquearam o Levante em busca de materiais de construção adequados. Nesse ínterim, eles perderam o cadáver, mas não se deixaram abater por isso. A oportunidade de dar os toques finais na obra-prima veio em 1204, quando praticamente sequestraram a Quarta Cruzada. Os cruzados pretendiam ir a Jerusalém, mas os venezianos, que estavam fornecendo o transporte, disseram no meio do Mediterrâneo que seria uma ideia melhor saquear Bizâncio. Então eles foram e saquearam Bizâncio. Como resultado disso, os venezianos conseguiram um império no leste do Mediterrâneo e os quatro cavalos de bronze antigos que estão na sacada da Basílica de São Marcos.

De lá fomos para o Palácio dos Doges. Graziella nos instruiu a notar o desenvolvimento, ali exemplificado, do estilo gótico para o estilo da Renascença e nos ofereceu uma pequena palestra sobre a constituição de Veneza. Ela falou com carinho a esse respeito; foi, ao que parece, uma constituição esplêndida, cheia de senadores e comitês e cheques e balanços e outras coisas deliciosas para o teórico político.

"Se era bom", disse Stanford, "por que não durou?"

"Durou seiscentos anos, *signor*", disse Graziella. "E, quando estava bem gasta e não funcionava mais, ela foi exportada, é claro, para os Estados Unidos da América."

A expressão de Stanford, como mencionei, é habitualmente a de um homem que suspeita que alguém vai enganá-lo; naquele momento, esse homem teve a confirmação de suas suspeitas. Marylou olhou para ele como se julgasse que havia cometido uma lamentável gafe em público; e marcou ainda mais seu desagrado ficando ao meu lado, em vez de ao lado dele, durante o resto do tempo que passamos no Palácio dos Doges.

O respeito à verdade histórica levou Graziella, quando chegamos à sala do Conselho dos Dez, a fazer alguma menção aos métodos pelos quais esse órgão, durante a Idade Média, havia preservado a segurança da Sereníssima República. Ela falou de modo bastante vívido sobre os procedimentos sombrios, a evidência sussurrada e os julgamentos inapeláveis que a bela sala presumivelmente testemunhou. Marylou ficou muito perturbada — como pensei, ela é uma idealista.

"Não posso acreditar nisso", disse ela. "Julia, querida, você acredita que alguém pudesse fazer coisas tão terríveis em uma sala tão adorável?"

"Eu posso acreditar em qualquer coisa", respondi, "quando um jovem com um perfil tão belo quanto o de Ned admite ser um fiscal de impostos."

"Você está sugerindo", perguntou Ned — por quem, é claro, me assegurei de ser ouvida —, "que meu departamento pode ser comparado com o Conselho dos Dez?"

"Não", eu disse, com a amargura da experiência, "ele é infinitamente pior."

Talvez você ache, Selena, que nesta conversa eu me afastei um pouco da política que você me recomendou. Meu comentário, porém, foi feito com grande severidade — eu dificilmente pensaria que ele pudesse ser considerado um elogio. Além disso, desde que dei mais atenção a Marylou que a qualquer outra pessoa, espero que tanto Ned como o major possam agora suspeitar de que eu seja um tanto não ortodoxa em minha preferência erótica; o primeiro será induzido a um falso senso de segurança e o último será desestimulado. Acho que posso me arriscar a um ou outro elogio.

— É uma pena para Julia — disse Ragwort. — As preferências dela, como se sabe muito bem, são tão ortodoxas quanto as de qualquer pessoa. Se não forem ainda mais.

— Com toda a certeza — disse Cantrip.

— Não se preocupe — disse Selena —, ninguém leva Julia a sério.

A última visita da manhã foi a uma pequena vidraria onde devíamos observar, disse Graziella, a tradicional e histórica arte do vidro soprado. Eu me sentia inclinada, nessa hora, a me interessar intensamente pela tradicional e histórica arte de inserir bolhas em um Campari com soda, mas não me arrisquei a dizê-lo.

Logo, porém, como os primeiros ruídos de uma folha de zinco sob uma tempestade, começaram a se ouvir os murmúrios de reclamação de Eleanor. Isso não era, disse ela, bom o bastante: haviam nos prometido uma turnê guiada por locais de interesse histórico e artístico, mas, em vez disso, passaríamos metade da manhã nos arrastando por uma fábrica de vidro. Isso não era apenas incompetência, mas um logro deliberado: o objetivo era nos levar a comprar, a um preço inflacionado, os produtos da fábrica, provavelmente inferiores, e assim tornar possível que aquela mulher (*videlicet* Graziella) embolsasse uma bela comissão.

Essas queixas foram inicialmente dirigidas a mim — somos, como você decerto lembra, como Rute e Noemi. Parecia claro, entretanto, que elas representavam apenas uma artimanha para um ataque direto a Graziella. Pensei na perspectiva de passar os oito dias seguintes presa no fogo cruzado entre essas duas formidáveis mulheres — o temor de tal futuro me levou a agir.

"Eleanor", falei, "não tenho sua energia. Estava pensando em parar um pouco e tomar um café na praça. Se você realmente não se interessar muito pela arte de soprar vidro, talvez eu possa persuadi-la a me fazer companhia."

Eleanor naturalmente teria preferido ficar e provocar uma discussão com Graziella, mas ela não podia dizer isso sem ser descortês. Eu saí com ela, triunfante e me dando parabéns por meu ato diplomático. Convidar Eleanor para um café, mesmo no Florian's, parecia um pequeno preço a pagar.

Nossa conversa se voltou para o assunto ao qual ambas demonstramos simpatia, ou seja, a corrupção do imposto de renda. Frases como "penalizando as realizações" e "perseguição mesquinha" logo encheram o ar da praça.

Passando, no tempo devido, do geral ao particular, Eleanor perguntou minha opinião a respeito do que poderia ser feito para aliviar suas obrigações. A posição dela é lamentável: embora sua participação nos lucros de Frostfield's seja recebida como remuneração de diretora e tratada, portanto, como salário, e seus outros investimentos tenham sido destinados para aumento de capital, sua faixa mais alta de imposto é 90%.

— Posso deduzir — perguntei — que a Sra. Frostfield esteja em uma situação confortável?

— Você pode deduzir — disse Timothy — que a renda dela fique entre 20 mil e 25 mil libras anuais.

— E se — disse Selena — uma proporção substancial desse total é derivada de investimentos de capital...

— Você pode concluir — disse Ragwort — que ela poderia, sem sacrifício pessoal indevido, ter pago seu próprio café. Mesmo no Florian's.

Fiz o que pude para ser útil; mas Eleanor já parece estar sendo muito bem aconselhada — todas as sugestões que ofereci já estavam sendo postas em prática. Eu havia quase perdido a esperança de ajudá-la quando me dei conta de que ela era perfeita para o esquema legal do marido sem tostão. Ou seja, vice-versa.

"Eleanor", disse eu, tão empolgada que derramei meu Campari com soda, "estou certa em supor que você esteja livre para se casar?"

"Minha querida Julia", disse ela, emitindo um ruído como o de um xilofone de brinquedo, com a intenção, imagino, de expressar diversão, "se você está me aconselhando a encontrar um marido rico..."

"Não, não", exclamei. "Certamente não. Você deveria encontrar um marido sem nenhum dinheiro."

Continuei explicando as consequências do casamento, que são, é claro, o salário da esposa poder ser tratado, para propósitos de impostos, como se ela fosse uma pessoa separada, mas a renda de seus investimentos ser tratada como renda do marido. Segue-se, como todos sabemos, que se os membros do casamento tiverem ambos receita assalariada e de investimentos, eles devem providenciar para que o salário seja considerado como da esposa. Segue-se também que uma mulher solteira com renda de ambas as fontes deve tomar providências imediatas para obter um marido sem tostão.

Recebendo, de modo totalmente gratuito, este esquema elegante e eficiente de poupar impostos, que não exige documentação cara e não implica taxa de selo, você imaginaria que Eleanor derramasse lágrimas de gratidão e se oferecesse para me pagar outro Campari com soda. Você estaria errada.

"Na verdade, Julia", disse ela, repetindo o efeito de xilofone, "você parece ter uma opinião muito cínica sobre o casamento."

Como você sabe, Selena, não sou de forma alguma cínica, ao contrário, sou excessivamente sentimental; mas se as pessoas deixarem que o sentimento interfira em seu planejamento tributário, isso não as ajudará.

— O esquema de Julia — disse Ragwort — não leva em conta os custos de manter o marido.

— Ela claramente considerou — disse Selena — que o marido assumiria funções como jardineiro, motorista e faz-tudo, pelas quais uma mulher na posição de Eleanor teria de pagar em base comercial.

Houve então uma digressão, enquanto meus companheiros discutiam os méritos do esquema do marido sem tostão. Nada sabendo dessas questões, não posso relatar a discussão em detalhes: caso algum de meus leitores queira tirar dela alguma vantagem pessoal, talvez julguem adequado, na próxima vez que forem ao Corkscrew, oferecer uma taça de vinho a Julia.

Perguntei a Eleanor se ela não achava um pouco irritante ter entre nossos companheiros de viagem um membro do Departamento da Receita Federal.

"Ned? Ah, minha querida Julia", disse Eleanor, "é claro que não. Ele é amigo de Kenneth." Suponho ter parecido surpresa. "Você sabe quem é Kenneth?"

Resmunguei uma negativa embaraçada — não saber quem era Kenneth parecia uma gafe, mas que eu não poderia evitar.

"Ah, minha querida Julia", disse Eleanor, com mais uma imitação de xilofone, "Kenneth Dunfermline. Um de nossos jovens escultores mais promissores."

"É mesmo? Muito interessante, eu não tinha percebido", disse eu, tentando disfarçar o fato de que o nome me era desconhecido. "Mesmo assim, Eleanor, não estou de modo algum segura de que a amizade com um escultor, por mais importante que seja, impedirá que um homem da Receita se comporte como um homem da Receita. Não acho que me inclinaria, em tal companhia, a mencionar, por exemplo, que estava declarando minhas férias como despesas de negócios."

Neste ponto, contudo, parece que a força de Eleanor é a força de dez homens porque o coração dela é puro: ela realmente está aqui com propósitos comerciais. Uma senhora inglesa, de posses substanciais e gosto excelente, uma colecionadora de antiguidades e de objetos de arte por toda a vida e residente em Veneza nos últimos trinta anos, recentemente fez sua mudança para o Paraíso: espera-se que sua coleção seja de considerável importância. O objetivo da viagem de Eleanor é examiná-la o quanto antes, na esperança, pelo que entendi, de conseguir fazer uma compra particular dos itens que lhe interessem; ela comentou que, assim que forem a leilão, os preços serão ridículos. Ela perguntou ao major se ele está aqui com o mesmo objetivo e parece que sim. Nenhum deles, portanto, está em Veneza por puro prazer; seus olhos se voltam para os móveis e os objetos da falecida Srta. Priscilla Tiverton.

— Bem, estou enroscado — respondeu Timothy. — Eles estão pilhando o espólio da tia-avó do meu cliente.

Capítulo 6

Não era, afinal de contas, uma coincidência tão admirável. Os ritos funerais dos ricos são um sinal para que as aves de rapina se reúnam e, entre elas, podemos classificar, com todo o respeito, os antiquários e a Associação dos Advogados.

Essa observação não foi bem recebida. Timothy sugeriu, um pouco rispidamente, que, se eu fazia tão mau juízo de sua fonte de renda, poderia preferir que ele não pagasse pela minha bebida. Eu o tranquilizei em relação a isso.

Alguns de meus leitores, ocorre-me agora, podem dedicar seus momentos de lazer à leitura de ficção policial, um passatempo que, às vezes, pode levar a uma especulação fantasiosa. Em benefício deles, devo deixar claro imediatamente que a falecida Srta. Tiverton morreu, até onde eu saiba, de causas inteiramente naturais; que o interesse da Sra. Frostfield e do major em sua coleção de objetos de arte não causou o crime do qual Julia era suspeita, nem contribui para ele; e a escolha de Timothy para consultor sobre a questão do fundo do irmão dela foi — exceto na medida em que possamos ver, em sua presença no lugar certo e na hora certa para o propósito de nossa investigação, a mão de uma Providência benevolente e onisciente —, exceto nessa medida, pura coincidência.

Estava ficando tarde. Os clientes do Guido's que gostavam de teatro e que haviam se demorado ali para ver em carne e osso os originais dos retratos autografados nas paredes, estavam começando a ser recompensados. Nossos conhaques chegaram. Selena continuou a leitura da carta de Julia.

> Meu quarto no Cytherea
> Domingo à noite

Espero que não venha a acontecer nada de desagradável — quer dizer, acho que já aconteceu. De qualquer modo, ninguém pode dizer que a culpa é minha — quer dizer, eles certamente dirão isso. Bem, vou descrever inteiramente os eventos do fim de semana e deixarei que você julgue se eu, em qualquer momento ou em qualquer aspecto, fiz mais do que a polidez e a boa vontade exigiam.

Na manhã do sábado, sentada no terraço, no canto anteriormente descrito, eu estava refletindo sobre minha ação proposta quanto a Ned e imaginando, de modo bastante ansioso, se isso poderia perturbar Kenneth, o amigo dele. Eu relutaria — pois sempre tenho boa vontade com artistas — em fazer qualquer coisa que pudesse magoar um deles. Não há como duvidar de que existe uma ligação, mas se é uma ligação profunda e sincera, do tipo que deixa as pessoas perturbadas, ou se é de uma natureza meramente frívola, não posso ter certeza no momento. Contudo, raciocinei como se segue:

(1) ou Kenneth é profunda e sinceramente ligado a Ned ou não é;

(2) se ele não for tão ligado, então eu seduzir Ned não vai perturbá-lo;

(3) se ele for muito ligado, então ou a ligação é recíproca ou não;

(4) se for recíproca, Ned vai rejeitar meus avanços e eu o seduzir também não causará perturbação em Kenneth;

(5) se não for recíproca, Kenneth vai sofrer quer eu seduza Ned ou não;

(6) se Kenneth vai sofrer quer eu seduza Ned ou não, a sedução não será a causa da perturbação de Kenneth;

(7) é portanto logicamente impossível que eu seduzir Ned venha a perturbar Kenneth.

Eu tinha pegado a caneta para lhe contar este exemplo da utilidade da lógica — sem a qual eu poderia ter chegado a uma conclusão totalmente diferente — quando vi que Marylou havia chegado ao terraço. Ela não era uma das pessoas que eu desejava evitar, e assim saí da cobertura de parreira ou trepadeira similar.

"Você está esperando seu marido?", perguntei.

"Meu marido", disse Marylou, "foi a Verona passar o fim de semana com um cliente da empresa." Ela fez com que a expressão "cliente da empresa", que anteriormente me parecera inócua, soasse claramente pejorativa. Ela também não fez "marido" soar nada bem. Imaginando que esses fossem eufemismos americanos discretos para alguma devassidão não mencionável, fiz ruídos de curiosidade simpática.

Stanford trabalha na filial inglesa de uma empresa de engenharia americana. Ele é, parece-me, um desses jovens executivos dinâmicos e agressivos que se recusam a tirar férias a menos que sejam calculadas para conhecer pessoas que lhes serão úteis nos negócios. Ainda assim, depois de uma campanha de vários meses, Marylou conseguiu finalmente convencê-lo a levá-la em férias particulares e genuínas — isto é, durante as quais Stanford lhe devotaria todo o seu tempo e atenção e ela, por sua vez, não seria obrigada a manter conversas corteses com as esposas ou parentes dos clientes e colegas dele. Ou, pobre moça, assim ela acreditava. No último momento antes da partida ele admitiu que aceitara um convite para um fim de semana com um importante cliente em Verona. Indignada, com motivo justo, por essa duplicidade, ela se recusara a acompanhá-lo, mas agora não tinha ninguém para acompanhá-la em Veneza.

Sugeri, naturalmente, que explorássemos a cidade juntas e perguntei se havia algo em especial que ela gostaria de ver.

"Vi um lindo conjunto bordado para mesa de jantar quando passamos pelo Rialto ontem", disse Marylou. "Mas não tive tempo de comprá-lo. Poderíamos voltar lá? Ou é longe demais?"

Eu lhe garanti que não era. Embora a distância de São Marcos até o Rialto represente quase metade do comprimento do Grande Canal, por terra é apenas uma caminhada de cinco minutos.

De qualquer modo, essa era a impressão que o mapa no guia de Ragwort me dera. Existe uma estranha falta de correspondência entre os lugares conforme representados nos mapas e os lugares como realmente são. Partindo por uma rota que deveria nos levar, segundo o cartógrafo, ao nosso objetivo no quadrante F11, repentinamente nos encontramos no exterior de uma igreja que ele inscreve no quadrante M3. Se, como sempre ocorre em Veneza, a igreja contiver dois Bellini e um Giorgione, torna-se impossível que um "Amante da Arte" passe por ela sem olhar.

Desse modo, nosso progresso em direção ao Rialto foi errático. Nossa passagem por ele não foi menos demorada. Não se poderia reclamar de falta de opção nas duas fileiras de lojas que ladeiam a antiga ponte. Não foi apenas o conjunto de mesa; foram, no final, três conjuntos de toalhas de mesa; foram xales de renda; foram bolsas de couro com ornamentação elaborada; foram pequenos ratos de vidro que seguravam instrumentos musicais; foram muitas outras coisas de prazer e deleite, todas descritas por Marylou como totalmente divinas e nada caras. Graziella havia nos falado dos grandes dias do comércio veneziano, quando se dizia que todo o dinheiro mudava de mãos no Rialto; parecia que a ambição de Marylou era fazer tudo isso sozinha.

Chegamos finalmente à margem distante do Grande Canal e ao distrito conhecido como Dorsodouro. Esse local parece acolher mais o estudante que o turista e é totalmente diferente de São Marcos. O ar tem um toque salgado quase ateniense, que nos lembra de que este é, sem dúvida, um dos centros históricos do intelecto europeu, o berço da Renascença, a acrópole do pensamento livre contra o formalismo dos papas e a tirania dos príncipes. Aqui o grande Aldus...

"Não foi isso que Graziella disse ontem sobre o Conselho dos Dez", disse Marylou, a confidente dessas reflexões.

"Graziella", respondi com gentileza, "ontem estava falando sobre a Idade Média. Agora estou falando da Renascença, o que é inteiramente diferente. E devo mencionar, Marylou, que interromper um advogado, quando justamente engajado em uma bela obra de retórica, é prerrogativa exclusiva do judiciário — e assim deve ser desestimulado."

Eu tinha esquecido que os americanos sempre pensam que queremos dizer exatamente o que dizemos. Para meu espanto, ela começou a se desculpar. Acrescentei de imediato que ela era mil vezes mais bonita que todo o Tribunal Superior e que poderia me interromper sempre que quisesse. Mas ela não me pareceu convencida. Assim, para tranquilizá-la ainda mais, eu a beijei no nariz. Como isso aconteceu fora da Casa Rezzonico, provocou alguma zombaria dos venezianos que passavam; mas, com toda a sinceridade, Selena, o que mais eu poderia ter feito?

— Nenhum bem virá disso — disse Ragwort.
— Foi apenas no nariz — disse Selena.

Almoçamos no restaurante recomendado por Ragwort, ao lado do Campo San Barnaba, onde uma parreira espalhou seus ramos formando um teto sobre o jardim. Eles nos serviram uma sopa de vegetais e omeletes e, para beber, vinho frio em uma jarra de porcelana. Eu esperava, com essas distrações, que Marylou se esquecesse de suas desventuras matrimoniais. Porém, não foi assim que aconteceu.

"Julia, querida", disse ela, em algum ponto da segunda *grappa*, "você acha que o casamento pode ser uma relação interpessoal válida em um contexto de vida?"

"Não sou qualificada para julgar", respondi cautelosamente. "Não sou uma mulher voltada para o casamento."

"Você consideraria uma intrusão", disse ela, "se eu perguntasse por que não?"

"De modo algum", apressei-me em responder; mas expliquei que não havia ninguém com quem eu pudesse contemplar tal arranjo, exceto meu culto e elegante amigo Desmond Ragwort...

— Bom, realmente — disse Ragwort.

... que, porém, já rejeitou minhas respeitáveis propostas.

"Você quer dizer que o pediu em casamento e ele disse não?", disse Marylou.

Confirmei que esse fora realmente o caso. Ela ficou chocada com tanta falta de sentimentos e de discernimento e demonstrou, como uma moça de coração caloroso, uma indignação tão empática a meu favor...

— É um pouco demais — disse Ragwort.

... que eu me senti obrigada a indicar, atenuando a ofensa cometida por Ragwort, que as virtudes que possuo não têm natureza doméstica. Isso, contudo, não a aplacou. Se, disse ela, tudo que Ragwort desejava era alguém para manter a casa limpa e lhe dar bons momentos na cama...

— Eu não esperava isso de Julia, jamais — disse Ragwort.

... então ele não me merecia: uma mulher com meu intelecto e personalidade, disse ela, precisava de alguém que a valorizasse como pessoa e não apenas como um objeto doméstico.

— Tome um pouco de conhaque, Ragwort — disse Selena. — Você vai se sentir muito melhor.

Foi um dia de muitos e diversificados prazeres. O melhor de tudo foi, ao retornarmos ao Cytherea, encontrar o adorável Ned sentado completamente sozinho no bar. Sozinho e descontente: ao que parecia, Kenneth se ocupara por todo o dia com algo sério e artístico; Ned, abandonado, havia vagado por Veneza sem ninguém com quem conversar e se entediara. Ele estava prevendo com tristeza um domingo igualmente tedioso.

Bem, Selena, não tendo coração de pedra, Marylou e eu já tínhamos combinado passar a manhã de domingo juntas no Lido e convidamos Ned a nos acompanhar. Mesmo que ele fosse um jovem inexpressivo, nós não poderíamos ter agido de outro modo.

Portanto, na manhã de domingo, levantei sentindo-me otimista — tinha grandes esperanças no Lido.

"A *signorina* está muito alegre hoje", disse o belo garçom que traz o meu café da manhã.

"Quem não se sentiria feliz", respondi, "ao ter o café da manhã servido por um jovem com olhos tão lindos?" Minha capacidade linguística não era suficiente para expressar isso em italiano, nem ele conseguia entender plenamente o inglês; mas ele compreendeu que a intenção era elogiosa e pareceu ter gostado.

Chegando primeiro ao terraço, onde havíamos combinado de nos encontrar, eu me acomodei no meu cantinho costumeiro. Como consequência disso, ouvi uma conversa muito peculiar, ou melhor, fragmentos de uma conversa entre Eleanor e Kenneth Dunfermline. Vou relatá-la com o máximo de detalhes que puder para ver como você a interpreta.

Eles chegaram juntos ao terraço e se sentaram a uma mesa no outro extremo. Fiquei onde estava, oculta pela parreira ou trepadeira similar. Não me ocorreu que eu poderia passar pelo constrangimento de ouvi-los, pois o que fosse dito em tom normal de voz não teria sido audível. Eu não havia considerado a ressonância da voz de Eleanor em momentos de irritação.

Por alguns minutos, de fato, eles conversaram tranquila e pacificamente e eu nada ouvi. Então, ouvi Eleanor dizer: "É inútil me culpar, Kenneth. É claro que eu pensei que ele soubesse ou não o teria mencionado". Então, Kenneth disse algo que não ouvi e que pareceu acalmá-la um pouco. A próxima coisa que a ouvi dizer foi: "Bem, eu o alertei a respeito dele e isso é tudo que posso fazer. Desde que você o mantenha bem trancado enquanto ele estiver por perto do local, não deve ter nada com que se preocupar".

A princípio supus, nem sei bem por quê, que ela estivesse falando sobre o major. Por algum motivo, o major me parece ser o tipo de homem em cuja proximidade seria prudente trancar os talheres. Parece, porém, que eu devia estar errada sobre isso, porque logo depois a ouvi dizer que alguém chamado Bruce havia roubado uma poltrona e um espelho rococó de que ela gostava muito. Conclui que esse Bruce, quem quer que ele seja, deve ter sido o objeto do alerta anterior.

Não posso imaginar, entretanto, que Kenneth pudesse ter em sua posse algo de valor suficiente para correr o risco de roubo — a menos, é claro, que se considere o adorável Ned. Tudo isso me pareceu muito estranho, mas nem de perto tão estranho como o que se seguiu.

Tendo a compleição de um boi, como eu já mencionei, Kenneth tinha, até esse momento, exibido a placidez correspondente. Logo depois da referência a Bruce, no entanto, ele pareceu ficar furioso. Levantou-se de sua cadeira e ficou em pé diante de Eleanor, com a cabeça abaixada e os ombros para a frente como se estivesse para atacar. A indignação agora o tornava suficientemente ressoante para que eu o ouvisse. Não posso tentar um relato *verbatim* das palavras dele: a ideia geral era de que Eleanor não mandava nele, de que ele não era um empregado da Frostfield's e que ela já recebera dele aquilo pelo que pagara. Algo também sobre não deixar os amigos de lado para agradá-la.

Depois disso ele saiu do terraço, evidentemente encolerizado. Eleanor, para meu alívio, saiu logo depois, poupando-me o constrangimento de ser descoberta.

Você não acha que é extraordinário, Selena, que Eleanor e Kenneth, em apenas dois dias, chegassem a estabelecer intimidade suficiente para ter uma altercação? Sempre supus que o rancor fosse fruto de um longo conhecimento. Mas você, com sua agilidade mental, talvez possa chegar a alguma explicação razoável.

— Gosto desse Bruce — disse Cantrip.
— Você quer dizer — disse Ragwort — que o vê como alguém semelhante a nós?
— Não, quero dizer que gosto dele como assassino. Acho que foi ele.

— Com todo o respeito — disse Timothy —, você não está teorizando um pouco antes de ver as evidências? Uma única menção ao nome dele em um fragmento de uma conversa...

— Bastante significativo, porém, porque agora sabemos que esse escultor tinha algo de valioso consigo. E sabemos que esse Bruce sabe que ele tem isso. E sabemos que esse Bruce faria o que fosse preciso para conseguir esse tipo de coisa. É claro que não sabemos o que isso é. Imagino que seja algo mais do que essa coisa de... roco o quê?, de rococó, se é isso que o Bruce quer. Essa coisa de rococó é valiosa?

— Dá para imaginar — disse Ragwort — que uma peça de mobiliário genuína em rococó obtenha um preço atraente.

— Certo. Então o que esse Bruce faz é ficar no Cytherea até achar que não tem mais ninguém lá. Aí ele vai para o anexo pensando em roubar a poltrona rococó, seja lá o que for isso. Só que o rapaz da Receita volta inesperadamente e o flagra. Ameaça chamar a polícia. Bruce implora um pouco, imagino que ele diga que tem esposa e cinco filhos e assim por diante e que eles não têm poltronas para se sentar. Mas não adianta, porque os funcionários da Receita são especialmente treinados para não dar ouvidos a histórias tristes. Então Bruce se desespera e o esfaqueia. Gostei disso. O que vocês acham?

— Acho — disse Selena — que faríamos melhor em continuar e descobrir o que houve de desagradável que deixou Julia preocupada.

Marylou e Ned se juntaram a mim logo depois e tomamos o *vaporetto* para cruzar a lagoa até o Lido. Lá, nadamos intensamente e bebemos bastante Campari com soda. Quer dizer, essa foi a soma de tudo que fizemos: Marylou e Ned fizeram a maior parte da natação e eu bebi a maior parte do Campari. Ned, sem as roupas, é um pouco mais musculoso do que eu havia imaginado, mas não a ponto de ser desagradável. E não tem muitos pelos, o que muito me aliviou.

Implorei a ambos que tomassem cuidado com o sol. Seria uma desgraça, disse eu, se levasse comigo as pessoas mais belas que havia no Cytherea e as devolvesse parecendo lagostas fervidas.

"Só no Cytherea?", perguntou Ned, com ar de reprovação.

"Em Veneza", respondi. "Em toda a costa do Adriático".

"Por que não em todo o Mediterrâneo?", ele perguntou, ainda insatisfeito. Mas eu não seria levada a tal exagero.

Não me esqueci de demonstrar interesse nas esperanças, sonhos e aspirações de Ned. Perguntei se ele realmente pretendia passar todos os seus dias a serviço da Receita, enviando cartas cada vez mais ameaçadoras em envelopes cada vez mais amarelados. "Certamente", eu disse, "essa é uma ocupação que destrói a alma, não é?" Isso me pareceu bastante sutil.

"Não sei", respondeu Ned. "Talvez haja subitamente alguma incrível transformação em minhas circunstâncias. Meu amigo Kenneth tem planos para nos transformar em milionários."

Porém, ao ser incentivado a falar um pouco mais sobre isso, ele disse: "Ah, eles não vão dar em nada. Você sabe como são os artistas. Eu levo os planos de Ken tão a sério quanto os seus elogios, Julia. Não, espero continuar na Receita". Ele parecia até um pouco irritado por eu ter mencionado uma alternativa e, portanto, não senti nenhuma obrigação de continuar com esse assunto.

— Vocês não acham — disse Selena — que essa também é uma conversa significativa?

— Bem — disse Timothy —, ele estava certo a respeito da mudança súbita em suas circunstâncias. Mas, presumivelmente, não estava pensando em ser assassinado. Pobre rapaz. O que você tem em mente?

— Eu estava lembrando — disse Selena, olhando sonhadoramente para seu copo de conhaque vazio — da eficiência do planejamento fiscal de Eleanor. Mas pode ser que eu esteja fantasiando; vamos continuar.

Nós almoçamos ao ar livre, sob um toldo azul na elegante avenida que leva da praia à estação do *vaporetto*. Depois, voltamos cruzando a lagoa: Graziella havia nos instruído a não perder de modo algum a regata histórica. Esse é um pretexto anual para que os venezianos se vistam com roupas medievais e deslizem pelo Grande Canal sob toldos dourados, em barcas com forma de leões e golfinhos.

A pressão das multidões reunidas para assistir ao espetáculo deixou-me mais próxima do adorável Ned do que de outro modo eu teria conseguido. Isso, junto com o calor e o vinho que eu tinha bebido durante o almoço, induziu-me a certa tontura: foi difícil conter-me e não fazer nenhum avanço aberto.

Eu pensei, de fato, se deveria tentar desmaiar, como recomendado pelo dramaturgo Shakespeare. Pareceu-me, porém, que, a menos que Ned se sentisse obrigado a me carregar até o meu quarto no Cytherea, nada de importante seria obtido com isso. Ele não me parece ser o tipo de jovem que se prestaria a tal tarefa.

— Não acredito que Shakespeare tenha dito a Julia para tentar desmaiar — disse Cantrip. — Ele está morto.

— Ela está se referindo — disse Selena — ao poema "Vênus e Adônis", escrito por ele. Julia o leu em uma idade impressionável e desde então o considera um tipo de manual de sedução.

— É um trabalho muito indelicado — disse Ragwort. — Uma leitura totalmente inadequada para uma jovem.

— Isso não foi culpa de Julia — disse Selena. — Eles lhe disseram na escola que Shakespeare era educativo.

— Se bem me lembro — disse eu —, os métodos empregados pela deusa para seduzir Adônis, embora poderosos, só tiveram sucesso limitado. Julia não acha isso desestimulante?

— Não — disse Selena. — Não. Apenas neste ponto ela acha que Shakespeare não foi totalmente sincero. Ela está convencida de que o poema se baseia em experiência pessoal. A evidência histórica mostra que ele teve resultados.

Voltamos, assim, do modo usual ao Cytherea — ou seja, sem que ninguém carregasse ninguém. Ned foi descansar antes do jantar.

"Julia, querida", disse Marylou, "você precisa deixar que eu conserte aquela saia."

No decorrer da tarde, a bainha da minha saia se desfez. É da natureza das bainhas se desmanchar; e Marylou segue a escola de pensamento que afirma que elas devem ser refeitas. Assim, nos dirigimos para o quarto dela, onde estavam seus instrumentos de costura, comprando *en passant* pelo bar uma garrafa de Frascati.

Nós nos sentamos na cama, bebendo Frascati: ela cosendo e eu a observando. Ela demonstrou muito interesse pela vida em um escritório de advogados ingleses e fiquei feliz em satisfazer sua curiosidade. Creio ter lhe dado uma imagem bastante justa e equilibrada. Isto é, não me detive exclusivamente nos triunfos forenses atribuíveis à minha habilidade e inteligência, mas também mencionei os desastres forenses provocados pela estupidez de meu cliente leigo, pela incompetência de meu conselheiro legal ou pela demência senil do juiz que ouvia o meu caso. Em resumo, foi um relato muito similar ao que ela teria ouvido de qualquer outro membro de nossa profissão.

"Julia, querida", disse ela, "acho que devo verificar a bainha de sua combinação."

A borda inferior de minha combinação, depois de ter sido cortada, inevitavelmente perdera sua maciez original. O defeito era latente, mas, se eu não tivesse tirado a minha saia para que ela fizesse a bainha, a própria Marylou não teria lembrado. Além disso, é curiosamente agradável observar alguém envolvido em alguma delicada tarefa doméstica para nosso benefício; apenas protestei formalmente antes de lhe entregar a combinação.

Talvez eu tivesse transmitido uma imagem indevidamente rósea da vida jurídica. "Eu gostaria de ter feito algo parecido", disse ela, bastante melancólica. "Eu queria ter feito algo válido e significativo, em vez de simplesmente ter me casado."

Eu lhe garanti que o celibato não era um pré-requisito para a prática do direito; sugeri, de fato, que um marido poderia ser um grande conforto nos momentos de estresse e ansiedade que são inevitáveis em nossa profissão.

"Não se o marido fosse Stanford, querida", disse Marylou. "Stanford não é o tipo de marido que me apoiaria em um trabalho que me realizasse. Stanford não se preocupa comigo como um indivíduo."

Eu disse — e o que mais poderia dizer? — que, se Stanford não a adorava, ele era um tolo e um salafrário; e que não me parecia fácil pensar tão mal dele.

"Não, querida", disse Marylou. "Ele adora a minha aparência e o meu modo de vestir e o modo como cuido da casa e organizo as festas. Ele não me adora como uma pessoa. Ele não se importa comigo como uma pessoa. Se meu marido se importasse comigo como uma pessoa, ele não teria vindo a Veneza comigo e, depois, ido passar o fim de semana em Verona com um conhecido de negócios."

Então, ela caiu em prantos.

Fiquei muito perturbada com isso e não sabia o que fazer. Entretanto, é senso comum que as pessoas que choram não desejam fazê-lo *in vacuo*, mas em um ombro conveniente: ofereci meu ombro e Marylou chorou nele. "Pronto, pronto", eu disse, ou palavras similares.

Ficará claro para você, a partir do acima exposto, que as razões para que eu estivesse na cama de Marylou, com uma quantidade bastante pequena de roupas de baixo, e segurando a cabeça dela em meu ombro, eram da natureza mais inocente imaginável. Eu bem vejo, contudo, que esse talvez não fosse o melhor momento para que Stanford, que retornava de Verona, entrasse no quarto sem bater na porta. A cena estava aberta a um mal-entendido: pela expressão de Stanford, ficou claro que ele a interpretou erroneamente.

Ele, porém, não disse nada enquanto eu estava presente. Na hora em que todos nós descemos para o jantar, eu esperava que Marylou o tivesse persuadido da absoluta pureza dos motivos dela e dos meus. No entanto, pelo modo como Stanford me olhou durante o jantar, temo que esse não foi o caso. Esperava, como disse, que não houvesse nada de desagradável.

Fiquei tão perturbada com tudo isso que, quando o major sugeriu sairmos juntos alguma noite, não fui imediatamente capaz de pensar em uma desculpa e, em princípio, concordei.

Desculpei-me na hora do café alegando dor de cabeça e busquei, na intimidade de meu quarto, o consolo de lhe relatar a difícil situação em que agora me encontro.

Sua amiga, como sempre,
Julia

— Parece-me extraordinário — disse Ragwort — que, se era para alguém matar alguém, ninguém tenha assassinado Julia. Estou feliz por isso não ter acontecido, é claro.

Capítulo 7

Agora já era muito tarde: até os atores estavam saindo.
— É melhor irmos — respondeu Timothy. — Selena, você ainda quer me levar até Heathrow amanhã?

Tinha sido combinado, no início da semana, que Selena levaria Timothy ao aeroporto, chegando lá a tempo de receber Julia, que retornaria da viagem. Todos nós, pensando em passar em agradável reunião as horas entre a chegada de Julia e a partida de Timothy, pretendíamos nos incluir entre os passageiros de Selena. Todos concordamos que, apesar das circunstâncias diferentes, o combinado deveria ser mantido.

— Veja, Ragwort — disse Cantrip — lembra do que você disse sobre ninguém ter matado Julia? Não acha que este é um daqueles casos de identidade trocada? Que dizer, não acha que alguém queria matar Julia e acabou assassinando o funcionário da Receita no lugar dela?

Eu observei que para matar, em vez de Julia, um jovem magro com cabelo loiro, seria preciso que o assassino fosse muito míope.

— Talvez estivesse escuro — disse Cantrip. — E não sabemos em qual quarto tudo aconteceu, o relatório só dizia "em um quarto do hotel". Suponho que o rapaz da Receita estava na cama de Julia...

— Essa — disse Ragwort — é uma possibilidade que, infelizmente, não podemos desconsiderar. Mas Julia não estaria lá com ele?

— Uma ausência temporária — disse Cantrip. — No banheiro ou em outro lugar.

— Duvido muito — disse Timothy —, em relação ao horário. Você ligou para o Corkscrew mais ou menos às 20h20, Cantrip. Assim, suponho que a notícia já deveria estar no teletipo às 20h15. Se o assassinato aconteceu depois do anoitecer, não acho que isso seria possível.

— Não sei — disse Cantrip. — Depende do horário em que anoitece em Veneza.

Timothy pagou a conta. Nós nos levantamos para sair.

— Por falar nisso — disse Selena —, se não se importarem, eu ainda gostaria de chegar a Heathrow em tempo de ver o desembarque do voo em que Julia deveria voltar.

— Sim, é claro — respondeu Timothy. — Se no final ela estiver nele...

— Isso certamente seria um grande alívio. Mas, se ela não estiver, então acho, sabe, à luz do que Cantrip acabou de sugerir, que eu gostaria de ter certeza de que todos os outros "Amantes da Arte" estão.

Foi assim que, em um horário bastante cedo na manhã de sábado, considerando-se a hora tardia em que nos retiramos, Selena encontrou-me na residência que eu ocupava em Islington. Ela tinha recebido, mas ainda não tivera tempo de ler, mais uma carta de Julia, evidentemente enviada na quarta. Ela se propôs a ler a carta em voz alta para aproveitar as horas ociosas em Heathrow.

Sentando-me ao lado dela, eu me resignei a ser conduzida pelo trânsito do norte de Londres a uma velocidade que ela descreve como animada. Ainda assim, chegamos sem acidentes a Middle Temple Lane.

Timothy já havia falado por telefone com os agentes de viagem de Julia. Eles confirmaram que sua cliente, a Srta. Julia Larwood, estava tendo algumas dificuldades com a polícia veneziana, mas ficaram felizes por garantir-lhe que ela não estava realmente sob custódia; haviam apenas solicitado que ela entregasse o passaporte e não saísse do Vêneto. Estavam sendo tomadas providências para sua acomodação. Aliviados, ouso dizer, ao descobrir que não eram os únicos responsáveis pela pobre criatura, eles haviam fornecido a Timothy o nome e o endereço de seu representante em Veneza — ou seja, Graziella — e tinham prometido que ela lhe daria toda a ajuda possível em seus esforços em benefício de Julia.

Para evitar que Selena desse uma volta desnecessária, Cantrip se oferecera para ir até a casa de Ragwort em Fulham, onde nós os encontraríamos. Não havia sido, talvez, uma oferta realmente altruísta: Ragwort é famoso por seus excelentes cafés da manhã. De fato, eu esperava por isso, mas Cantrip já terminara de comer os ovos mexidos e Selena achava que não tínhamos tempo para um café.

Ragwort e Cantrip juntaram-se a mim no assento de trás do veículo e continuamos em direção ao oeste, com Selena manobrando, com maravilhosa despreocupação — suponho que essa seja a expressão que busco —, a série de rotatórias que parece projetada para evitar que o motorista, vindo de Londres, consiga deixá-la.

Cantrip também dera alguns telefonemas. Usando os privilégios de um funcionário em meio período, ele usara o serviço de informações do *Scuttle* para descobrir o horário do pôr do sol em Veneza. Fora às 20 horas.

— Nesse caso — disse Timothy —, a teoria da identidade trocada deve ser descartada, não é?

— Horário local — disse Cantrip. — Os italianos estão uma hora à nossa frente. Então, pelo horário de Londres, seriam apenas 19 horas. Eu então liguei para um colega que conheço na agência de notícias e perguntei qual o tempo para uma história como essa chegar ao teletipo. Eu disse que tinha apostado sobre isso. Disse que eles têm um homem em Veneza com ótimo instinto para notícias e, assim que alguém liga, as notícias são enviadas em cerca de uma hora.

— Ainda é por pouco — respondeu Timothy.

— Nem tanto — disse Cantrip. — Olhe para isso como eu o vejo. Sexta à noite, cerca de 19h45 no horário americano. A americana e o marido estão mudando de roupa para o jantar. Há uma briga — que pode ter começado com a discussão sobre quem deixou o tubo de pasta de dentes aberto ou algo assim. E, como seria de esperar, o nome de Julia é mencionado. "E, na tarde de domingo", disse Stanford, "quando encontrei você e Julia na cama em uma condição comprometedora, não me diga que ela estava apenas explicando um ponto interessante do procedimento jurídico. Vacas poderiam voar", disse Stanford. "Havia outras coisas acontecendo." E Marylou diz que tudo bem, se é isso que ele pensa, ela fica feliz por dizer que ela e Julia realmente passaram a tarde inteira em devassidão inominável...

— Fomos levados a entender — disse Ragwort — que não foi esse o caso.

— Isso não a impediria — disse Cantrip. — Quer dizer, quando uma mulher está brigando com o marido, não vai admitir que foi absolutamente fiel a ele durante todos os anos em que foram casados; isso seria humilhante demais. Então, elas sempre dizem que estiveram com outra pessoa, mesmo que isso não seja verdade. É claro que — acrescentou ele com alguma amargura — isso muitas vezes provoca muito constrangimento e aflição a terceiros inocentes. Mas elas não pensam nisso.

— Reconhecemos sua experiência — disse Ragwort — como um correspondente em potencial.

Cantrip interpretou esse comentário como ofensivo e seguiu-se uma briga.

— Por favor — disse Selena —, hoje não é segunda-feira de manhã no Tribunal.

— Desculpe — disse Cantrip. — Onde eu estava? Ah, sim: Marylou diz que, de fato, Stanford tem razão e que ela passou a tarde do domingo na cama com Julia. E continuou dizendo que, se ele realmente quer saber, isso foi cerca de dezessete vezes mais divertido que qualquer coisa similar com Stanford. Essa é uma boa fala final e assim ela sai do quarto conjugal e desce para o jantar. E Stanford, em um frenesi de paixão e ciúme, agarra a arma mais próxima — a tesoura de alfaiate ou algo assim — e vai até o quarto de Julia para vingar sua honra.

— Certamente não — disse Selena.

— Não serve para nada você dizer "certamente não" desse modo; os americanos se exaltam muito com essas coisas. Enquanto isso, Julia atraiu o rapaz da Receita a seu quarto — fez muitas promessas loucas, imagino, sobre entregar a declaração a tempo e assim por diante — e se divertiu com ele. Sentindo-se, em consequência, leve e solta e cheia da alegria da primavera — você pode acreditar em minha experiência sobre isso, também, Ragwort —, ela estava tomando uma ducha revigorante. Cantando, ouso dizer.

— Cantando? — disse Ragwort, aparentemente muito chocado.

— Bem, ela acha que canta, pobre menina. A voz dela na verdade não sobe nem desce muito como deveria, mas não se pode lhe dizer isso. De qualquer modo, não importa se ela está ou não cantando, o importante é que ela está tomando uma ducha. E o rapaz da Receita ainda está na cama. Entra Stanford, em um frenesi de paixão ciumenta, como já mencionado. Acabou de escurecer, mas ele não acende a luz porque deseja atacar Julia sem que ela perceba. Ele tem uma mente simples, como é a da maioria dos executivos, e pensa que quem está na cama de Julia deve ser Julia. Assim, ele esfaqueia o rapaz da Receita. Stanford sai do quarto; Julia sai do chuveiro, ainda cantando, imagino, e vai até a cama borbulhando algumas palavras afetuosas para o rapaz da Receita — "O que você acha de um refrigerante?" ou algo assim. E, depois de um momento, ela nota que tem muito sangue nos lençóis e o rapaz parece estar morto. Ela grita — bem, ela faz um tipo de barulho gorgolejante, como faz quando vê uma aranha — e vai para o corredor. Um pouco depois, alguém a encontra andando para um lado e para o outro, dizendo: "Parece haver um cadáver na minha cama". A polícia entra e a prende. Tudo isso poderia acontecer em muito menos de dez minutos, então haveria tempo de sobra para que o rapaz da agência enviasse a notícia às 20h15 no horário de Londres.

Nós avaliamos essa sequência jacobina. Selena diminuiu a pressão sobre o acelerador e cedeu passagem a um táxi na pista rápida.

— Eu tinha a impressão, Cantrip — disse Timothy —, que você considerava Bruce o principal suspeito, o homem de que Eleanor estava falando.

— Sim — disse Cantrip —, mas eu não sabia que Julia tinha sido encontrada em uma situação comprometedora com a americana. Eu aposto em Stanford agora. Minha segunda opção seria Bruce. Em quem você aposta, Ragwort?

— Não sou dependente — disse Ragwort — do vício do jogo. Mas me parece que essa ideia da identidade trocada é uma complicação desnecessária. Eu pensaria que a própria moça seria uma suspeita mais provável.

— A americana? — disse Cantrip. — Por quê?

— Vamos a princípio supor — disse Ragwort — que o relacionamento com essa moça era totalmente inocente. Do ponto de vista de Julia. Vocês não terão deixado de notar, no entanto, que a cadeia de eventos que levou Julia a estar quase despida na cama de Marylou, com a cabeça de Marylou em seu ombro — e nosso conhecimento de anatomia, auxiliado, no caso de Cantrip, pela lembrança pessoal, nos diz, em conexão a isso, que o ombro de Julia está em uma área intimamente adjacente ao admirável colo de Julia —, que cada elo dessa cadeia de eventos foi iniciada por Marylou?

— Ela só se ofereceu para consertar a saia de Julia — disse Cantrip.

— Ah, é verdade — disse Ragwort. — Existe uma explicação perfeitamente inocente para tudo que ela fez e é nosso dever, é claro, como Cantrip com razão nos indica, supor, se possível, que essa é a explicação correta. Se fôssemos, porém, brevemente dispensados dessa obrigação compassiva... — Ragwort inclinou-se para trás e olhou para o teto do carro com uma expressão muito espiritual, provavelmente desperdiçada.

— Vamos conceder a nós mesmos — disse Timothy — uma dispensa hipotética.

— Bem, nesse caso, como já sugeri, poderíamos ver o que ela fez sob uma luz muito diferente. E seria importante observar que o comportamento de Julia, conforme descrito por ela, poderia ter sido interpretado como não totalmente desencorajador. Ela elogiou a moça. Ela a beijou no nariz fora da Casa Rezzonico. Ela falou sobre a Renascença e a Associação dos Advogados. Não houve, em resumo, nada nos modos de Julia que indicasse que ela se retrairia diante de um avanço com repugnância e irritação. Se, de fato, isso é o que era teria feito.

— Se você quer dizer — disse Selena, pisando bem forte no acelerador e ultrapassando o táxi de novo — que Julia não é o tipo de mulher que magoaria cruelmente os sentimentos de alguém, especialmente os de uma moça que fora gentil com ela e estava sozinha e sem amigos em um país estranho...

— É claro — disse Ragwort — que isso é exatamente o que eu quis dizer.

— Então, a seu ver — disse Cantrip —, essa americana sentiu uma atração por Julia e resolveu se arriscar?

— Eu não o teria expressado — disse Ragwort — com tanta felicidade. Mas essa é a essência do que estou sugerindo. E se Marylou for um tipo de moça romântica, que poderia levar essa ligação a sério, então não parece impossível, se ela descobrisse o interesse de Julia no rapaz da Receita, que ela pudesse usar sua tesoura de alfaiate para se livrar de seu rival.

— Isso não funciona — disse Cantrip. — Porque quem matou o rapaz da Receita deixou as coisas armadas de modo que Julia fosse responsabilizada. Quer dizer, ou queriam que suspeitassem dela ou não se importavam com isso. Se a americana gostava de Julia, ela não teria feito isso.

— Ah? — disse Ragwort, olhando para Cantrip com grande espanto. — Ah, você acha que não? Não tenho, é claro, sua experiência do mundo, mas eu pensaria que isso era exatamente o que ela poderia fazer.

Felizmente, não preciso contar a meus leitores sobre o tédio de conseguir uma vaga de estacionamento em Heathrow e do procedimento de *check-in*. Quando isso estava concluído, conseguimos encontrar uma mesa em um dos bares do aeroporto que dava para a área em que os passageiros de Veneza sairiam para encontrar transporte.

— Selena — disse Timothy —, o que você estava dizendo ontem à noite sobre Eleanor Frostfield?

— Ah — disse Selena, de modo casual —, há uma ou duas coisas sobre Eleanor que me parecem bem interessantes. A primeira foi a excelência de seus esquemas fiscais. Ela já deu, ao que parece, todos os passos que Julia pode pensar para minimizar o imposto devido sobre sua renda pessoal — todos os passos exceto casar-se com um marido sem bens. Isso pode parecer um pouco surpreendente, ou não, deixo isso inteiramente a cada um de vocês — e Selena fez um gesto com a mão ilustrando a liberalidade com que ela nos oferecia essa escolha —, que uma mulher tão bem aconselhada devesse permitir que uma falha em seus procedimentos continuasse sem revisão. Então, temos a discussão com Kenneth Dunfermline. O tipo de discussão, como Julia observa com muita propriedade, que só acontece entre pessoas que tenham alguma intimidade. Sabemos — continuou ela tão estranhamente como um gato persa sem perceber a nata — que Kenneth é um artista. Essa é, como sabemos, uma profissão que não remunera muito bem.

— Como é? — disse Cantrip. — Você está sugerindo que Eleanor e o Dunfermline são casados um com o outro?

— Meu caro Cantrip, não estou sugerindo nada. Estou apenas chamando a atenção para um ou dois pontos que podem ser de interesse. Se eles lhe parecem indicar alguma conclusão específica... — ela abriu as duas mãos, em um gesto de generosidade ainda maior.

— Mas, se eles fossem casados — disse Cantrip —, por que fingiriam que nem se conheciam?

— Não acho que tenham feito isso — disse Selena. — Julia supôs que não se conheciam porque não se sentaram juntos no avião. Tudo que acontece depois sugere ao menos que se conhecessem. Um casamento, se fosse apenas por conveniência fiscal, eles bem poderiam preferir não tornar público, mas essa é outra questão.

— Mesmo que você esteja certa — disse Timothy —, isso nos levaria a algum lugar?

— Não — disse Selena, de modo pensativo —, não, eu suponho que não. Mas não se pode deixar de pensar a respeito da conversa entre Kenneth e Eleanor quando ele parece ter insistido em realizar algum plano contra a vontade dela. Algum plano envolvendo um amigo dele. E, no Lido, Ned disse que Kenneth tinha planos para deixar ambos ricos. Soa como se Kenneth estivesse envolvido em algum tipo de empreendimento comercial que ele esperava que fosse lucrativo, e no qual, por algum motivo, Ned era um participante essencial. É claro — disse Selena de um modo tão casual que até sugeria que ela houvesse perdido o interesse no assunto —, se Eleanor tivesse se casado com Kenneth por causa da vantagem fiscal e ele fosse, afinal de contas, ganhar uma grande soma de dinheiro, o efeito sobre a posição tributária dela seria completamente catastrófico.

A sugestão de que Eleanor Frostfield havia acabado com Ned para garantir a pequena vantagem fiscal de um casamento hipotético com Kenneth Dunfermline pode parecer a meus leitores, que a veem na frieza da página impressa, fantasiosa demais para ser levada a sério, mesmo que por um momento. Meus leitores, contudo, não foram expostos à sedução oblíqua da argumentação de Selena.

— Minha querida Selena — disse Timothy —, essa é uma hipótese muito atraente e engenhosa. Poderia até mesmo, suponho, ser correta. Mas você se importa de estimar minhas chances de persuadir a polícia italiana de que ela é provável? Não, Selena, não vai dar. Lembre-se, nós não temos de descobrir quem é o assassino; tudo que importa, no que nos diz respeito, é convencer a polícia de que não é Julia. Mas, se eu tiver de começar a sugerir outros suspeitos, preferiria que fosse alguém razoavelmente óbvio.

— Com toda a certeza — disse Selena. — Mas não existe ninguém óbvio.

— Ah, certamente — disse Timothy. — As estatísticas mostram, se não me engano, que, se alguém for assassinado, provavelmente o criminoso será o cônjuge ou o amante. Presumivelmente não há dúvida, no caso de Ned, de que isso significa Kenneth Dunfermline. É difícil imaginar outro motivo pelo qual dois jovens tão diferentes estivessem viajando juntos.

A possibilidade de que Kenneth tivesse cometido o crime já havia me ocorrido há tempo. Mas eu estava apreensiva: Veneza é uma cidade sofisticada e cosmopolita — sua polícia, me parecia, não veria de modo menos mundano a conexão de Ned com Kenneth, nem estaria pouco familiarizada com as estatísticas criminais. Eu temia que, se não considerarem Kenneth o suspeito óbvio, eles deveriam ter algum motivo excelente para não suspeitar dele.

O sistema de som anunciou a chegada do voo vindo de Veneza. Começamos a dar mais atenção ao fluxo de passageiros que retornavam.

— Eles vão demorar a sair — disse Cantrip. — Eles terão de ficar esperando que a bagagem apareça na esteira.

Mesmo assim, poucos minutos depois vimos um pequeno grupo que parecia corresponder à descrição que Julia fizera dos "Amantes da Arte": uma simpática mulher de meia-idade, cuja silhueta tinha aquela simetria que só é possível com o uso de uma cinta; um jovem musculoso de aparência tristonha; uma jovem com cabelo loiro e, bem perto dela, outro jovem, de ombros quadrados, que dava a impressão de certa agressividade diante do mundo.

— Quer dizer — perguntou Cantrip — que vocês acham que são eles?

— Certamente — disse Selena. — Veja o adesivo na bagagem de mão deles; é igual ao que os agentes de viagem deram a Julia. Mas onde está o major?

— Acho — disse Timothy — que o major deve ter assumido as funções de carregador. Se ele está pegando todas as malas na esteira, isso explica como o resto do grupo passou tão rapidamente pela alfândega. Parece que eles estão vindo para cá para esperar por ele.

Os "Amantes da Arte" subiram as escadas e entraram no bar. Assim que tivemos uma visão clara da americana, Ragwort soltou o que quase pareceu um assobio. Nós o olhamos com surpresa, afinal de contas Ragwort é notoriamente pouco impressionável.

— O vestido — disse Ragwort — é Yves St. Laurent. Os sapatos e a bolsa são Gucci. A echarpe é Hermès. E se essa jovem — disse Ragwort, com a admiração pela elegância brigando com a desaprovação puritana pelo custo — estiver vestindo menos de seiscentas libras, eu ficaria muito surpreso.

Os "Amantes da Arte" sentaram-se a várias mesas de distância e não podíamos ouvir nada do que diziam. Não que isso tivesse sido muito informativo: além de dizer a Stanford o que gostariam do bar — de qualquer modo, ele foi até lá e voltou com uma bandeja de drinques —, eles mal trocaram uma palavra; claramente não era uma reunião festiva.

Mais bem situados que eles para esse propósito, nós percebemos primeiro a chegada, na área abaixo, de um homem alto empurrando um carrinho de bagagens lotado; ele estava muito bronzeado, tinha um bigode branco e usava bermuda.

— Ah — disse Cantrip —, aí está o major.

O estudioso não deve perder a oportunidade para obter conhecimento, por mais rápida e breve que ela seja.

— Rápido, Cantrip — disse eu —, desça antes deles e veja se consegue ver os endereços nas etiquetas de bagagem. Finja que você acha que sua mala pode estar no carrinho do major.

Cantrip é o homem certo para qualquer ação que beire o ilícito. Ele não parou para argumentar se era ou não apropriado. Na hora em que a mão que o major agitava havia atraído a atenção de seus colegas "Amantes da Arte", Cantrip, deslizando como uma agulha pela multidão, já estava agachado ao lado do carrinho.

O major disse algo. Cantrip disse algo. Observando, seguimos sem dificuldade a essência do que diziam: o major estava dizendo a Cantrip que a mala dele não estava no carrinho; Cantrip, com uma adorável impressão de sobriedade imperfeita, estava insistindo em se certificar disso.

O primeiro dos "Amantes da Arte" a juntar-se a eles foi Kenneth Dunfermline, que mostrou total indiferença diante da discussão. Ele pegou a mala que lhe foi entregue pelo major e se afastou lentamente. Ele era um jovem de compleição robusta e a mala não era muito grande; seu peso, a menos que estivesse cheia de pedras, não poderia explicar o passo arrastado e os movimentos fatigados dele. Mas, quer fosse pesar ou algum outro fardo ainda maior o que tanto pesava sobre os ombros musculosos do escultor, essa era uma questão situada além da Erudição.

A próxima a chegar ao carrinho de bagagens foi Eleanor Frostfield. Novamente, embora não pudéssemos ouvir as palavras, a opinião de Eleanor sobre os jovens embriagados que perdem sua bagagem, e aparentemente nem conseguem lembrar se era uma mala de couro de porco ou uma sacola de viagem, ficou inteiramente clara para nós. Cantrip, com ar de quem pede desculpas, continuou sua busca.

Por fim, embora olhasse preocupado para trás, o major pegou duas malas do carrinho e acompanhou Eleanor até a fila dos táxis. Cantrip, completando sua pesquisa, continuou com sensatez a vagar em busca aparente de sua bagagem. Ele estava rabiscando sub-repticiamente no punho de sua camisa — um sacrifício por parte de um *homme bien soigné* que não poderia ter sido feito, eu creio, por Ragwort.

O retorno do major da fila dos táxis coincidiu com a chegada dos americanos ao carrinho. Stanford já estava carregando uma valise, presumivelmente contendo as compras que a esposa fizera em Veneza; mas ele levantou, sem dificuldade aparente, duas grandes malas de couro de porco e as levou para a saída. Marylou demorou-se um pouco para dizer algo, sem dúvida algumas palavras de agradecimento e despedida ao major. Então, ela seguiu o marido. A única bagagem que continuava no carrinho era uma mala grande e bem usada e uma pequena sacola de lona; depois de alguns momentos, o major as pegou e se afastou rapidamente. Cantrip voltou ao bar.

— Você conseguiu todos os endereços? — perguntei com ansiedade.

— Sim — disse Cantrip. — E vi algo muito engraçado também. Aposto que não conseguem adivinhar.

— Nem nos deixe tentar — disse Selena. — Conte-nos.

— Vocês viram aquela sacola de viagem que o major carregou? Bem, ela não é dele. Ela pertence ao rapaz da Receita.

— Muito estranho — disse Selena. — Tem certeza?

— É claro que tenho. O nome dele estava na etiqueta. Edward Watson, com o mesmo endereço do escultor. E o que acho é que — disse Cantrip, com uma nota pouco característica de moralidade elevada —, quando um homem foi assassinado, é muito inadequado que outro homem comece a vascular sua bagagem.

Capítulo 8

Refletindo sobre a curiosa conduta do major, justamente condenada por Cantrip como inadequada a um militar e cavalheiro, nos encaminhamos para o restaurante do aeroporto e lá pedimos o almoço. Selena, como prometera, nos leu a carta mais recente de Julia.

>Meu quarto no Cytherea
>Segunda à noite

Querida Selena,
Nem por um momento questiono a excelência de seus conselhos — eles são a minha religião. Gostaria, contudo, de ter lhe perguntado por quanto tempo se devem manter esperanças, sonhos e aspirações. Você lembrará que tenho, efetivamente, apenas oito dias em Veneza, quatro dos quais já se passaram. Será que o processo de acalentar um falso senso de segurança exige no mínimo uma quinzena? Mas, não, se assim fosse você me teria dito.

O que quero dizer é que chega um ponto em que se para de admirar a alma refinada e o intelecto nobre do jovem — ou melhor, é claro, ainda os admiramos tremendamente, mas admitimos que a admiração é colorida por um leve traço de carnalidade. E a questão que me deixa perplexa é como saber, em relação ao encantador Ned, quando esse ponto foi alcançado.

O problema é que, apesar de meus esforços, acho que ele talvez tenha alguma suspeita da natureza de meus interesses. Ele deve ter se acostumado, em seu horrendo emprego, a pensar o pior de todas as pessoas. Seria, além do mais, típico da ação da Receita permitir que eu dedicasse muito tempo e esforço para admirar sua alma e intelecto sem pretender que isso resulte em meu proveito. Se meus medos quanto a isso estiverem bem fundamentados, então me parece que eu deva abandonar totalmente a sutileza e adotar a abordagem mais direta e vigorosa recomendada pelo dramaturgo Shakespeare. Por outro lado, não desejo prejudicar, com uma ação precipitada, nenhum bem que eu já possa ter feito ao me conter.

Esta manhã comecei a imaginar se não seria sensato, em vez de passar férias totalmente alheias aos prazeres da carne, experimentar minha sorte com o belo garçom que me traz o café da manhã. Existe algo em suas maneiras que sugere que seus favores seriam menos difíceis de conseguir que os do encantador Ned: não seria preciso, imagino, falar muito sobre sua alma.

Mesmo assim, mais tarde, ao viajarmos tranquilamente ao longo de Brenta na direção de Pádua, com a esteira do barco balançando os juncos nas margens, eu me senti tão tocada com a beleza do local e do perfil de Ned que me senti disposta a devotar toda a semana, mesmo que em vão, à sua conquista. Bem, Selena, mais uma vez você vai zombar de mim por ser incuravelmente sentimental.

O objetivo da excursão por Brenta, do ponto de vista dos "Amantes da Arte", foi observar e apreciar o desenvolvimento da vila palladiana. No século XVI, ao que parece, todos os venezianos decidiram morar no campo. Isso ocorreu, suponho, devido à republicação, como parte da Renascença, das Epístolas de Horácio, nas quais o poeta elogia a vida rústica e simples. Sentindo que, se iriam viver de modo simples, deveriam fazê-lo do modo correto, os venezianos olharam em busca de alguém que lhes construíssem vilas tão iguais quanto possível à ocupada por Horácio. Andrea Palladio, portanto, então um jovem arquiteto em ascensão, saiu e comprou um livro do romano Vitrúvio, também republicado como parte da Renascença, e leu o capítulo sobre construção de vilas. Isso, ao menos, é o que ele pretendia ler: no final das contas, enganado pela dificuldade do latim, ele acabou lendo o capítulo sobre construção de templos. Isso explica por que o Vêneto está repleto de vilas mais ou menos parecidas com o Pártenon, com o acréscimo dos cômodos domésticos usuais.

Do que se poderia chamar ponto de vista social, o dia não foi um sucesso. Sempre que eu conseguia afastar Ned do grupo principal dos "Amantes da Arte", com o objetivo de admirar sua alma e seu intelecto, o major aparecia do nada gritando "Quem diria? Este lugar é mesmo incrível, não é?". No final, abandonei essa luta injusta.

O marido de Marylou ainda me olha de modo nada amigável e parece querer afastá-la de mim; mal consegui conversar com ela. Por outro lado, cumpri a obrigação de conversar bastante com Eleanor, que ainda tem esperanças de brigar com Graziella. Ela tem duas queixas sobre a excursão: primeiro, que nós não visitamos vilas suficientes; segundo, que chegamos tarde demais em Pádua para apreciar as glórias artísticas da cidade. Eu indiquei, em vão, que resolver uma dessas duas falhas iria, necessariamente, agravar a outra. Para distraí-la de qualquer conflito direto com Graziella, tive de ficar falando sobre a Lei das Descrições Comerciais por todo o caminho de volta até Veneza. Isso foi muito desgastante; poderia ter sido menos se eu realmente soubesse algo sobre a Lei das Descrições Comerciais.

A conversa do major durante o jantar seguiu seu padrão usual, exceto que suas histórias agora tendiam a assumir a forma de conselhos úteis, com o objetivo de me auxiliar em diversas situações difíceis: "O que você tem de fazer, se ficar perdida na praia à noite em Valletta", "O que você precisa lembrar, se estiver ficando sem água no deserto ocidental"; eu lhe dei o mínimo de atenção possível e voltei a me preocupar com Desdêmona. Em determinadas situações, eu bem posso me arrepender disso.

No final da refeição, porém, ele abordou um assunto totalmente diferente. Inclinando-se na minha direção e ocultando a boca, como se quisesse falar confidencialmente, ele me perguntou se eu me lembrava do francês que Graziella havia mencionado. Ele estava se referindo ao falecido rei Henrique III da França, mencionado por Graziella como tendo visitado a Villa Malcontenta no seu retorno da Polônia em 1583. Ela havia também mencionado que seu reinado tivera curta duração e atribuíra isso à aversão sentida por seus súditos diante de seus hábitos efeminados.

"Não sei se você compreendeu", disse o major, "o que ela falou sobre os hábitos efeminados."

"Creio", disse eu, "que as práticas que provocaram artigos desfavoráveis na mídia consistiam em algo mais que uso excessivo de água-de-colônia no lenço."

"Bem", disse o major de modo constrangido, "uma palavra basta aos sábios e assim por diante. Um aceno é tão bom quando uma piscadela. Sem nomes, sem identificação."

"Sim?", disse eu, tentando ser útil.

"Vi coisas muito parecidas no exército; infelizmente. Cortes marciais e tudo o mais. Conheço os sinais. Bem, somente entre você e eu e o mundo, querida, eu não me surpreenderia se o jovem Ned ali fosse um pouco desse jeito. Sem nomes, sem identificação; não quero dizer nada contra o rapaz. Só que não é o tipo de homem com quem eu gostaria de dividir uma tenda. Espero que você não se importe de eu falar disso, querida."

Não fiquei totalmente surpresa com essa sugestão: essa é quase sempre a primeira coisa dita sobre homens com perfis pelos homens sem perfis. Sem dúvida, é um ato benevolente da Providência que aqueles que mais expressam o temor de um avanço não ortodoxo sejam geralmente aqueles que a natureza mais efetivamente protegeu de qualquer risco de isso acontecer. Ainda assim, o comentário me deixou em um dilema. O princípio exigia que eu dissesse que isso não era, se verdadeiro, motivo para críticas; por outro lado, a praticidade me impelia a impressionar o major com minha pudicícia invencível. Busquei uma resposta que conciliasse ambas.

"A menos que suponha", disse eu friamente, "que eu tenha algum tipo de plano com o jovem, não posso imaginar por que o senhor pensaria que essa questão teria qualquer interesse para mim. Eu realmente preferiria não discutir o assunto."

"Desculpe, querida", disse o major. "Apenas pensei, bem, pensei que você poderia estar um pouco interessada por ele. Não gostaria de vê-la escolhendo o homem errado."

"Meu caro Bob", disse eu, levantando uma sobrancelha como faz Ragwort, "sou-lhe muito agradecida por sua preocupação. Mas não sou uma adolescente extasiada; sou uma mulher adulta que advoga na Associação dos Advogados Ingleses."

Fiquei bastante contente com isso, pois, afinal de contas, em certo sentido isso realmente é verdade. O major desdobrou-se em desculpas. Permitindo-me demonstrar um pouco de cansaço, pedi desculpas e voltei ao meu quarto para desfrutar, com privacidade, do prazer de lhe escrever. Como os outros já haviam se retirado, restou ao major conversar com Eleanor Frostfield. Você pode pensar que isso foi um pouco difícil para Eleanor; mas, se ela alguma vez se encontrar com pouca água no deserto ocidental, ao menos não será minha culpa se ela não souber o que fazer a respeito.

    Não devo enviar esta carta amanhã de manhã, mas esperar para ver se algo de interessante acontece durante a excursão a Verona. Pudemos escolher entre um dia inteiro de excursão amanhã, que inclui Asolo e Vicenza, e uma excursão vespertina na sexta-feira. Ao ouvir que Ned se inscrevera para a mais longa, eu naturalmente escolhi essa excursão. Infelizmente, o major fez o mesmo. Ainda assim, talvez o major perca o carro em algum lugar e seja deixado por lá. Ou talvez Ned e eu venhamos a perder o carro em algum lugar e sejamos deixados juntos — isso seria ainda melhor.

— Será — disse Cantrip — que o rapaz da Receita assediou o major e este, em defesa de sua honra...
— Não — disse Ragwort.
— Tudo bem — disse Cantrip.

Terraço do Cytherea
Quase hora do almoço da quarta-feira

Já aconteceu no passado, Selena, quando outros falaram pejorativamente dos homens, sugerindo que eles são um sexo totalmente inútil e desprezível, que eu proferisse uma ou duas palavras em sua defesa. Já me ouviram dizendo com tolerância que alguns de meus melhores amigos são homens, muito embora, se tivesse uma filha, eu não desejaria que ela se casasse com um deles. Isso não acontecerá mais, Selena. Daqui em diante, quando surgir o assunto dos homens, procure por mim entre aqueles que mais absolutamente os condenam. Eles são um sexo deplorável.

Deixe-me contar-lhe o que aconteceu na excursão a Verona e o que aconteceu depois dela.

Graziella, por alguma razão, não estava disponível para acompanhar a excursão: tivemos de depender da orientação do motorista do carro, que não sentia a mesma ansiedade por nosso aprimoramento intelectual: ele se limitou, em cada um dos locais visitados, a nos deixar na praça principal e nos dizer qual o horário em que pretendia nos buscar.

Senti, nessas circunstâncias, que devia agir como intérprete para Ned e o major, pois nenhum deles fala italiano. Eu não sou a poliglota que você gentilmente pensa que sou, mas posso perguntar o caminho com convicção razoável e, geralmente, entender pelo menos parte da resposta. Além do mais, graças a Ragwort eu tinha comigo os guias para todas as cidades que íamos visitar e assim também pude atuar como guia.

Em Asolo, eu me saí bastante bem. Os "Amantes da Arte" estrangeiros, apesar do calor, saíram correndo colina acima para olhar o castelo; mas eu, ao folhear o guia, pude dizer aos meus companheiros que já estávamos na mesma praça em que o poeta Browning havia se inspirado a escrever seu famoso poema "Pippa Passes" — aquele, se não me falha a memória, no qual havia alegria de manhã.

"Esta cidadezinha charmosa e pitoresca ", disse eu, "por ter sido construída em uma colina íngreme, sem dúvida escapou à atenção dos construtores desde a Idade Média. Podemos supor com segurança que ela continua em grande parte como era na época de Browning. Parece provável, portanto, que ele tenha escrito o poema que mencionei no terraço daquele café tão atraente, refrescando sua musa, imagino, com um Campari com soda ou algo semelhante. Ao agir do mesmo modo, podemos ser capazes de recriar um pouco da experiência que inspirou suas linhas imortais."

Em Vicenza, eu me saí muito mal. Se alguma vez, Selena, você estiver na praça principal de Vicenza e quiser ir de lá até o Teatro Olímpico, a obra-prima final do arquiteto Palladio, não confie no guia de Ragwort. Se fizer isso, você se encontrará, antes de descobrir seu engano, a meio caminho da estrada para Milão, tentando explicar o que na Basílica dos Santos Félix e Fortunato fez você pensar que valia a pena fazer um desvio. Você também terá de andar três quilômetros de volta, no calor abrasante, para chegar ao Teatro Olímpico. Se você não for uma "Amante da Arte", poderia decidir, nesse ponto, deixar o teatro de lado; mas minha consciência não permitiria isso — além do mais, eu já lhes havia dito aonde íamos.

— Meus guias — disse Ragwort, dirigindo seu garfo diretamente para um dos lagostins que o restaurante do aeroporto havia descongelado para ele — contêm mapas excelentes, perfeitamente claros, precisos e diretos. Se Julia não consegue distinguir esquerda e direita...
— Não, é claro que não — disse Selena —, a culpa não é sua de modo algum, Ragwort.

Depois de tudo isso, o encantador Ned recusou-se a gostar do Teatro Olímpico. Esse é um edifício muito atraente, projetado com grande engenhosidade para nos convencer, quando estamos no auditório, de que estamos em um teatro ao ar livre em algum ponto da Grécia antiga. Convidei meus companheiros a admirar essa obra-prima da ilusão. Ned se recusou.
"Não gosto disso", disse ele. "Não gosto de olhar para ruas que não estão ali. Não gosto de olhar para o teto e pensar que é o céu. Não gosto de todo esse fingimento." Algumas pessoas são difíceis de agradar.

Em Verona, eu me saí maravilhosamente. Nesse momento eu já tinha estabelecido a estratégia para ser uma guia bem-sucedida. Não vale a pena procurar no guia algo de interessante e depois tentar chegar até lá, pois isso pode estar situado a quilômetros de distância. Não, o melhor é descobrir onde se está e, então, encontrar algo no guia que diga que esse local é interessante — muitos inconvenientes podem ser evitados dessa forma.

Olhando ao redor enquanto almoçávamos, descobri que estávamos em um restaurante perto da esquina da Via Oberdan. Identificando o lugar no mapa, fiquei feliz ao ver que havia diversas marcas marrons na vizinhança; o marrom indica importância artística. Havia, é verdade, outras marcas marrons a alguns centímetros de distância. Seguindo, contudo, a política mencionada acima, eu as ignorei.

Depois do almoço, portanto, pude, com perfeita confiança, liderar meus companheiros para a Piazza dei Signori e a Piazza dell'Erbe e lhes mostrar as características arquitetônicas do Palazzo del Capitano e do Palazzo dei Ragione, que o guia considerava merecedores de atenção. As informações que lhes forneci podem não ter sido, admito, totalmente precisas em todos os detalhes, pois o guia estava escrito em italiano. Meu conhecimento de termos arquitetônicos em italiano é deficiente, poderíamos até dizer inexistente, como é de fato também meu conhecimento de termos arquitetônicos em inglês. Minha tradução foi, desse modo, bastante livre.

Continuamos para a catedral, onde eu tive outra inspiração. Verona situa-se em uma volta do rio mais ou menos semicircular e havíamos começado aproximadamente do centro — do ponto, quero dizer, equidistante de todos os pontos na margem; segundo as leis da geometria, parecia-me que devíamos conseguir, andando ao longo da margem e seguindo, quando quiséssemos fazer isso, uma perpendicular a ela, voltar ao nosso ponto de partida sem passar pelos locais já visitados.

Sabendo como é pouco frequente que no mundo real as coisas obedeçam às leis da matemática ou outro sistema lógico, eu não teria, não fosse talvez o vinho consumido no almoço, me aventurado a testar empiricamente essa teoria, mas Verona demonstrou o respeito devido às leis da geometria. Saindo da catedral, andamos por algum tempo ao longo da margem, observando à esquerda a grandeza da vista do outro lado do rio e à direita uma fileira de antiquários que tinham interesse profissional para o major. Então, virando em ângulo reto em relação ao rio, continuamos, tanto quanto possível, em linha reta e nos encontramos, como Euclides teria esperado, de volta à praça principal.

Fiquei atônita com meu êxito. Eu havia levado meus companheiros exatamente na turnê que planejara e havia incluído, como garantia, as igrejas de Santa Anastácia e de São Nicolau que estavam em nosso caminho. Na última, até consegui identificar a Madonna e o Menino de Tiepolo, obra muito comentada no guia, mas tratada pela igreja com uma incrível falta de distinção. Parecia pouco prudente tentar aprimorar o meu desempenho.

"Vocês verão", disse eu, "que esta praça espaçosa e elegante possui um grande número de cafés ao ar livre nos quais o viajante pode encontrar descanso e se refrescar. Vamos aproveitar esta circunstância?"

"Se vocês me dão licença", disse o major, "acho que vou retornar e olhar novamente aqueles antiquários."

"Tem certeza de que não vai se perder?", perguntei. Por mais que me agradasse perder o major, eu me sentia responsável por ele.

"Confie em um velho soldado que saberá retornar à base", disse o major alegremente.

E lá se foi ele, deixando-me sozinha com Ned. Nós nos sentamos sob a sombra de um toldo em um dos cafés anteriormente mencionados.

Havia chegado a hora, senti, de falar sobre Catulo: Verona, vocês certamente lembram, é a cidade natal do poeta. Se eu não conseguisse, ao citar com inteligência o mais ardente dos poetas líricos, indicar o ardor de meus sentimentos, não haveria, creio, esperança para mim. Sem necessidade de recorrer ao guia com relação a esse assunto — o trabalho dele foi um grande conforto em minha adolescência vulnerável —, falei com simpatia de sua ligação a Clódia e demonstrei severidade pela falta de gentileza dela. Ned optou por defendê-la.

"Não vejo por que você acha", disse ele, "que ela deveria ser tão grata por todos esses poemas terem sido escritos para ela. Espero que seu amigo Catulo tenha se divertido mais ao escrever do que ela ao ler; ela provavelmente preferiria ter sido convidada para jantar ou algo assim." E continuou nessa mesma linha.

"Bem", disse eu finalmente, "é natural que você fique do lado dela. Sua experiência, sem dúvida, é a de ser o objeto da paixão e não a de sofrer por ela."

"Não sei por que você supõe", disse ele, olhando para baixo com modéstia, de tal maneira a exibir plenamente seus adoráveis cílios, "que eu seja objeto de tanta admiração. Ou que eu seja sempre indiferente a ela."

O reaparecimento do major nesse momento, sendo que ele poderia perfeitamente ter vagueado pelos antiquários por mais meia hora, pareceu singularmente inoportuno. Se os mapas que ele comprou supondo ser de interesse antiquário acabassem se revelando falsos, essa seria, na minha opinião, uma consequência merecida de sua escolha apressada.

"Não quero interrompê-los," disse o major. "Posso ver que os dois estão batendo um bom papo."

"Eu estava reclamando", disse eu, "do modo como fui tratada pela Receita."

"Julia não acha", disse Ned, "que somos justos com ela."

"Ah, não", disse eu, "eu não disse isso. Eu nunca poderia dizer, Ned, que vocês não foram justos. Não estou reclamando da injustiça; é da frieza, da falta de sentimentos, da indiferença ao sofrimento humano que reclamo."

"Bem", disse o major, "você só faz seu trabalho, é claro. Estou certo de que a mocinha não considerou algo pessoal, não é querida?"

"Temo que tenha considerado", disse Ned. "Mas espero persuadi-la a pensar melhor de nós."

Minha confiança em Catulo parecia justificada, pois esse não era um comentário, você certamente concordará, Selena, que um jovem de boa família pudesse fazer sem pretender algum encorajamento. Nem, como você verá, foi esta a única causa para otimismo.

Continuamos sentados no café, revigorando-nos para a jornada de retorno. O major ficou muito contente com seus mapas e teria gostado de mostrá-los a nós; mas eles estavam cuidadosamente enrolados e embrulhados e ele achou melhor mantê-los assim. Temendo que os mapas o levassem a lembrar de algum incidente de sua carreira militar, concordei rapidamente que abri-los seria imprudente.

"Julia", perguntou Ned, depois de alguns minutos, "você sabe que tem cinzas em seu rosto?"

"Eu não sabia", respondi, "mas acredito nisso." Se fumamos cigarros franceses, é comum, depois de uma ou duas horas, ficar com cinzas no rosto.

"Se me der licença", disse ele. Então se levantou da cadeira e tirou um lenço limpo do bolso. Depois se inclinou sobre mim e, descansando a mão esquerda levemente sobre o meu ombro, com suavidade retirou as cinzas do meu rosto.

Isso produziu em mim, como você imaginará, Selena, uma agitação apaixonada, que afetou minha respiração e meus batimentos cardíacos. No entanto, foi muito agradável e fiquei esperançosa, pois não iria supor que qualquer jovem, a menos que totalmente sem coração e sem qualquer senso de vergonha, pudesse se comportar de tal modo com uma mulher cujos avanços fossem inaceitáveis.

"Com licença, querida", disse o major. "Vou me ausentar para uma ida ao lavatório."

"Quando voltarmos a Veneza", disse eu, aproveitando a ausência temporária dele, "em vez de pagar os preços exorbitantes cobrados no bar do Cytherea, por que não vem tomar um aperitivo no meu quarto? Tenho um pouco de conhaque que comprei na *duty free*." Se eu tivesse interpretado mal o comportamento dele, creio que ele sempre poderia dizer que não gostava de conhaque antes do jantar.

"Eu adoraria", respondeu Ned. "Você é muito gentil, Julia."

Você imagina com que impaciência passei a esperar por nosso retorno; com quanta amargura silenciosa amaldiçoei a chegada tardia do motorista; com qual fervor silencioso rezei para que ele dirigisse a toda a velocidade na *autostrada*. Nem durante a viagem para Veneza, nem no breve trajeto por barco para o nosso hotel, houve nada nos sorrisos ou na maneira amigável de Ned que me alertasse da impronunciável traição que ele pretendia cometer.

Chegamos ao embarcadouro do Cytherea.

"O que acham de um aperitivo no bar?", disse o major.

"Você está esquecendo, Bob", disse o encantador Ned, dirigindo-nos um sorriso de angélica doçura, "que Julia nos convidou gentilmente para tomar conhaque no quarto dela."

Ó Perfídia, teu nome é homem. Eles são, como já disse, um sexo deplorável e nunca mais você me ouvirá falar bem deles. Se eu pudesse pensar com gentileza em um, seria um jovem de disposição prestativa, como Cantrip. Cantrip, pode-se dizer, tem seus defeitos, mas ao menos ele pode ser persuadido a se envolver em uma brincadeira saudável sem esperar que se fale semanas a fio sobre a própria alma. Cantrip, até onde eu saiba, nunca afirmou ter tal coisa.

— É óbvio que eu tenho uma alma — disse Cantrip.
— Bem, não conte a Julia — disse Selena. — Isso só a perturbará.

Sou velha o bastante, espero, para encarar filosoficamente um recuo das tropas de Afrodite; mas ser obrigada, além disso, a oferecer ao major a hospitalidade de meu quarto, isso para não falar em grande quantidade de meu conhaque comprado na *duty free*, era mais do que eu podia suportar facilmente. Quando o longo dia terminou, eu trazia o espírito abalado demais para pegar minha caneta e lhe escrever; em vez disso, busquei consolo na Lei Financeira.

Depois de uma manhã visitando igrejas, voltei ao Cytherea para almoçar. Devo ter a companhia, parece, do belo mas pérfido Ned — acabei de vê-lo atravessando a ponte do anexo. Que ele não me procure para palavras gentis ou elogios — vou censurá-lo por toda infâmia cometida por seu departamento desde que o imposto de renda foi instituído.

Em um estado de espírito, como indiquei, da mais amarga misandria, subscrevo-me,

         Sua amiga, como sempre,
         Julia

— Julia não está sendo razoável — disse Ragwort. — O jovem não lhe deu encorajamento algum além da mera civilidade.

— Existe — disse Selena — um pós-escrito.

Quarta-feira à noite
O ato foi consumado — Clarissa vive. Não tenho tempo para escrever mais.

> Sua amiga, como sempre,
> Julia

— Quem — disse Cantrip — é Clarissa?
— Clarissa — disse Ragwort tristemente — é a heroína epônima do famoso romance do Sr. Richardson. A frase usada por Julia é aquela, se a memória não me falha, na qual o vilão Lovelace anuncia a conquista de sua virtude há muito tempo defendida.
— Será — disse Cantrip — que você quer dizer que Julia conseguiu seu intento com o rapaz da Receita?
— Assim parece — respondeu Timothy. — Espero que isso não complique as coisas. Estão chamando meu voo, é melhor que eu vá. Ligarei para você amanhã, Selena, assim que souber de algo definido.

Espero que minha despedida de Timothy não tenha parecido indevidamente distraída. Toda a minha boa vontade foi com ele, mas eu estava um pouco preocupada, pois tinha me lembrado algo de curioso sobre as notícias da Itália.

Capítulo 9

Até entre os melhores amigos pode surgir uma diferença de opinião. Assim foi comigo e com Selena sobre a questão do domingo. Parecia-me bastante conveniente que eu passasse o dia na casa de Selena. Assim, quando Timothy telefonasse, ele teria o benefício imediato de meu conselho.

— Sinto muito, Hilary — disse Selena. — Devo escrever um Parecer sobre a Lei de Assentamento de Terras. Não posso passar o dia ociosamente cozinhando e conversando.

Ela estava muito errada ao supor que teria de fazer algum esforço para me entreter; os gostos de um erudito são simples a ponto de serem austeros. Uma omelete para um almoço leve, com uma salada e algumas batatinhas; para o jantar, um simples linguado grelhado, talvez com molho de alcaparras...

— Não — disse Selena. — Além do mais, tenho planos para a noite que não admitem a presença de terceiros.

Nesse caso, naturalmente, não havia mais nada a dizer. Selena tinha um arranjo amigável para os fins de semana com um jovem colega meu; por nada no mundo eu atrapalharia os prazeres de ambos. Passei o domingo, portanto, em Islington, conversando com os gatos e lendo exemplares antigos do *The Times*: ambas, a seu modo, ocupações instrutivas.

Selena telefonou-me às 18h30. As notícias de Timothy, até esse momento, eram, na opinião dela, satisfatórias. Ele ainda não vira Julia — haviam encontrado acomodações para ela no pequeno *resort* de Chioggia, do outro lado da lagoa — mas jantaria com ela nessa noite. O cliente dele, tendo optado por viajar de Chipre por mar, havia se sentido indisposto durante a viagem e, felizmente, ainda não se recuperara.

— Felizmente? — disse eu, com um toque de severidade.

— É claro que não desejo nenhum mal a ele. — A suavidade da voz de Selena não era afetada pelos cabos telefônicos entre nós. — Parece conveniente, contudo, que Timothy esteja livre neste momento para realizar suas investigações em benefício de Julia sem ter de iniciar seu cliente nos mistérios do Anexo 5 à Lei Financeira de 1975.

— As investigações progrediram?

— Ele ainda não conseguiu ver Graziella nem falar com a polícia. Mas conversou com um homem do Consulado Britânico que parece saber de algo sobre o assunto. Até onde se sabe no momento, não há nada sólido contra Julia. Ela apenas causou uma primeira impressão infeliz à polícia. Eles sabiam desde o início sobre as relações dela com o jovem da Receita: todo o caso era aparentemente de conhecimento comum dos funcionários do Cytherea, da gerência às camareiras. Então, quando começaram a questioná-la, e ela disse que nunca ouvira falar dele, eles acharam que a atitude dela era suspeita.

— Posso entender por que suspeitaram — respondi. — Por que ela disse que nunca ouvira falar dele?

— Minha cara Hilary, é muito compreensível. Eles obviamente disseram a ela que estavam investigando a morte violenta de um Sr. Edward Watson. Não ocorre imediatamente a ninguém que uma pessoa chamada Edward seja alguém que conhecemos como Ned. E Julia, naturalmente, não sabia o sobrenome dele.

— Você se incomodaria — perguntei — de me dizer por quê, naturalmente?

— Como ela poderia saber o sobrenome dele? Eleanor Frostfield não parece tê-lo mencionado quando os apresentou. Como você sugere que ela pudesse tê-lo descoberto depois? Você esperaria que ela, enquanto falava ao jovem sobre seus belos cílios e citava Catulo, subitamente perguntasse seu sobrenome? E continuasse, talvez, a pedir informações detalhadas como o local de nascimento dele, o nome de solteira de sua mãe e o número de seu passaporte? É claro que não. Ainda menos poder-se-ia imaginar que Julia chegasse ao ponto de, em busca dessas informações, questionar seus conhecidos em comum ou desviar a correspondência do jovem, minha querida Hilary. — A voz dela parecia fundir-se em uma delicada mistura de diversão e reprovação; um efeito que, segundo me disseram, fez com que diversos de seus oponentes, percebendo o absurdo de suas petições, chegassem rapidamente a um acordo favorável ao cliente dela durante o intervalo para almoço.

— Minha querida Selena — disse eu —, você me persuadiu realmente de que não se poderia esperar que nenhuma mulher de boa família e refinada soubesse o sobrenome de nenhum jovem que ela estivesse tentando seduzir. Espero que Timothy tenha igual sucesso com a polícia italiana. Mais alguma coisa criou má impressão neles?

— Bem — disse Selena — eles parecem ter ficado muito animados com o exemplar de Julia da Lei Financeira. Sinto muito, Hilary, tenho de desligar, estão tocando a campainha.

Eu não vi possibilidade, até saber por que o exemplar de Julia da Lei Financeira havia perturbado a equanimidade da polícia italiana, de dar atenção ao conceito de *causa*. Na manhã seguinte, portanto, fui diretamente ao número 62 da New Square. Sem parar para me anunciar na Sala dos Escriturários, subi a escadaria de pedra até o segundo andar. Sendo ocupado para os propósitos de sua profissão pelos membros mais novos das Câmaras, o segundo andar é comumente chamado de Berçário. O Berçário compreende três salas de tamanhos diversos: não devo atrasar minha narrativa para explicar as considerações minuciosamente equilibradas de decoro, conveniência e experiência em razão das quais Selena ocupa a menor das salas, Ragwort e Cantrip dividem a maior, e Timothy ocupa a de tamanho intermediário.

Para conversar, a tendência natural é que se reúnam na maior. Encontrei Selena já ali, repetindo para Ragwort e Cantrip as notícias de Timothy que ela me dera na noite anterior.

— Selena — disse eu —, por que tudo isso sobre a Lei Financeira?

— Sim — disse Selena. — A Lei Financeira. Parece que uma cópia da Lei Financeira deste ano, identificada com o nome de Julia e seu endereço profissional, foi encontrada a poucos metros do cadáver.

— Ai, que droga! — disse Cantrip.

— Minha nossa! — disse Ragwort.

— A polícia italiana — continuou Selena —, com ingenuidade infantil, considerou isso uma pista. Como suas mentes mais sofisticadas imediatamente perceberão, é claro que não se trata de nada do gênero. Não se pode inferir a presença de Julia a partir da presença de seu exemplar da Lei Financeira.

— Sem dúvida não — disse Ragwort. — Do mesmo modo que não se poderia inferir da presença, na quinta-feira da última quinzena, no Tribunal de Primeira Instância do Condado de Liversidge, de uma cópia de Woodfall sobre Senhorio e Inquilino, claramente identificada com meu nome, para indicar que era de minha propriedade, comprada com meus próprios recursos, que eu próprio compareceria diante desse culto e augusto tribunal; nem que eu estava ausente de Londres; nem que, estando em Londres, eu não precisava do volume em questão para o propósito de aconselhar meus clientes. Somente se pode inferir que alguns membros destas Câmaras...

— Eu disse que sentia muito — disse Cantrip. — Não precisa ficar falando nisso.

— Que alguns membros dessas Câmaras — continuou Ragwort —, cujos nomes não devo mencionar porque eles se desculparam e eu, conforme era meu dever, desculpei-os, têm muito pouca noção quando se trata de livros, da diferença entre *meum* e *tuum*.

— Exatamente — disse Selena. Cantrip, extasiado com o perdão de Ragwort, não disse nada.

— Você teve alguma outra notícia sobre Julia? — perguntei.

— Na verdade — disse Selena —, chegou outra carta hoje de manhã. Eu ia justamente lê-la.

Terraço do Cytherea
Quinta-feira à noite

Querida Selena,

Minhas cartas para você — são elas simples economia efêmera em relação aos telefonemas? Ou será que servirão, daqui a meio século, quando você estiver aposentada de um cargo jurídico elevado e eu, imprevidente demais para poder me dar ao luxo da aposentadoria, ainda perseguindo a vã quimera de pagar o imposto de renda devido do ano anterior, estiver aconselhando meus clientes no conforto de uma cadeira de rodas — servirão elas como um diário ou um livro de memórias, quando buscarmos diversão nas reminiscências? Se assim for, seria um absurdo, embora nada que eu escreva agora vá chegar a Londres antes de mim, terminar a correspondência com a carta de ontem. O pós-escrito, é verdade, nos dirá que obtive êxito. Mas, quando você me perguntar como consegui, já devo ter esquecido; quando eu lhe perguntar se gostei, você não conseguirá fazer-me lembrar; e quando dissermos uma à outra que certamente houve alguma sequência curiosa e interessante, mas não pudermos lembrar claramente o que foi, não haverá nada para auxiliar nossas memórias envelhecidas. Para evitar tal coisa e esclarecer todas as dúvidas, devo continuar a escrever até amanhã à noite.

Meu pós-escrito pode ter lhe causado alguma surpresa, seguindo-se, como me recordo, a uma passagem em que falei com alguma amargura do comportamento de Ned e anunciei minha intenção de repreendê-lo severamente. No caminho do almoço, porém, veio-me à mente um conselho que me foi dado por minha tia Regina, que me disse que o caminho mais seguro para o afeto de um homem era deixá-lo pensar que ele sabia mais sobre algo que você. Pareceu-me que valia a pena experimentar — minha tia Regina deve ser considerada uma autoridade nesses assuntos, pois ela teve quatro maridos; embora eu não possa realmente lembrar se ela achava que algum deles soubesse mais que ela sobre algum assunto.

Na noite anterior, como já lhe contei, eu tinha buscado consolo na Lei Financeira: o Anexo 7 parecia um assunto adequado sobre o qual Ned poderia saber mais que eu. Descobrindo, como eu esperava, que éramos os únicos "Amantes da Arte" presentes ao almoço, dirigi a conversa para a questão do imposto sobre a renda.

"Suponho", disse eu, "que se Eleanor espera persuadir seu departamento de que ela está em Veneza com propósitos de negócios, ela poderia também levar a questão à sua conclusão lógica e pedir desconto sob o Anexo 7 da Lei deste ano sobre a proporção de seus ganhos atribuíveis ao trabalho realizado no exterior."

"Sim", disse ele, "mas ela teria de passar pelo menos trinta dias do ano trabalhando no exterior."

"Ah", disse eu, "espero que ela consiga isso. Ela teria de lembrar, é claro, que só poderia contar os dias dedicados às obrigações de seus negócios. Se ela passasse uma semana no exterior e descansasse no Shabat, apenas seriam contados seis dias."

"Não, Julia", disse ele, "você está pensando no projeto da lei. Foi feita uma emenda a ele enquanto estava no parlamento. Se você estiver no exterior por ao menos sete dias consecutivos que, como um todo, foram substancialmente dedicados às obrigações de seus negócios, todos eles serão contados, mesmo que você tire um dia de folga." Isso foi dito com tal modéstia encantadora, e tão pouca arrogância ao apontar meu erro, que quase senti uma ponta de remorso; mas me lembrei da traição do dia anterior — meu coração se endureceu e mantive meu rumo.

"Bobagem", disse eu com firmeza. "A Lei diz que um dia qualificador é um dia substancialmente dedicado ao desempenho das obrigações dos negócios. O que você quer dizer é, suponho, que seu departamento decidiu fazer uma concessão extraestatutária, legislando por meio de *press release*. Ao fardo da taxação penal agora se acrescentou a tirania de elaboração secreta de leis — como ocorre quando não se pode aconselhar os clientes sem vascular as colunas de correspondência em busca de proclamações da política da Receita."

Minha indignação quase me fez esquecer o objetivo à minha frente; mas Ned trouxe a minha atenção de volta ao assunto ao repetir, de modo um tanto irritado, que a provisão do dia livre no exterior não constava de um *press release*, mas da própria lei.

"Meu caro Ned", respondi, "afirmo que não está e estou preparada para apostar uma garrafa de vinho com você."

"Feita a aposta", disse ele. "Mas você terá de esperar por meu vinho até voltarmos à Inglaterra. Não temos como resolver a questão sem consultar um exemplar da Lei Financeira."

"Podemos esclarecê-la neste momento", respondi. "Tenho a Lei Financeira em meu quarto."

E assim foi que o belo Ned voltou comigo cruzando a ponte até o anexo.

É uma grande vantagem em um empreendimento dessa natureza saber que o quarto terá sido limpo e arrumado. Quantas vezes alguma aventura promissora foi levada a um impasse quando me lembrei do caos e da esqualidez de meu quarto! Olhei com gratidão, portanto, quando entrávamos no anexo, para um pequeno grupo de camareiras, tão belas como um grupo de anjos em alguma pintura da Renascença, que se reuniam ali para descansar na tarde. Elas sorriram para mim, creio, com um olhar de cumplicidade, como se soubessem e aprovassem o meu propósito. Subimos as escadas e chegamos ao meu quarto.

"Sente-se", disse eu, "enquanto procuro meu exemplar da Lei Financeira."

Não havia outro lugar para se sentar — a cadeira ao lado da penteadeira estava ocupada por uma pilha de roupas —, e ele se sentou na cama, na borda mais próxima à porta. Tomei o cuidado, depois de encontrar minha cópia da Lei Financeira, de entregá-la a ele do outro lado da cama, levando-o assim da posição perpendicular para a posição horizontal, ou seja, deitado na cama em vez de sentado em sua borda. Sentei-me ao lado dele na borda mais distante da porta.

"Mostre-me", disse eu, "essa emenda mítica."

É praticamente impossível, quando duas pessoas estão sentadas na mesma cama, tentando ler a mesma cópia da Lei Financeira, que se evite qualquer contato físico. Sem dúvida eu não fiz a menor tentativa de evitá-lo, mas me pareceu que Ned também não o evitou. Isso me deu um incentivo — não desejaria, como mulher de princípios, impor atenções desagradáveis.

Seus conselhos e os de minha tia Regina, ambos excelentes como se pode comprovar, não poderiam me levar mais longe — chegara a hora de confiar completamente no que aconselhou o dramaturgo Shakespeare. Inclinando-me sobre os ombros de Ned, descansei minha mão na área da cama que ficava além deles. Assim, quando no devido tempo ele levantou os olhos do estatuto para dizer, com perdoável complacência: "Veja aqui, Julia: subparágrafo (b) do parágrafo 2 do Anexo", ele se encontrou, por assim dizer, cercado.

"Pois é, você tem toda a razão", disse eu, "e lhe devo uma garrafa de vinho. Mas espero que você seja gentil e não insista no pagamento imediato."

"Ah, Julia", disse ele, arregalando os olhos com ar de reprovação, "como você pode ser tão cínica?"

"Ah, Ned", respondi, "por que você é tão bonito?" E não encontrei mais resistência.

— Isso só mostra — disse Ragwort com tristeza — como é perigoso apostar. Mesmo quando sabemos que estamos certos.

— Espere um pouco — disse Cantrip. — Ele foi com Julia até o quarto dela no meio da tarde; não vá me dizer que ele não achava que ela iria fazer uma investida.

— Realmente — disse Selena. — Mas a acusação não é de estupro.

A delicadeza me impede de incluir qualquer relato mais detalhado da tarde. Esta carta pode ser lida na presença do virtuoso e adorável Ragwort e eu não gostaria de fazê-lo corar. Quer dizer, eu gostaria muitíssimo de fazê-lo; nada poderia ser mais delicioso. Mesmo assim, devo resistir à tentação. Devo apenas dizer que o dramaturgo Shakespeare, ao imputar à abordagem direta e vigorosa um sucesso limitado, demonstrou ter sido menos que sincero.

Depois de tudo, como é o costume entre os belos jovens quando desejam mostrar, depois das evidências, que não são criaturas de virtude fácil, o adorável Ned assumiu uma expressão de decoro afetado, como se desaprovasse tudo o que acontecera e não aceitasse sua parcela de responsabilidade. Esse olhar, nesse momento, inspira uma ternura particular, pois, depois de o cavalo ter sido persuadido a fugir, trancar cuidadosamente a porta do estábulo é extraordinariamente comovente.

"Julia", disse ele, "você manterá segredo sobre isto, não? Eu não gostaria que Ken soubesse."

Eu lhe garanti que ele podia contar com a minha discrição. Eu já tinha estabelecido, como vocês sabem, que seria logicamente impossível que Kenneth ficasse perturbado com qualquer coisa que pudesse ocorrer entre mim e Ned; mas Kenneth, sendo um artista, talvez não tenha estudado lógica e não saiba dessa impossibilidade.

O maior perigo de tal episódio é o fato de ele induzir uma euforia benevolente, cujas consequências são quase sempre desastrosas. Depois de me banhar e trocar de roupa para o jantar, fui até o bar do Cytherea pensando em consumir um refrescante Campari com soda e em lhe escrever um relato completo de meu êxito. No entanto, lá encontrei o major, parecendo desanimado e lendo *The Times*.

Isso provocou a minha compaixão. O major, afinal de contas, havia sem dúvida vindo a Veneza com a esperança, como eu, de um pouco de diversão inocente, mas, ao contrário de mim, não conseguira encontrá-la. Senti que eu deveria fazer o que pudesse para levantar seu moral. Em certo sentido, é verdade, a culpa era dele: qualquer esperança de êxito que ele pudesse ter havia sido reduzida por ele usar bermudas pequenas ou minúsculas. Por outro lado, pensei, pode-se argumentar que ele merece o crédito por usar uma vestimenta que revele de imediato o horror de suas pernas como as de uma aranha; um homem sem escrúpulos teria tentado ocultá-las até o ponto em que uma mulher de boa família se sentiria constrangida por se afastar com repulsa.

"Anime-se, Bob", eu disse alegremente. "As notícias não podem ser tão ruins."

"Só estou olhando como andam os investimentos", disse o major. "Poupei alguns tostões de tempos em tempos e um amigo disse para comprar algumas ações. Caíram de novo, como de costume. Eu devia esperar isso, suponho, com esse governo socialista mandando no país."

— O major — disse Selena — deve ter sido singularmente infeliz ao escolher seus investimentos. A Bolsa de Valores está no ponto mais alto dos últimos cinco anos.

Indiquei que o declínio em seus investimentos lhe daria excelente oportunidade para estabelecer uma perda para propósitos do imposto de ganhos de capital, mas ele não pareceu disposto a perceber as vantagens disso. Tendo assumido, contudo, a tarefa de animá-lo, persisti até a hora do jantar, reservando apenas um momento para adicionar um pós-escrito à minha carta para você e enviá-la no malote noturno.

Meus esforços para animar o estado de espírito do major foram recompensados com tanto êxito que, no final do jantar, ele levantou de novo o assunto de sairmos juntos, uma expedição para dançar. Isso me trouxe um dilema. Os únicos locais que eu vira onde poderia haver danças eram boates que me pareciam muitíssimo caras; se eu permitisse que o major, em um desses estabelecimentos, arcasse com todas as despesas, elas seriam enormes a ponto de me deixar sob obrigações de natureza impronunciável. Para evitar tal coisa, eu deveria contribuir igualmente, mas gastar uma grande soma de dinheiro a fim de movimentar-me ao redor de uma sala superlotada, em uma desagradável proximidade desse homem — bem, existem limites para a minha benevolência.

"Bob", disse eu, "você realmente não vai querer passar noite em uma boate abafada. Reparei em um barzinho muito simpático a poucos minutos daqui, onde poderemos nos sentar ao ar livre e tomar café e *grappa* — não acha que seria muito mais divertido?"

O bar ao qual finalmente levei o major pode não ter sido bem o bar a que eu pretendia levá-lo. Qualquer caminho que se tome em Veneza é, necessariamente, repleto de desvios: passagens que parecem levar a uma direção são interrompidas por um canal inesperado, fazem uma volta e vão para um local totalmente diferente; sempre é possível — mas nunca é certo — que a ponte que você está cruzando seja a mesma ponte que cruzou há cinco minutos. Ainda assim, fosse o bar certo ou o errado, era um lugar perfeitamente bom para beber *grappa* e tomar café.

Percebendo que estávamos perto do Teatro Fenice e, de algum modo, sentindo que as responsabilidades de guia ainda estavam sobre os meus ombros, eu estava ansiosa para contar ao major um pouco da história do prédio e sua importância, mas o guia de Ragwort não me ajudou.

"Você pode observar", disse eu, "que a data acima da porta é 1792. Podemos supor com segurança, portanto, que o teatro foi o cenário de muito poucas das comédias e espetáculos musicais pelos quais Veneza foi célebre no século XVIII. Entretanto, nada mais posso lhe dizer; o guia não traz nenhum relato a respeito."

"Nem se preocupe, querida", disse o major. "Nem sempre se pode confiar nos guias, não é mesmo?" O tom dele era sombrio, como se o comentário tivesse algum significado mais profundo e, talvez, metafísico. "Além do mais", ele acrescentou, "isso não é culpa sua, querida."

Entre os muitos defeitos no estado de coisas que as pessoas, de tempos em tempos, consideraram como sendo minha culpa — mas que vocês sempre me explicaram gentilmente que não eram minha culpa de modo algum —, a inadequação dos guias ainda não havia, até o momento, sido incluída. Ainda assim, respondi que era gentil da parte dele dizer isso.

Ele continuou a falar de sua posição financeira, dando-me a entender que, apesar do declínio de seus investimentos, não se saíra mal e estava em uma situação bastante confortável. Eu fiz um comentário elogioso.

Eu provavelmente acharia estranho, disse o major, que ele nunca tivesse se casado. Na verdade, eu não achava isso nada estranho — as probabilidades estatísticas de alguma mulher estar preparada para suportar os pelos nas pernas dele e sua conversa tediosa pareciam desprezíveis. Não expressei essa opinião, mas disse, em tom empático, que a vida militar devia ser difícil de conciliar com a vida doméstica.

"É isso, querida", disse o major. "É uma vida boa para os homens, mas não é adequada para as jovens. Acaba em corações partidos, como vi várias vezes. E desde que voltei à vida civil, bem, tenho pensado com frequência em me casar. Mas isso só é bom se for com a mulher certa."

Concordei que era sem dúvida melhor não ser casado do que ser casado com alguém sem afinidades.

"Bem, querida", disse o major, "o que acha disso?"

Fiz o que pude para não entender. Não foi possível: era um pedido de casamento.

Se a sobrevivência da espécie humana dependesse de um ato de conjunção física entre mim e o major, então suponho — embora me reserve o direito de, caso a contingência realmente ocorra, considerar melhor a questão — suponho que nesse caso eu deveria de algum modo submeter-me a isso. Uma vez. Não duas. Não, Selena, sinto muito, mas mesmo com o futuro da espécie em jogo, realmente acho que duas vezes não; você não poderia esperar isso de mim. A instituição do casamento, fui levada a crer, envolve a ocorrência de tais atos em base regular e frequente. O casamento com o major é um conceito que faz meu sangue gelar.

Eu esperava, no máximo, alguma investida de natureza manifestamente inadequada, que eu poderia rejeitar adotando um modo como o de Ragwort. No entanto, para responder a um pedido de casamento, a conduta de Ragwort não oferece nenhum precedente útil. A alegria desgovernada com que ele habitualmente recebe tal oferta fica muito bem com um amigo e colega, mas seria excessivamente danosa ao responder a um quase estranho. Fiz alguns comentários desconexos no sentido de que era muito gentil que ele me pedisse, mas que o casamento não era um hábito que eu cultivava.

"Sei que estou indo um pouco além do limite, querida", disse ele. "Não espero que me responda de imediato. Mas é melhor que eu a alerte de que um velho soldado não desiste facilmente quando se decidiu por algo."

As estrelas continuaram a brilhar no céu de veludo, mas meu estado de espírito foi envolto em uma nuvem de escuridão súbita.

O fato de ter feito a proposta, embora não tivesse sido aceita, parecia, na opinião do major, dar-lhe o direito de me abraçar ao me desejar uma boa noite, embora um movimento bem calculado de cabeça me permitisse reduzir o aspecto desagradável dessa situação a um resvalar de meu rosto. A textura de lixa de seu queixo trouxe-me à mente, por contraste, a maciez de alabastro do queixo de Ned. Continuei muito preocupada com Desdêmona.

— Por que — perguntou Ragwort — ela simplesmente não disse "não"?
— Eles lhe disseram na escola — afirmou Selena — que ela devia evitar ferir os sentimentos das pessoas.
— Algumas vezes parece — comentou Ragwort — que Julia absorveu sua educação muito ao pé da letra.

Hoje, portanto, meu principal objetivo tem sido evitar o major. Eu poderia ter gostado de ter outra discussão com Ned sobre a Lei Financeira, mas acho que não devo esperar outros êxitos nessa questão. Vendo a adorável criatura no terraço esta manhã, lembrei-o de que lhe devo uma garrafa de vinho.

"Essa é uma obrigação", ele respondeu com muita frieza, "que ficarei bem feliz de esquecer."

Disso concluí que ele ainda está determinado a provar que não é um jovem de virtude fácil e que eu precisaria de mais uma semana inteira admirando sua alma para me aproveitar dele novamente.

Caso eu tenha algo a acrescentar, não devo enviar esta carta antes de amanhã à noite; embora não suponha, como amanhã é nosso último dia em Veneza, que aconteça nada de interesse suficiente para merecer um relato.

— O resto da carta — disse Selena — foi escrito, portanto, no dia do assassinato. Seria este um momento conveniente para uma pausa para o café?

Capítulo 10

Cantrip parecia pensativo: ele aceitara, mesmo sem uma discussão formal, que era a vez de ele pagar o café.

— Estou pensando — disse ele, ao trazer o café de volta à nossa mesa —; vocês conhecem essa Desdêmona de que Julia tanto fala? Ela se casou com um homem, Otelo, e ele teve a ideia de que ela o estava traindo. Então ele a matou.

— Creio — disse Selena — que estamos todos razoavelmente familiarizados com os desafortunados acontecimentos descritos na tragédia *Otelo*.

— Bem, eu os conheço bem — disse Cantrip —, porque Julia levou-me para ver a peça uma vez. E depois eu disse que achava que era bem tola, porque Otelo supostamente havia se saído muito bem no exército e era um mestre da estratégia e tudo isso. E, nesse caso, ele não seria o tipo de tolo que acha que sua esposa tem um caso com alguém só porque ela perdeu o lenço. E Julia não concordou. Bem, o que ela realmente disse é que eu era um tagarela semieducado cujos poderes de apreciação dramática se limitavam no máximo a um show popular no Brighton Pier fora da temporada. Então, eu bati nela com o meu guarda-chuva. E ela tentou me bater com a bolsa. Mas ela errou, é claro, vocês a conhecem.

Evidentemente perdido na ternura de sua lembrança, Cantrip ficou em silêncio. A mecha de cabelo negro em sua testa pálida dava-lhe um ar romântico, como se fosse algum poeta ou artista morrendo jovem no século XIX. Os eventos descritos haviam ocorrido, suponho, antes do episódio da aranha; depois disso Julia não teria, creio eu, tentado devolver o golpe.

— Essa discussão literária — perguntou Selena —, em algum estágio, retornou ao meramente verbal?

— Ah, claro — disse Cantrip. — Veja, o modo como Julia pensava era que um homem que passara toda a sua vida no exército era simplesmente o tipo de homem que fica totalmente confuso com a feminilidade porque não teve a oportunidade de descobrir que as mulheres são mais ou menos como todo mundo e tende a vê-las de modo muito idealizado. Assim, quando ele descobriu que Desdêmona não era perfeita, quer dizer, a primeira vez que ela derrubou café ou cinza de cigarros no carpete, ele começou a se sentir decepcionado e achou que ela traía os ideais dele. E, depois disso, fazê-lo pensar que ela estava tendo algo com outro homem seria uma brincadeira de criança.

— Essa é, suponho — disse Ragwort —, uma opinião até convincente.

— Claro que é convincente. Porque, quando comecei a pensar sobre isso, percebi que era o que tinha acontecido ao meu tio Hereward. Meu tio Hereward passou os melhores anos de sua vida no exército, servindo à rainha e ao país em locais distantes do Império e, quando saiu, estava tão desatualizado que era praticamente invisível. Com referência especial às mulheres. Ele pensava que na época em que havia entrado no exército as mulheres eram todas puras e inatingíveis e que quando saiu de lá elas não eram mais assim. E, em vez de gostar disso, ele ficou enojadíssimo.

— Meu caro Cantrip — disse Selena —, as dificuldades psicológicas de seu parente são, de algum modo, aplicáveis ao nosso problema presente?

— Bem, é claro que são, ou eu não estaria falando delas, não é? O importante é que esse major de Julia é do mesmo tipo que Otelo e meu tio Hereward. E Julia, pobre garota, com o objetivo de desencorajar os avanços dele, acabou se pondo como a principal personagem no quesito de feminilidade pura. Em resultado disso, o major pensa que ela é a mulher que ele procura há tantos anos e a pediu em casamento...

— Ah, meu caro — disse Selena.

— "Ah, meu caro", com certeza. E como Julia não deseja ferir os sentimentos dele dizendo "não", pois ela não se casaria com ele nem que fosse o último homem sobre a Terra, ele provavelmente pensa que ela está mais ou menos noiva dele.

— Ninguém — disse Selena — poderia ser tão tolo assim.

— Você não conhece o meu tio Hereward. Bem, se é assim que o major via as coisas e depois ele descobriu sobre Julia e o rapaz da Receita, com relação específica à tarde da quarta-feira passada, o que ele fará a respeito disso?

— Suponho — comentou Ragwort —, tomando Otelo como modelo, que ele assassinaria Julia.

— Ah — disse Cantrip —, isso mostra que você não conhece Otelo como eu. Se você assistiu àquela coisa e ficou sentado o tempo todo, como Julia me obrigou, você lembrará que antes de matar Desdêmona ele firmou um contrato sobre o outro homem com quem ele pensava que ela estava envolvida.

— Cantrip está nos lembrando — disse Selena, temendo que nosso conhecimento do modo de falar de Cambridge não fosse suficiente para seguir essa explicação — que, antes de estrangular sua esposa, Otelo deu instruções a seu subordinado para o assassinato de Cassio, seu suposto rival no afeto dela.

— Certo — disse Cantrip. — Assim, se Julia não estivesse por perto, o major teria matado o rapaz da Receita.

— Não me lembro — disse Ragwort — de que Otelo tenha completado sua vingança roubando a mala de Cassio. Acho que o dramaturgo deve ter achado que isso seria um anticlímax.

— Não se preocupe com a mala — disse Cantrip. — Imagino que ela contivesse alguma evidência incriminatória ou algo assim. Fora isso, os dois casos são praticamente idênticos, mesmo na questão do lenço.

— Não suponho — disse Selena — que o lenço que o major deu a Julia tenha sido tecido por uma sibila de duzentos anos com a seda de bichos-da-seda sagrados. Se assim fosse, o major, um comerciante de antiguidades e objetos de valor, dificilmente o teria dado a Julia para estancar um sangramento nasal. Devo ler o resto da carta?

Terraço do Cytherea
Sexta-feira de manhã

Tenho um incidente curioso, e possivelmente sinistro, a lhe relatar. Talvez possamos chamá-lo de O Fenômeno do Major Recorrente. Antes disso, porém, devo mencionar, como um prelúdio, um episódio que ocorreu na hora do café.

Não sei se alguma vez você reparou, Selena, como depois de alguns meses passados sem os prazeres da carne, e estando mais ou menos resignada a isso — isto é, pensando que seria agradável se eles estivessem disponíveis, mas que, como não estão, é melhor continuar com o estudo das leis fiscais —, como, depois de tal período, uma interrupção da vida celibatária tende mais a estimular do que a acalmar o apetite. Descobri que o mesmo acontece com os morangos: durante o inverno não estou sujeita a nenhum desejo incontrolável por eles; mas quando como meu primeiro morango da estação e me recordo, com a experiência direta, de sua doçura quente, mas não enjoativa, e de sua firmeza que cede aos dentes, então não posso de modo algum me contentar apenas com um, ou dois, ou mesmo três, mas continuo a comê-los com gula imoderada até que a tigela se esvazie ou me seja tirada.

Assim, quando acordei hoje de manhã, comecei a refletir sobre a improbabilidade de qualquer novo sucesso com Ned, e a beleza do garçom que serve meu café da manhã. Os agentes de viagem disseram, afinal de contas, que o serviço estava incluído.

O procedimento para tirar vantagem dos garçons italianos — igualmente aplicável, tanto quanto eu saiba, em outras áreas do Mediterrâneo — não merece nenhuma exposição longa. Ele consiste principalmente em permanecer na cama até que eles tragam o café da manhã e, depois, sorrir de modo benevolente. Os garçons, de modo geral, parecem não se importar quando alguém se aproveita deles.

Deve-se lembrar, contudo, que eles têm uma profissão explorada e trabalham duro, que gastam muitas energias correndo daqui para lá, carregando drinques e assim por diante e, por isso, a duração do prazer proporcionado nem sempre é comensurável ao entusiasmo com que ele é oferecido. Se o café trazido pelo belo garçom estivesse frio na hora em que ele saiu, eu estaria disposta, nessas circunstâncias, a perdoá-lo, mas isso não foi necessário. Ainda assim, não se deve ser ingrato: morangos são morangos.

Chego agora ao incidente curioso, e possivelmente sinistro.

Pelas razões mencionadas acima, era mais tarde do que o usual — embora não tão mais tarde quanto eu desejaria — quando me preparei para sair do quarto. Ao abrir a minha porta, porém, observei que o major se encontrava no corredor. Felizmente ele não me viu, estando naquele momento no ato de fechar a porta de seu quarto. Evitar encontrá-lo é, no momento, um de meus principais objetivos, e assim retirei-me novamente para o meu quarto e acendi um Gauloise. Depois de fumar metade do cigarro, achei que já poderia sair a salvo.

O major ainda estava no corredor e ainda estava fechando uma porta. Bem, você vai dizer, Selena, que não havia nada de estranho nisso, que, tendo esquecido algo, ele havia voltado ao quarto para buscá-lo e estava agora saindo pela segunda vez. Não creio, porém, que sua hipótese se sustente, pois me pareceu que a porta que ele estava fechando nessa ocasião não era a de seu quarto, mas sim a do quarto vizinho, que é ocupado por Ned e Kenneth Dunfermline. Perplexa, voltei ao meu quarto e fumei o resto do Gauloise. Então, com toda a cautela, olhei novamente para o corredor.

O major ainda estava no corredor. Ele ainda estava fechando uma porta. Dessa vez, se minha observação nesse momento fosse completamente confiável, a porta de seu próprio quarto.

Muito abalada, voltei mais uma vez ao meu quarto e consumi em dois goles o que restava de meu conhaque comprado na *duty free*. O líquido que acompanhou Napoleão nas estepes da Rússia não me abandonou: quando abri a porta mais uma vez, o corredor estava vazio. Sem nenhum outro incidente adverso, encaminhei-me para o terraço.

O incidente que descrevi pareceu-me extraordinariamente inquietante. Não consegui pensar em uma razão sensata para que o major passasse cerca de dez minutos rigidamente parado na atitude de fechar uma porta. A explicação provável, me parece, é que a sugestão de que eu me casasse com ele teve efeitos tão traumáticos em mim que chegaram a induzir uma série de alucinações paranoides: sempre que eu abria uma porta, eu imaginava, a menos que previamente fortalecida pelo conhaque, que via o major fechando uma porta. Isso, com o preço a que está o conhaque, seria uma aflição inconveniente.

— Estranho — disse Selena. — Parece que o major foi ao quarto ocupado por Ned e Kenneth e ali permaneceu por cerca de cinco minutos. Depois disso, evidentemente, ele voltou ao seu quarto e ali ficou por mais cinco minutos antes de finalmente sair. Pergunto-me por quê.

— É possível — disse Ragwort — que ele tenha visitado o outro quarto com o consentimento dos ocupantes. Mas o horário parece um pouco furtivo. Parece-me que ele esperou até que todos os outros no anexo supostamente já tivessem saído de seus quartos para cuidar de seus afazeres; todos aqueles, quero dizer, que não estavam se comportando de modo lamentável com a equipe de serviçais. Não acham que parece uma primeira tentativa de roubar o que estivesse na mala de viagem?

— Não — disse Cantrip —, acho que se parece com Otelo procurando o lenço de Desdêmona.

— Você está sugerindo — perguntou Selena — que o major tinha alguma suspeita da ligação de Julia com Ned e estava procurando evidências corroborativas no quarto de Ned?

Cantrip acenou que sim.

Minha intenção ao ir ao terraço era lhe escrever imediatamente após essa experiência perturbadora. Fui desviada de meu propósito, porém, ao lá encontrar o adorável Ned inclinado em uma atitude graciosa contra o balcão que separa o terraço do canal.

Isso não foi completamente um golpe de boa sorte, pois ele parecia mais belo que nunca. A luz do sol fazia reluzir seu cabelo claro; sua camisa branca, um pouco aberta, mostrava a suavidade de seu pescoço; sua pele translúcida estava aquecida pelos oito dias em Veneza: se antes ele me lembrara algo de Praxíteles, agora se poderia pensar que o artista houvesse fundido seu trabalho em ouro. O efeito foi inspirar em mim uma paixão tão ardente quanto a que senti quando o vi pela primeira vez no avião. Parecia-me, depois de todo o trabalho que eu fizera, que a tarde da quarta-feira não me trouxera bem algum. Bem, suponho que isso não seja estritamente verdadeiro: sempre é melhor ter tido a tarde da quarta-feira do que não ter tido a tarde da quarta-feira, mas eu não conseguia encontrar em mim nem parte do contentamento tranquilo que se busca como consequência de um desejo satisfeito.

"Você parece", disse eu, "correr algum risco de cair no canal. Pelo menos, evite o perigo de olhar para seu reflexo nele. Lembre-se de Narciso."

Ao ouvir isso ele sorriu e pareceu contente, mas fui impedida de mais elogios pela chegada ao terraço de Marylou, momentaneamente livre da supervisão matrimonial.

"Não a vejo há dois dias", disse ela, em tom de reprovação.

"A perda é nossa", respondi, "mas não a culpa."

"De qualquer modo", continuou ela, "espero que vocês dois nos acompanhem na viagem a Verona hoje à tarde. Stanford não queria ir porque ele já foi a Verona. Mas eu disse a Stanford que de modo algum eu deixaria de ver Verona só porque ele esteve lá no fim de semana em um encontro de negócios." O tom dela sugeria que não houvera nenhuma mudança em sua opinião quanto a essa pessoa. "E não acho que veremos as mesmas coisas que ele viu no fim de semana. Ele não deve ter visto nada de historicamente relevante, a menos que se considere uma garrafa de uísque de centeio de dez anos. Quer dizer, Stanford não é exatamente alguém preocupado com a estética. Ele é uma boa pessoa de muitas formas, mas, quando estavam distribuindo a percepção estética, acho que Stanford não se interessou. Então, espero que vocês dois venham conosco hoje à tarde."

"Não, infelizmente", respondeu Ned. "Ken irá. Mas Julia e eu já fomos na terça-feira."

Ela expressou sua decepção com um exagero lisonjeiro e perguntou se tínhamos gostado de Verona.

"Muito", respondeu Ned. "Graziella não pôde ir conosco e, assim, Julia atuou como guia."

"Ah, eu gostaria de ter ido com vocês", disse ela. "Acho que Julia seria uma guia maravilhosa."

"Sim", disse ele, com muita afetação, "ela é. Excelente. Ela nos levou a todos os lugares a que devíamos ir. E às vezes", acrescentou ele, de modo ainda mais afetado, "a lugares aonde não deveríamos ir." E pensando, sem dúvida, que não poderia haver uma fala final melhor, ele nos pediu licença e saiu do terraço.

Eu ainda não pude lhe escrever imediatamente sobre O Fenômeno do Major Recorrente, pois Marylou persuadiu-me a acompanhá-la em uma expedição de compras. Parecia-me que ela já havia adquirido no Rialto quantidades de atacadista de todas as formas de mercadorias que Veneza oferece ao turista sensato, mas ela me garantiu que não era esse o caso.

Em resultado desse desvio, somente por volta do meio-dia é que pude voltar aqui e escrever sobre minha inquietante experiência. Mesmo agora não escapei a uma interrupção. Meu canto seguro do terraço foi tomado por outros com o objetivo de um encontro amoroso. Fui deixada exposta à curiosidade de todos os turistas que passam pelo *lobby* do Cytherea e, por algum motivo, me consideram como uma fonte provável de informações: três grandes matronas alemãs, usando chapéus de palha idênticos, perguntaram-me o caminho para o toalete feminino; um sério jovem inglês pediu-me que lhe mostrasse a localização da casa onde Byron morou; um grupo de estudantes francesas perguntou-me qual *vaporetto* as levaria ao Lido. Respondi de modo simpático, mesmo que não exato, a todas essas perguntas. Espero, portanto, que você perdoe a fragmentação de minha narrativa.

Antes de ir almoçar, devo retornar ao meu quarto para pegar o guia de Verona: depois de confessar a Marylou que ele foi a base de meu sucesso lá, senti-me obrigada a, por cortesia, oferecê-lo a ela para a excursão desta tarde. Eu lhe expliquei que o guia pertence a Ragwort e que ela deve tomar muito cuidado com ele.

Ao sair de meu quarto novamente estarei circunspecta, mas não temerosa. Escrever a você persuadiu-me a ver o lado positivo: agora percebo que ver o major quando ele não está realmente lá deve ao menos ser preferível a vê-lo quando ele está realmente lá. Se, contudo, houver uma repetição do Fenômeno, eu a relatarei em seguida, em um pós-escrito.

Terraço do Cytherea
Sexta-feira à noite

Os homens, Selena, são criaturas muito estranhas e eu nunca conseguirei entendê-los. Não parece haver em seu comportamento nenhuma razão nem coerência de propósitos — eles são soprados como plumas para cá ou para lá a cada mudança da brisa de humor ou capricho, de modo que é praticamente impossível prever, com qualquer base racional, o que farão a seguir. Isso é delicioso sob alguns aspectos, é claro, mas nos confunde. Veja, apenas como um exemplo, o encantador Ned, com quem eu havia dito esta manhã que não teria a menor chance — bem, vou lhe contar tudo exatamente como aconteceu.

Depois de retornar ao meu quarto para pegar o guia de Verona, saí novamente sem nenhum imprevisto desagradável, isto é, sem ver o major, nem na realidade nem na fantasia. Concluí aliviada que a aflição fora temporária. Descendo novamente, vi-me cruzando a ponte para a parte principal do hotel apenas alguns passos atrás de Ned e Kenneth. Como parecia natural nas circunstâncias, eu disse "olá" a eles, tocando no cotovelo de Ned — um gesto, parece-me, não mais íntimo que um "Amante da Arte" poderia demonstrar em tom de amizade para outro.

A reação de Ned foi extraordinária. Ele se virou para mim com muita rapidez e violência, quase como se estivesse preparado para se defender contra um ataque físico, e disse, em um tom de irritação desproporcional: "Pelo amor de Deus, Julia, não faça isso". Esta me pareceu uma resposta absurdamente exagerada: ele não poderia supor que eu teria escolhido esse lugar e esse momento para um avanço impróprio; além disso, a reação dele era mais apropriada a um ataque à sua vida que à sua virtude.

— Minha nossa! — disse Ragwort. — Muito interessante. Podemos supor, creio eu, que o jovem não teria percebido imediatamente quem o tocou no cotovelo?

— Certamente — disse Selena. — E quando, na hora do almoço, um homem parece temer por sua vida, e é encontrado morto antes do jantar, podemos nos dispor a pensar que haja alguma conexão.

Desculpei-me por tê-lo assustado.

"Não se incomode", disse Kenneth, evidentemente constrangido com a rispidez de Ned. "Ele só está preocupado com o voo de amanhã. Ele fica muito nervoso quanto tem de voar, não é, Ned?"

"Sim", disse o amigo. "Sim, demais, infelizmente. Sinto muito, Julia. Eu não pretendia ser ríspido com você."

Olhando-o mais atentamente, inclinei-me a acreditar que essa era de fato a razão para seu curioso comportamento e não algo especificamente ligado a mim. Ele estava muito pálido e mostrava diversos sinais de nervosismo. Notei com grande tristeza que a perfeição de seu queixo estava manchada por uma faixa de curativo adesivo.

"Ned", perguntei, sem conseguir ocultar a minha angústia diante dessa catástrofe estética, "o que aconteceu com seu rosto?"

"Minha mão tremia tanto que me cortei ao me barbear", disse ele. "Não é tolo? Ficou muito ruim?"

"Não, não", disse eu, "é claro que não."

Preenchi os instantes que levamos para chegar à sala de jantar com palavras elogiosas e tranquilizadoras, mas o nervosismo de Ned parecia inabalável; reparei que ele quase não comeu e até derramou um pouco de vinho. Ainda assim, embora concluísse que não houvera nada de pessoal em sua reação na ponte, eu não teria apostado uma lira em minhas chances de sucesso com ele.

Graziella chegou quando estávamos terminando de almoçar, bem a tempo para partir às 14 horas com os "Amantes da Arte" que iriam a Verona, isto é, Kenneth e os dois americanos. Kenneth hesitou e parecia estar perguntando a Ned se ele se importava de ficar só, mas, por fim, com um toque tranquilizador em seu ombro e sugerindo que Ned descansasse um pouco, ele seguiu Graziella para fora da sala de jantar. Ned e eu éramos os únicos "Amantes da Arte" remanescentes, pois Eleanor e o major não haviam almoçado conosco. Vindo até a minha mesa, Ned sugeriu que tomássemos café juntos no terraço.

"Bem", disse eu, enquanto tomávamos café, "esta é nossa última tarde em Veneza. Como você propõe que a passemos?"

"Ainda não me sinto muito bem", respondeu ele. "Acho que é melhor fazer o que Kenneth sugeriu: tirar uma sesta."

"Que pena", disse eu, "que você não me permitirá compartilhá-la." Eu não abrigava, como já disse, nenhuma esperança de chegar a lugar algum com essa sugestão. Eu a fiz como um questão formal, por não desejar que Ned pensasse que a faixa de curativo adesivo de tal modo estragara sua aparência que eu poderia facilmente deixar de fazer um avanço.

E, como se nada houvesse, como se ele não soubesse mais do que um jovem criado para servir refeições em vez de declarações de renda, como se nenhum comentário ferino tivesse sido feito sobre obrigações que ele ficaria feliz em esquecer, como se minha abordagem na ponte tivesse provocado satisfação em vez de alarme...

"Por que não?", ele respondeu.

Selena, os homens são muito estranhos.

Retornamos cruzando a ponte para o anexo, mais uma vez encontrando as belas camareiras sorridentes e, dessa vez, fomos para o quarto de Ned em vez de para o meu.

Se ele sentiu alguma modesta relutância em ceder de novo tão cedo, e com tão poucos comentários sobre sua alma e intelecto, isso foi, devo dizer, admiravelmente dissimulado, pois ele se devotou ao ato com grande energia e aparente entusiasmo. Em tal extensão, de fato, como se eu fosse uma mulher das que celebram uma trégua com a Receita — mas que isso nunca seja dito. Esse exercício, no calor de uma tarde em Veneza, termina de um modo pouco saudável, ou seja, dormindo em lençóis úmidos. Ah, Selena, quando ao envelhecermos eu reclamar do reumatismo, relembre-me de como eu o obtive de modo prazeroso.

Eram mais de 18 horas quando acordei. Ned, deitado ao meu lado, ainda parecia dormir tão pacificamente que a ternura me impediu de acordá-lo. Não querendo, contudo, que ele pensasse que eu lhe dava tão pouco valor a ponto de sair inteiramente sem-cerimônia, escrevi meu nome e endereço e algumas palavras discretas de afeto na página de rosto de minha Lei Financeira e deixei-a, como um *souvenir*, sobre a mesinha ao lado da cama.

Depois disso, tendo me lavado e trocado de roupa para o jantar, desci para o terraço para lhe escrever sobre a singularidade dos homens. Voltei ao meu canto costumeiro; a parreira ou trepadeira similar protegeu-me assim de qualquer obrigação de conversar com Eleanor ou com o major, que haviam retornado ao anexo fazia meia hora: eles haviam saído para uma última vistoria, suponho, dos objetos pessoais da falecida Srta. Tiverton.

Logo devo parar por falta de luz: o sol acaba de se pôr e a única lâmpada no terraço foi projetada mais para uma atmosfera romântica que para iluminação.

Além disso, parece estar na hora do jantar: as belas camareiras se dispersaram, sem dúvida para arrumar as camas, e os "Amantes da Arte" que foram para Verona já retornaram e estão de volta ao anexo. Devo ir jantar e postar esta carta no caminho. Por algum motivo estou me sentindo extraordinariamente faminta.

Selena, sua amiga de sempre,
Julia

— Pobre Julia — disse Selena. — Espero que ela tenha conseguido comer algo antes de as pessoas chegarem para prendê-la.

Capítulo 11

Vindo pelo sudoeste em vez de pelo caminho mais direto pelo nordeste, descendo rapidamente os degraus para a área do porão do número 60 da New Square, passando atrás das latas de lixo com as costas contra a parede até atingir a entrada dos fundos do número 61, e, depois, correndo depressa, mas silenciosamente, ao subir os seis lances de escada, costuma ser possível, se Henry não tiver enviado uma datilógrafa com a missão especial de sentinela, chegar ao segundo piso do número 62 sem ser visto da Sala dos Escriturários. O tempo necessário para ler a carta de Julia tornou necessário tomar esse caminho alternativo para o nosso retorno às Câmaras.

— Um ou dois minutos depois — disse Selena, acomodando-se na grande poltrona de couro comprada em segunda mão por cinquenta centavos de libra por Ragwort e Cantrip para adicionar um toque de luxo à sala que ambos dividem —, quando a respiração retomar o ritmo natural, devemos ligar para a Sala dos Escriturários com alguma pergunta casual sobre a agenda da tarde. E Henry, em tom de censura, dirá que achava que ainda estávamos no café, pois não nos vira retornar. E nós diremos: "Minha nossa, não! Voltamos há milênios".

— Ele vai acreditar em vocês? — perguntei.

— Seu estado mental — disse Selena — bem pode não ser aquele que um purista descreveria como crente. Entretanto, ele dificilmente ousará sugerir diretamente que estamos mentindo. É melhor que você faça isso, Ragwort, você é o melhor nisso.

A escolha de Ragwort foi muito feliz. Houvesse sido Cantrip ou Selena, a pergunta sobre a agenda da tarde teria sido interrompida por uma pergunta indignada em relação ao paradeiro deles na última meia hora, durante a qual Henry procurara por eles por toda parte. Ambos, sem dúvida, teriam conseguido simular surpresa, mas eles não teriam sido capazes, creio, de temperar a surpresa com a delicada sugestão feita por Ragwort de uma paciência sobre-humana levada ao limite pelo tolo hábito de Henry de procurar por eles precisamente naqueles raros momentos em que eles se encontravam ausentes das salas.

— Bem, Henry — disse Ragwort finalmente, com um suspiro de perdão —, suponho que você tinha algum motivo para me procurar.

"Uma jovem veio vê-lo, Sr. Ragwort", disse Henry. "Ela falou que o assunto era pessoal." A voz dele, claramente audível do outro lado da linha telefônica interna, era lúgubre. Existem, sem dúvida, muitos motivos pelos quais uma jovem possa procurar um jovem nas Câmaras e dizer que o assunto é pessoal; apenas um ocorria à mente de um Escriturário de advogados. "É claro, senhor, se tivesse me avisado que uma jovem poderia vir procurá-lo, eu teria sabido como lidar com ela. Mas o senhor não fez isso e eu não soube." — Se Ragwort, além de desperdiçar em uma reunião ociosa o tempo que poderia ter sido dedicado a seus papéis de modo mais lucrativo, tinha ainda mais aumentado seu erro ao não informar seu Escriturário sobre o progresso, os problemas e o término do relacionamento, ele não poderia esperar que Henry o protegesse, como Henry de outro modo teria feito, da cena perturbadora e escandalosa que agora iria acontecer.

— Entendo — disse Ragwort. — Como você lidou com ela, Henry?

"Eu a levei à sala de espera, senhor, e disse que tentaria encontrá-lo. Eu disse que o havia visto sair para tomar café, mas que o senhor voltaria logo, pois sabia como está ocupado com os papéis prometidos para os Tancreds para amanhã bem cedo."

— É bem verdade — disse Ragwort. — Você chegou a perguntar o nome dela?

"Não, Sr. Ragwort. Não quis fazer isso, pois ela dissera que o assunto era pessoal. Eu não queria que o senhor pensasse que eu estava me imiscuindo em seus assuntos pessoais, Sr. Ragwort."

— Ah, como você foi discreto, Henry. Bem, talvez você possa pedir a alguém que a traga até aqui.

Ragwort sugeriu que talvez devêssemos nos retirar para a sala de Timothy.

— Na verdade, não — disse Cantrip. — Se você está abusando do afeto de uma jovem e agora ela vem pedir satisfações, nós realmente queremos saber disso.

— Não estou fazendo nada desse tipo — disse Ragwort. — Não tenho a menor ideia de quem é.

— Bem, Henry acha que você tem. E se ela for atacá-lo, você precisará de nós como apoio moral.

— Agradeço muitíssimo sua preocupação — disse Ragwort —, mas...

— Uma senhora quer vê-lo, Sr. Ragwort — disse a datilógrafa temporária, abrindo a porta para a visitante e impedindo a continuação da conversa. Ragwort levantou-se e estendeu a mão.

— Sr. Ragwort? — perguntou a jovem em voz tímida, com um sotaque que minha memória identificou como sendo do leste da Virgínia. — Como vai? É claro que não sabe quem eu sou.

Na verdade, ela estava errada a esse respeito. Seu cabelo loiro pálido, sua figura graciosa, a elegância de suas roupas, tão suave a ponto de sugerir, em uma primeira impressão, uma casualidade curiosamente sedutora — tudo isso era fácil de lembrar, e apenas 48 horas antes a tínhamos visto no aeroporto. Pensando que não seria educado mencionar essa ocasião, permitimos que Marylou se apresentasse.

Ragwort não desejava mais que nos retirássemos. Ele tendia a pensar, como meus leitores devem recordar, que Marylou era uma assassina; e a bolsa a tiracolo de couro com detalhes em lona que ela carregava era grande o bastante para conter uma tesoura de alfaiate. Por mais que pudesse admirar a elegância dela, ele não desejava ser deixado a sós com ela e rapidamente fez as apresentações.

Marylou, por outro lado, embora tenha reagido de modo muito cortês, demonstrando uma sedutora deferência diante de minha posição de professora, havia claramente imaginado uma conversa particular. Sentando-se na cadeira que lhe foi oferecida, ela olhou para nós de modo desconfiado, como se não soubesse bem como explicar sua presença.

— Sinto invadir deste modo — disse ela. — Sei que todos vocês devem estar muito ocupados. Mas eu estava esperando, Sr. Ragwort...

— Talvez lhe seja de algum auxílio — disse Ragwort, claramente ansioso por evitar qualquer pedido explícito de privacidade — se eu mencionar que todos nós somos velhos amigos de Julia Larwood, que, segundo creio, você também conhece.

— É verdade — disse ela —, como soube?

— Julia nos escreveu de Veneza — disse Ragwort. — Ela mencionou que a havia conhecido.

— Ah, entendo — disse Marylou. — Bem, se Julia lhes falou de mim, isso torna tudo muito mais fácil. Porque esse é o motivo de eu ter vindo vê-lo, Sr. Ragwort, por causa de Julia. Algo muito terrível aconteceu a ela e não sei a quem recorrer. Não sei se já souberam de algo... — Ela olhou para nós novamente, com um olhar ansioso, mas discretamente inquisitivo.

— Soubemos — disse Selena — que um hóspede do mesmo hotel foi vítima de um ato de violência, infelizmente fatal, e que a polícia pediu que Julia permanecesse em Veneza até que a questão seja resolvida. — Ela falou com certa frieza, devida, imagino, ao sentimento de que Marylou havia, de algum modo, aceitado a responsabilidade pelo bem-estar de Julia enquanto estavam em Veneza: havia em seus modos para com a jovem americana algo de uma mãe desvelada diante de uma babá negligente.

Tendo evidentemente imaginado Julia sem amigos e esquecida, abandonada indefinidamente sem julgamento em uma masmorra veneziana, Marylou parecia aliviada ao descobrir que alguém na Inglaterra sabia das dificuldades que Julia enfrentava. Sem saber sobre os parentes de Julia, ela estivera incerta quanto a quem deveria saber deles.

— Mas então lembrei-me de que ela havia falado sobre o senhor, Sr. Ragwort, e, de algum modo, senti que o senhor e Julia realmente tinham um relacionamento sincero e válido, mesmo que... bem, foi isso que senti.

— Todos nós — disse Ragwort —, de diversas formas e por motivos mais ou menos compreensíveis, gostamos muito de Julia.

— E eu já tinha o seu endereço porque ele estava no guia de Verona que Julia me emprestou em nosso último dia em Veneza. Espero que não se incomode com isso, Sr. Ragwort; ela me disse que era seu e que eu tomasse muito cuidado com ele.

Ela abriu sua bolsa a tiracolo de lona colorida. Ragwort observou isso com alguma ansiedade, mas ela tirou da bolsa nada mais perigoso que um volume fino e coberto com papel pardo. Ela o colocou sobre a mesa de Ragwort.

— Creio que Julia desejaria que eu o devolvesse ao senhor, de qualquer modo — disse ela.

O tom a adotar, senti, era de incentivo simpático, como fazemos com os estudantes de graduação quando eles explicam como as complicações de sua vida privada os impediram de escrever o trabalho. É meu costume, nessas ocasiões, oferecer um pequeno copo de xerez, mas o único xerez no Berçário é mantido por Timothy para ser oferecido a seus clientes mais importantes. Não havia nenhuma objeção ética a pegá-lo sem a permissão dele, mas eu temia que ele impensadamente pudesse tê-lo trancado antes de partir para Veneza.

— Minha cara Marylou — disse eu, pois a reverência que ela demonstrara por minha posição acadêmica parecia permitir o uso de seu prenome —, pouco ou nada sabemos das circunstâncias que levaram à detenção de Julia. Seria muito útil se você pudesse nos fornecer algum detalhe. Tem alguma ideia, por exemplo, de quem descobriu o crime?

— Pois sim — disse Marylou. — Acho que fui eu. — Selena olhou para ela com profunda reprovação. — Quer dizer, eu estava com meu marido e um rapaz chamado Kenneth Dunfermline; o morto era amigo dele e foi encontrado no quarto de ambos. Sinto muito, professora Tamar, não estou contando isso muito bem.

— Por que você não começa do começo? — perguntei gentilmente.

— Bem — disse Marylou —, acho que isso quer dizer sexta-feira à tarde. Stanford, que é o meu marido, e eu fomos visitar Verona. Havia muitas pessoas no grupo, mas nós realmente não conhecíamos ninguém, exceto Graziella, que era a nossa guia, e esse rapaz, Kenneth Dunfermline. Ele é um escultor bem conhecido, pelo que me parece. Estávamos no mesmo hotel por toda a semana, mas não tínhamos tido muito contato pessoal, pois Kenneth nunca parecia estar por perto, exceto na hora do jantar. Cheguei a conhecer melhor Ned, que era o amigo dele, pois Ned, Julia e eu fomos ao Lido um dia. Bem, Kenneth sentou-se perto de nós enquanto íamos para Verona e foi realmente fascinante. Ele nos contou tudo sobre a arte veneziana e as influências romana e bizantina e tudo o mais. Foi uma experiência maravilhosa, professora Tamar, ter alguém como ele para explicar tudo; nós realmente gostamos. Bem, eu realmente gostei. Stanford não é muito ligado em criatividade visual.

— Mas no que lhe diz respeito — disse eu — a visita a Verona foi um prazer sem senões?

— Sim — disse Marylou. — É realmente uma cidade encantadora, professora Tamar.

— E, depois, suponho, vocês todos voltaram juntos no carro?

— Sim; devemos ter saído de Verona por volta das 18h30 e chegamos a Veneza cerca das 19h45. Depois, pegamos a lancha de volta ao hotel e já estava escuro na hora em que chegamos lá. Depois de chegarmos, ficamos alguns minutos conversando com Graziella e agradecendo por tudo que fizera por nós porque ela foi realmente uma guia excelente.

— Sim — disse eu, esperando que não aparecesse mais ninguém na narrativa dela cujos méritos exigissem reconhecimento —, e depois?

— Bem, tinha feito muito calor por todo o dia e todos nós queríamos nos banhar e trocar de roupa antes do jantar. Paramos na recepção para pegar as chaves e a de Kenneth não estava lá, então ele disse que Ned devia ainda estar no quarto dele. Então, todos nós fomos juntos para os quartos que ficam em frente um do outro, não na parte principal do hotel, tínhamos de cruzar uma pequena ponte para chegar a eles, e Kenneth e eu ainda estávamos falando sobre as coisas que vimos em Verona. Quando chegamos lá, Kenneth foi abrir a porta do quarto, mas ela estava trancada. Então ele bateu e chamou Ned para abrir a porta, mas não houve resposta.

— Era o tipo de porta — perguntou Selena — que poderia ter sido trancada por fora por alguém que não tivesse a chave?

— Sim, todas as portas dos quartos são trancadas automaticamente, acho que consideram isso melhor por medida de segurança.

— Sinto muito — disse Selena. — Eu não deveria tê-la interrompido. Continue, por favor.

— Bem, Kenneth ficou um pouco preocupado, pois Ned não se sentia muito bem na hora do almoço. Ele estava nervoso com o voo e Kenneth tinha medo de que ele tivesse desmaiado ou algo assim. Achei que Kenneth estava reagindo com exagero porque pensei que Ned tinha saído e esquecido de deixar a chave na recepção. Bem, de qualquer modo, não achei que fazia muito sentido ficar parado no corredor olhando para a porta e dizendo "Abre-te, sésamo". Assim, olhei em volta e uma camareira estava saindo do nosso quarto — acho que ela tinha ido arrumar a cama — e eu lhe perguntei se poderia abrir a porta do quarto para o *Signor* Dunfermline, porque o amigo dele parecia ter saído e levado a chave. E ela disse que talvez o amigo ainda estivesse ali, mas dormindo, porque talvez estivesse muito cansado. E ela deu uma risadinha, não sei por quê.

— Os italianos — disse Selena — têm um senso de humor muito estranho.

— Eu disse que talvez ele estivesse dormindo, mas teria de acordar agora porque o *Signor* Dunfermline queria se banhar antes do jantar. Então ela abafou uma risadinha, deu de ombros e abriu a porta. Kenneth começou a entrar, acendeu a luz e ainda falava conosco, entende, olhando para trás, e dizendo que não ia demorar e que nos veria no jantar. Então ele parou e disse: "Ai, meu Deus", e eu perguntei: "O que houve, Kenneth?", e ele só repetiu "Ai, meu Deus". Então entrei para ver o que estava errado. Não havia muita luz no quarto e, a princípio, pensei que Ned só estava dormindo. Lembro de ter pensado: "Ele não parece muito confortável deitado desse jeito. Não sei como ele pode respirar com o rosto no travesseiro desse jeito". E aí eu vi o sangue.

O respeito pela propriedade nem sempre pode ser inabalável. Lembrei-me, além disso, de que Cantrip havia adquirido em tenra idade muita habilidade na arte de abrir trancas. Suponho que seja uma das disciplinas do currículo de Direito em Cambridge.

— Cantrip — disse eu —, você poderia pegar o xerez na sala de Timothy?

— Com toda a certeza — disse Cantrip.

Não era apenas Marylou que precisava de algum estímulo revigorante. Selena, em especial, ficara desconcertada com a saída de Kenneth Dunfermline da lista de suspeitos; a opinião de Timothy de que ele era a pessoa com maior probabilidade de ser aceita pela polícia italiana como uma alternativa a Julia lhe parecera muito convincente. Ela começou a olhar o guia que estava na mesa de Ragwort.

— Segundo o guia — disse ela, enquanto Cantrip retornava com êxito e começava a servir o xerez —, Verona fica a 124 quilômetros de Veneza. Creio que isso corresponda a 75 milhas. Parece, além do mais, que existe comunicação fácil entre as duas cidades, por ônibus, trem e carro. Desse modo, seria possível que alguém chegasse a Verona às 15 horas, voltasse a Veneza e retornasse a Verona a tempo de pegar o carro às 18h30. Sabemos, é claro, Marylou, que você lembra que Kenneth Dunfermline estava no carro. Você nos disse, porém, que ao chegar a Verona ficou profundamente absorta nas glórias artísticas e arquitetônicas da cidade; "encantada", eu creio, foi a palavra que você usou, e, nessas circunstâncias, talvez pudesse mal ter notado, ou mesmo nem ter notado, se ele ainda estava junto com vocês.

— Não o tempo todo — disse Marylou. — Mas tomamos chá por volta das 16 horas no Café Dante, e Stanford e eu dividimos uma mesa com ele.

— Quando voltou ao hotel — perguntei —, tem certeza de que Kenneth não poderia ter ido até o quarto antes de vocês e, depois, voltado para cruzar a ponte com vocês na segunda vez?

— Tenho toda a certeza, professora Tamar — disse Marylou. — Foi como eu lhes disse: estivemos juntos o tempo todo. Se estavam pensando que Kenneth seria o assassino, bem, sinto muito, mas isso é totalmente inviável em termos do fator espaço-tempo.

Nós nos dedicamos com algum desalento ao nosso xerez, cuja excelência era apenas um leve consolo.

— Retomando — disse eu —, se não for doloroso demais para você, Marylou, a descoberta do assassinato, por sua descrição, parece não ter havido sinais de luta. Nada sugeria que o infeliz jovem tenha sido esfaqueado durante uma discussão ou algo dessa natureza?

— Não — disse ela —, acho que não. Não parecia que tivesse acontecido nenhum tipo de confronto. Parecia apenas que Ned estava deitado de bruços, talvez dormindo, e se alguém tivesse entrado silenciosamente, bem, Ned nem teria percebido o que acontecia.

— Você tem alguma ideia — perguntei — do motivo de a polícia veneziana ter suspeitado de Julia?

— Isso é que não compreendo, professora Tamar. Eu pensei que Julia não tinha nada a ver com o ocorrido. Veja, depois de encontrarmos Ned do modo que lhe contei, a situação ficou bastante confusa. Eu queria que Stanford fosse chamar o gerente, mas Stanford não quis me deixar sozinha. E eu não queria deixar Kenneth sozinho no estado em que ele estava; ele ficou realmente muito mal, professora Tamar. Ele ficou ajoelhado ao lado da cama, com o braço ao redor dos ombros de Ned e, bem, acho que estava chorando. Stanford até comentou depois que não imaginava que um inglês se comportasse desse modo. Eu indiquei a Stanford que isso era simplesmente um prejulgamento não empírico e que não tinha a mínima validade, mas Stanford engole prejulgamentos não empíricos como os atletas engolem pílulas de vitamina. Assim, no final das contas, a camareira foi chamar o gerente.

Estava claro, de qualquer modo, por que a suspeita tão depressa foi focalizada em Julia: sem dúvida, a camareira era uma das que haviam observado Julia voltar ao anexo com Ned e depois sair sem ele. Presenciando logo depois a descoberta do corpo, teria sido natural que ela simplesmente informasse ao gerente que o cavalheiro inglês do quarto 6 havia sido assassinado pela senhora inglesa do quarto 8.

— Até onde você saiba, havia mais alguém no anexo?

— A Sra. Frostfield e o major Linnaker, ambos estavam no mesmo grupo que nós, saíram para o corredor para ver o que estava acontecendo. Acho que a camareira tinha soltado um grito e creio que eu também.

— Você chegou a reparar — perguntou Ragwort — se eles já haviam se trocado para o jantar?

— A Sra. Frostfield certamente tinha: ela vestia uma saia longa e sapatos de noite. É difícil falar sobre o major Linnaker, pois ele se vestia de modo muito informal na maior parte do tempo. Bem, quando a polícia chegou, eles deram busca em todos os quartos do anexo, mas não encontraram ninguém. Não imagino que isso signifique muito, entretanto, porque se alguém quisesse escapar não teria sido difícil demais sair pela janela e fugir pelo canal. Talvez o cheiro não fosse muito bom, mas acho que é o que eu teria feito se tivesse acabado de cometer um assassinato e quisesse escapar.

— E depois? — disse eu.

— Bem, a polícia fez todos esperarem no corredor. Menos Kenneth, pois ele não queria deixar Ned de modo algum e eles permitiram que ficasse. Depois, trouxeram uma maca, puseram Ned coberto com um lençol sobre ela e o tiraram do hotel pelas escadas. Uma lancha da polícia estava esperando bem perto da entrada e por isso não precisaram levá-lo pela ponte. Havia só uma luz ali e eles tropeçaram um pouco para chegar até a lancha, mas tudo deu certo. Kenneth quis acompanhá-los e eles permitiram.

Pensei no escultor de ombros largos seguindo o corpo de seu amigo e, por conhecer bem a cidade, imaginei facilmente como uma única luz e seus reflexos na superfície escura do canal de pouco serviriam para penetrar a escuridão de Veneza.

— Bem — disse Marylou —, acho que foi só isso. Eles tomaram depoimentos de todos nós por meio de um intérprete, mas isso não demorou e foi bastante informal. Depois nós jantamos em uma sala particular, pois o gerente do hotel disse que não gostaríamos de ficar na sala de jantar depois do que acontecera. Foi muita gentileza dele, além disso, talvez ele tenha pensado que ter um hóspede assassinado nas dependências do hotel não seria um bom tipo de publicidade e não quisesse que nós falássemos com mais ninguém sobre o assunto. Mas Julia não estava lá e eu só achei que ela não estava envolvida de modo algum, porque ela não havia estado no anexo. Isso foi um pouco simplista talvez, porque ela poderia ter estado no anexo e ter saído de novo. Mas eu simplesmente supus que ela tivesse voltado tarde e ido direto para a sala de jantar.

— Essa parece — disse Ragwort — uma suposição bastante razoável.

— Então eu não vi Julia naquela noite, mas não fiquei preocupada com ela. Quer dizer, eu me preocupei porque sabia que ela ficaria perturbada com a notícia, mas não por nenhum outro motivo. Bem, na manhã seguinte, quando todos deveríamos estar no ancoradouro para pegar a lancha para o aeroporto, Julia não estava lá. Mas mesmo então eu pensei que ela estivesse tendo problemas com as malas e talvez fosse bom eu ir ajudá-la. — Evocadas ou até provocadas pela triste imagem de Julia tentando arrumar a mala sozinha, duas grandes lágrimas começaram a rolar em paralelo perfeito dos dois lados do belo nariz de Marylou.

— Querida jovem — disse Ragwort —, não chore.

— Anime-se, amiga — disse Cantrip.

— Tome um pouco mais de xerez — disse Selena.

— Sinto muito — disse Marylou —, acho que é apenas um reflexo bioquímico. Bem, foi então que Graziella nos disse que Julia não viria porque a polícia ainda queria interrogá-la sobre o assassinato.

A primeira inclinação de Marylou ao receber essa informação havia sido permanecer em Veneza até que Julia pudesse ser resgatada das garras da polícia. Stanford, porém, opôs-se a essa ação e ela se permitiu, com uma fraqueza que agora ela considerava errada, ser convencida a retornar a Londres. Ela parecia estar pensando seriamente se devia corrigir esse engano retornando direto a Veneza para tentar convencer a polícia italiana do absurdo de suas acusações. Nós a confortamos com a garantia de que estavam sendo tomadas providências para proteger os interesses de Julia, com promessas de avisá-la do que viesse a acontecer a seguir e com mais duas doses do xerez de Timothy.

— É um pouco demais — disse Cantrip, quando ela saiu. — Perder três suspeitos de uma só vez.

— Suponho — disse Ragwort — que ela possa estar mentindo.

— Não — disse Selena. — Ela deve ter nos contado a mesma coisa que disse à polícia italiana. E isso deve ser a mesma coisa que Stanford e Kenneth Dunfermline disseram também. Se fosse apenas uma questão de as evidências dela corroborarem as do marido, poderíamos não lhe dar muita importância. Mas uma conspiração entre os três... Não, Ragwort, eu realmente não creio que seja possível.

Timothy ligou logo depois para nos contar as más notícias. Nós lhe dissemos que sabíamos. Ele nos disse que era pior.

Capítulo 12

De nada me serve — exceto para demonstrar como este relato é escrito sem qualquer presunção de autoengrandecimento — admitir que, mesmo nesse momento, fui incapaz de identificar o assassino e o motivo do crime. Todas as evidências essenciais estavam disponíveis e, exceto para confirmar uma hipótese já praticamente garantida, nenhuma outra investigação teria sido necessária. Alguns de meus colegas no mundo da Erudição talvez não tivessem nenhum escrúpulo em omitir toda referência a suas investigações subsequentes, preferindo destacar imediatamente as conclusões a serem extraídas das evidências e ocultar no silêncio sua própria demora a chegar a elas. O verdadeiro erudito, porém, deveria desdenhar essa trapaça.

Para desculpar minha lentidão, direi apenas que o Berçário não é um lugar para a contemplação tranquila e, como mencionei, o processo de reflexão foi interrompido pelo telefonema de Timothy.

Eu tenho revisto mentalmente como lidar com isso de modo adequado, pois logo depois Timothy escreveu uma carta a Selena contendo um relato de seu progresso mais detalhado do que ele julgou econômico transmitir por telefone. Debati comigo mesma se seria permissível reproduzir essa carta imediatamente a fim de evitar o tédio da repetição, em vez de inseri-la no ponto de minha narrativa em que ela deveria ser mencionada conforme a cronologia; e concluí que isso é aconselhável.

Palácio Artemísio
Veneza
Segunda-feira, 12 de setembro

Querida Selena,
Como prometi ao telefone, estou escrevendo para lhe informar com mais detalhes o que aconteceu desde a minha chegada em Veneza. Espero, é claro, que isso demonstre ser um esforço desperdiçado e que Julia tenha voltado à segurança do Lincoln's Inn antes que esta carta lhe seja entregue; mas temo que, nas circunstâncias atuais, isso seja um excesso de otimismo. Estou escrevendo, por sinal, na sala de jantar do Hotel Cytherea — achando que seria sensato ver o lugar em que tudo supostamente aconteceu, decidi, depois de falar com você, vir almoçar aqui.

Depois que os deixei no sábado, houve vários atrasos antes de o avião finalmente decolar e já estava escuro quando aterrissamos aqui. Em vez de cruzar a lagoa por barco, peguei um táxi que cruzou a via elevada até a Piazzale Roma e de lá fui de *vaporetto* pelo Grande Canal até São Marcos, que é a estação mais próxima ao Palácio Artemísio.

Descobri que estava pouco à vontade, quase apreensivo. Eu tinha esquecido como Veneza é tão mais escura à noite que as outras cidades. A escuridão é quebrada aqui e ali pela silhueta branca de uma igreja ou palácio iluminado; mas essa claridade é fria e inquietante; o próprio edifício parece ser apenas um inteligente efeito de iluminação. De fato, toda a cidade parece um pouco ilusória, como um cenário de teatro para melodramas de morte e punhais. Parece que o cenógrafo exagerou: a água é escura demais, as passagens são estreitas demais, o silêncio das gôndolas é sinistro demais, para que alguém acredite que tudo isso é real. Mas então me lembrei de que um homem realmente fora assassinado.

Se Julia ainda estivesse presa, eu me sentiria obrigado a tomar uma providência imediata para ajudá-la, embora não saiba o que poderia ter feito de útil àquela hora da noite. No final, senti que seria justificável ir direto para o Palácio Artemísio. Fui recebido pela governanta, que se mostrou muito amigável e se desculpou em nome de Richard Tiverton por ele não estar bem o suficiente para me receber pessoalmente. O palácio, entretanto, não é exatamente o que eu descreveria como confortável. A falecida Srta. Tiverton parecia ter uma tendência, que eu não compartilho, de viver em um museu; mal ouso me mexer por medo de quebrar alguma coisa.

Na manhã seguinte, Richard Tiverton reuniu-se a mim para tomar o café da manhã. Ele me disse, pedindo muitas desculpas, que ainda não se sentia capaz de se concentrar na questão de seus problemas fiscais. Tendo optado por vir a Veneza por mar em vez de por ar, ele descobriu desconfortavelmente tarde que o mar não combinava com sua digestão; ele ainda se sentia muito indisposto e realmente parecia mal.

Querendo começar o quanto antes a fazer algo em relação aos problemas de Julia, fiz o que podia para incentivá-lo a se recuperar com calma.

"Eu pretendia", disse eu, "acrescentar alguns dias de férias ao final de minha estada em Veneza. Eu ficaria bastante contente em fazer isso no início em vez de no final, se você não sentir que estou abusando de sua hospitalidade." Eu queria dizer, é claro, que o preço de meus serviços seria alterado pelo atraso, mas isso não é algo que se possa dizer diretamente ao cliente, nem mesmo nesta época tão permissiva.

"Obrigado", disse Richard, "isso é muito gentil." Não estou totalmente certo de que ele entendeu a implicação financeira de minha observação ou se esperava, tendo como base sua lembrança da escola inglesa, que eu lhe dissesse para se recompor e encarar a Lei Financeira como homem.

Sem querer revelar que havia outro assunto profissional que dividia as minhas energias, decidi fazer todos os telefonemas relativos a Julia no bar mais próximo em vez de fazê-los no palácio, onde o único telefone fica ao lado da porta de entrada, de modo algum um lugar conveniente do ponto de vista da privacidade. Depois do café da manhã, portanto, eu saí, dizendo que pretendia passar o dia passeando por Veneza.

Foi uma manhã frustrante. Eu queria, é claro, falar com Julia o quanto antes, mas os agentes de viagem não tinham me dito exatamente onde ela estava hospedada em Chioggia. Graziella obviamente saberia, mas não houve resposta no número de telefone que me deram como sendo dela. A polícia presumivelmente também saberia, mas telefonar-lhes sem ser apresentado e sem saber nada do caso dificilmente iria impressioná-los com minha postura profissional.

Finalmente, por meio de um número de emergência do Consulado Britânico, consegui encontrar um *Signor* Vespari, cujas tarefas durante o fim de semana haviam incluído receber a notícia de que uma pessoa sob a proteção do Consulado havia sido assassinada e que outra era suspeita do crime.

O *Signor* Vespari concordou em se juntar a mim para almoçarmos no Montin's, o restaurante em Dorsoduro de que Ragwort gosta. Ele me contou o pouco que sabia sobre o crime, isto é, sobre a Lei Financeira e a infeliz impressão causada por Julia negar conhecer a vítima e discutimos em algum detalhe as providências a serem tomadas para proteger os interesses dela. Concordamos que, depois de vê-la, eu deveria conversar com o policial encarregado do caso. O *Signor*

Vespari ficou de agendar isso para mim. Nós dois achávamos, nesse ponto, que o caso contra Julia era tão fraco que a polícia devia estar pensando em arquivá-lo.

Depois do almoço ele foi muito gentil, convidando-me ao seu apartamento e me permitindo telefonar para Julia e para você. Talvez ele esteja gostando da adrenalina de ter um assassinato em mãos. Falando de modo geral, parece que os britânicos em Veneza não fazem nada pior que se embebedar na Praça São Marcos.

Foi em um estado de espírito de otimismo razoável que tomei o *vaporetto* para cruzar a lagoa até Chioggia. Encaminhei-me ao hotel de Julia e fui cumprimentado, ao me aproximar da recepção, com as palavras familiares: "Olá, Timothy, venha tomar um drinque".

Fisicamente, de qualquer forma, as recentes dificuldades não parecem ter prejudicado Julia. Houve, é verdade, algum aumento em seu costumeiro desalinho: ela parece uma das filhas de Príamo depois de um estupro mais intenso do que o usual, mas, ao mesmo tempo, uma que, durante o cerco a Troia, tenha comido bem, dormido bem e tomado muito sol.

O problema era que ela não sabia nada sobre o crime. Quero dizer, não só ela é inocente de qualquer cumplicidade, mas ela não tem ideia de como ou quando o crime foi descoberto ou do motivo de a suspeita ter caído sobre ela. Lá estava ela, disse Julia, tranquilamente comendo espaguete na sala de jantar do Cytherea, sem prejudicar ninguém, quando foi convidada a ir ao escritório do gerente. Os termos peremptórios do convite levaram-na a esperar algum tipo de censura, mas ela supôs que tivesse algo a ver com um episódio no início do dia, sobre o qual creio que ela já escreveu a você, envolvendo um dos garçons.

No escritório do gerente ela encontrou, além do próprio gerente, dois policiais. Isso, ela achou, era uma reação exagerada diante da questão, pois, afinal de contas, disse Julia, o garçom consentira com o ato. Passou pela mente dela, porém, que ele poderia ser mais jovem do que parecia e ela não sabia exatamente qual idade, sob a lei italiana, era considerada passível de consentimento. Portanto, quando os policiais lhe disseram que estavam investigando a morte violenta do Sr. Edward Watson, foi com algum alívio que ela lhes disse que não conhecia ninguém com esse nome.

"Isso, Julia", disse eu, "foi uma pena."

"Se você", disse Julia, "tivesse recentemente compartilhado a cama com um jovem de beleza etérea, iria lhe ocorrer que o sobrenome dele era Watson?"

"Essa circunstância", respondi, "é remota no meu caso. Eu teria pensado, porém, que esse é um nome perfeitamente responsável que qualquer pessoa poderia ter."

"Exatamente", disse Julia com tristeza.

Foi somente quando Graziella chegou que alguém esclareceu a Julia quem havia sido assassinado. Felizmente, Graziella considerava que suas obrigações como guia incluíam proteger seus clientes durante um interrogatório policial. Ela acompanhara Julia à delegacia de polícia e permanecera com ela enquanto era interrogada pelo Vice-Quaestor, que é o título do policial encarregado do caso. O interrogatório continuou até depois da meia-noite, alongado pelas discordâncias ocasionais entre Graziella e o intérprete oficial sobre o significado exato a ser atribuído às respostas de Julia.

Depois, pelo que entendi, de alguma insistência de Graziella, Julia foi liberada, mas com a condição de entregar o passaporte e permanecer em Vêneto. Ela passou o resto da noite no sofá de Graziella.

O relato que ela deu à polícia sobre a tarde da sexta-feira é igual ao que consta na última carta que você recebeu; não há motivo para que eu o repita. Depois de ouvi-lo, ainda achei que o campo de suspeitos estava completamente aberto. Não só os "Amantes da Arte", mas qualquer pessoa, segundo me parecia, poderia ter estado no anexo na noite de sexta. Em especial, no entanto, eu ainda achava que tinha havido tempo, depois de Kenneth voltar de Verona, para uma discussão breve, mas violenta, entre ele e Ned.

Senti-me mais perturbado com o efeito que o caso teve no moral dela. Julia dá muita importância aos sinais de nervosismo demonstrados por Ned na manhã de sua morte, atribuindo-os ao medo de um ataque assassino. Ela está persuadida de que ele contava com a presença dela para protegê-lo e concluiu que é culpada por tê-lo deixado adormecido e indefeso.

"Minha querida Julia", disse eu, "ninguém em seu juízo perfeito teria escolhido você como guarda-costas."

Como, porém, ela não parecia convencida disso, pensei que seria melhor mudar de assunto, contando-lhe das razões profissionais para minha estada em Veneza; a ideia de que alguém com uma obrigação fiscal de quatrocentas mil libras poderia evitar essa situação com uma simples mudança de domicílio foi suficientemente chocante para distraí-la. Creio que não há mais nada em nossa conversa que deva ser relatado a você.

Nesta manhã, tomando café da manhã novamente com meu cliente, mostrei-me tão desolado quanto as circunstâncias permitiam ao encontrá-lo ainda não totalmente recuperado. Não estou, creio, assumindo uma posição tão firme com Richard como o conselheiro legal que me contatou esperaria. Bem, o advogado italiano que cuida do espólio da tia-avó do cliente vai se juntar a nós hoje à noite, durante o jantar. Isso será o bastante para que ele comece a perceber a gravidade de sua posição.

Tendo combinado com o *Signor* Vespari que eu ligaria para o Consulado às dez horas, descobri ao chegar que ele já havia marcado uma entrevista com o Vice-Quaestor no final da manhã. Ele também havia telefonado a Graziella para lhe dizer que eu estava em Veneza; o resultado agradável foi que ela se ofereceu para encontrar-me no Consulado e atuar como minha intérprete na conversa com o Vice-Quaestor.

Graziela falou indignada a caminho da delegacia sobre o absurdo de suspeitarem da "pequena *Signorina* Julia". Não existe nada em seus tamanhos relativos que justifique o diminutivo — Graziella tem uma compleição delicada — e assim interpretei-o como uma forma carinhosa de tratamento.

"A pequena *Signorina* Julia", disse ela, "é uma moça muito encantadora, muito inteligente e séria" — a atenção que Julia deu às explicações sobre os estilos gótico e bizantino evidentemente causou boa impressão — "mas, em relação ao assassinato, não, *Signor* Shepherd, ela não saberia como fazê-lo." Graziella deu de ombros, como se admitisse algum pequeno defeito em um caráter admirável. Ela mesma, sem dúvida, caso achasse necessário, poderia cometer um assassinato muito competente. "Apunhalar um homem... se alguém já viu a *Signorina* tentando fatiar um pêssego..."

Concordei que a destreza de Julia teria sido levada ao limite por uma tarefa como essa.

"Tentei", disse Graziella, "explicar isso ao Vice-Quaestor. Mas ele não deu importância porque quer que todos digam como ele é inteligente e, diante de um assassinato, conseguiu pegar o assassino dez minutos depois. Então ele continuou a interrogar a pequena *Signorina* noite adentro, esperando que ela dissesse algo tolo. Finalmente tive de explicar a ele que não vivemos em um Estado policial, graças a Deus, e que não era permissível que ele agisse desse modo. Assim, ele teve de concordar que eu providenciasse acomodações para a *Signorina* em Chioggia, mas não permitirá que ela volte para Londres."

"Julia me disse", respondi, "como você foi gentil."

"Não foi nada", disse Graziella, "mas o senhor entenderá, *Signor* Shepherd, que talvez o Vice-Quaestor não goste muito de me ver de novo."

O Vice-Quaestor, um homem de aparência triste e teatral, realmente deu a impressão, quando entramos em seu escritório, de ser um policial que enfrentava problemas e que estes não diminuíam com o reaparecimento de Graziella. "Não falo bem inglês", disse ele, com modéstia excessiva, como se viu depois, "mas tenho dois policiais muito competentes para serem intérpretes. A *Signora* não precisava ter se incomodado."

"Não é incômodo algum, *Signor* Vice-Quaestor", disse Graziella calmamente. "Fico muito feliz por auxiliar o *Signor* Shepherd em tudo que ele possa fazer para ajudar a pequena *Signorina* Julia." Olhando ao redor do escritório, ela evidentemente achou que lhe faltava limpeza e elegância. Antes de aceitar a cadeira que lhe era oferecida, ela a limpou cuidadosamente com um lenço de papel. Então, vendo que eu estava para me sentar sem qualquer precaução similar, ela se levantou dizendo "Desculpe-me, *Signor* Shepherd, um momento só", e limpou também a minha cadeira. O Vice-Quaestor começou a parecer constrangido.

Apesar da vantagem psicológica de fazer com que o Vice-Quaestor sentisse que seu escritório era um chiqueiro, foi durante essa conversa que comecei pela primeira vez a ficar bastante preocupado com a posição de Julia. Ficou claro, veja, que ele realmente pensa que ela cometeu o assassinato.

Pareceu, a princípio, que ele ficara impressionado simplesmente com a sequência de acontecimentos: Julia estivera com o jovem no quarto dele; ela saíra sozinha; duas horas depois ele fora encontrado morto no quarto — se houvesse uma explicação inocente, ela deveria expô-la.

"Com todo o respeito", respondi, "isso é pouco razoável. É precisamente no caso de ser inocente que ela não seria capaz de oferecer uma explicação." Graziella traduziu com aprovação, mas o Vice-Quaestor parecia pensar que isso era apenas um sofisma. "Se ela tivesse qualquer motivo", continuei, "então as circunstâncias poderiam parecer suspeitas. Mas qual motivo concebível ela poderia ter para cometer tal ato?"

"Ah, *Signor* Shepherd", respondeu ele em inglês sem esperar pela tradução, "quem sabe o que uma mulher faria em nome do amor?" O homem não só parece teatral, mas também pensa em termos de ópera.

"Não estamos falando", respondi, "de uma grande paixão, mas de uma ligação muito breve e casual."

"Ah, talvez para ele", disse o policial. "Mas não para ela. Pense, *Signor*, ela amou esse homem, ela se entregou a ele. E depois disso, se ele lhe diz que não a ama, que ela foi apenas diversão, quem sabe o que ela poderia fazer?"

"A Srta. Larwood", respondi, "não é uma colegial, mas sim uma mulher inteligente e sofisticada que advoga há vários anos." Esta afirmação é totalmente verdadeira e não posso realmente ver o que existe nela a ponto de torná-la peculiarmente propícia a mal-entendidos.

O Vice-Quaestor não conseguiu expressar sua resposta em inglês. Houve uma troca de palavras bastante aguda em italiano antes de Graziella fazer a tradução.

"O Vice-Quaestor é de opinião", disse ela, "que é justamente esse tipo de mulher, uma mulher que nada sabe do amor e que levou a vida fria do intelecto, que esse tipo de mulher, quando acredita ter finalmente encontrado a felicidade, é que responderia com violência particular ao descobrir que foi enganada. Deve entender, *Signor* Shepherd", acrescentou ela, olhando friamente para o policial, "que quando o Vice-Quaestor se refere à felicidade, ele quer dizer casamento, que, na opinião do Vice-Quaestor, é a maior felicidade que qualquer mulher poderia esperar."

"Sim, entendo", disse eu. "Havia mais alguma coisa?"

"O Vice-Quaestor também me pediu que lhe dissesse que, se a pequena *Signorina* Julia admitisse com franqueza, como ele diz, o que aconteceu, o tribunal seria, sem dúvida, muito compassivo. Eu expliquei, contudo, ao Vice-Quaestor, que a pequena *Signorina* Julia é uma moça adorável, de coração muito gentil e que gosta de agradar às pessoas, mas ela não seria tola a ponto de admitir um crime que não cometeu a fim de tomar parte no drama que ele inventou".

Eu fiz um aceno de concordância com a cabeça. Não me pareceu prudente oferecer uma imagem do caráter de Julia que diferisse daquela em que o Vice-Quaestor acredita. Um homem que vê a vida em termos de ópera sem dúvida divide as mulheres entre as virtuosas, que cometem um homicídio em nome da honra, e as perversas, que o farão sem motivo algum. Sugeri, em vez disso, que se o crime fosse passional seria mais provável que Kenneth Dunfermline, cuja relação com a vítima parecia ter sido mais íntima que a de um mero companheiro de viagem...

"Não, *Signor* Shepherd", disse o policial. E até mesmo Graziella acenou que não com a cabeça.

Foi nesse ponto que fiquei sabendo, pela primeira vez, as circunstâncias exatas em que o crime foi descoberto. Como Marylou já lhes fez um relato completo, não há motivo para repeti-lo aqui. O que ela lhes contou parece ser exatamente a mesma coisa que contou à polícia e que foi confirmada, é claro, por seu marido e por Kenneth Dunfermline. Bem, ficou estabelecido, como vocês sabem, que Dunfermline não foi o criminoso.

Esse foi um grande contratempo: eu estava bastante otimista quanto a persuadir a polícia de que ele era a pessoa com maior probabilidade de ter cometido o crime. Ainda assim, embora ele e os americanos estivessem fora da lista de suspeitos, havia muitas outras pessoas que poderiam ter tido a oportunidade.

"Não, *Signor* Shepherd", disse o Vice-Quaestor novamente.

Foi neste ponto que as coisas começaram a ficar difíceis. O que causou tal dificuldade foi a evidência das camareiras. Havia, aparentemente, quatro camareiras. Os quartos delas ficam no segundo andar do anexo, mas, durante as tardes, em vez de descansar neles, elas preferem sentar-se na entrada, conversando e desfrutando do sol. Na tarde da sexta-feira, elas se acomodaram como de hábito logo depois do almoço, isto é, por volta das 14h15, e lá permaneceram até o anoitecer, quando se dispersaram para arrumar as camas. De tempos em tempos, uma ou outra delas se ausentava brevemente, para fazer café e coisas semelhantes, mas sempre havia pelo menos três delas ali.

Interrogadas na manhã do sábado pelo Vice-Quaestor, todas estavam preparadas para jurar que as únicas pessoas que entraram ou saíram do anexo nesse período foram as seguintes: Julia e Ned, que entraram juntos no anexo alguns minutos depois de elas se acomodarem ali; Julia, que saiu novamente por volta das 18h15; a Sra. Frostfield, que retornou por volta das 19 horas, e o major Linnaker, que chegou logo depois. Elas realmente não tinham visto o retorno dos outros "Amantes da Arte", mas, apenas um ou dois minutos depois de elas terem se dispersado, Marylou pediu a uma delas que destrancasse a porta do quarto dividido por Ned e Kenneth e assim ela se tornou uma testemunha da descoberta do crime.

Não tenho dúvida de que são todas ótimas moças, mas eu preferiria que elas não fossem tantas. Indiquei, porém, que elas estavam tirando, por seu próprio relato, algo com a natureza de uma *siesta*. No calor da tarde, teria sido natural que ficassem sonolentas. Certamente teria havido diversas ocasiões em que alguém poderia ter a oportunidade de entrar no anexo sem ser percebido...

"Não, *Signor* Shepherd", disse o Vice-Quaestor, tornando-se, parece-me, repetitivo. Ele as havia questionado diretamente sobre essa possibilidade e elas tinha certeza de que nenhuma delas havia dormido, pois elas haviam se revezado na leitura em voz alta de um livro que consideravam muito interessante.

"Bem", disse eu de modo indulgente, "se elas estivessem profundamente absortas em algum romance..."

O livro que prendia a atenção delas não era, como se descobriu, um romance; era "A Origem da Família, da Propriedade Privada e do Estado", de Friedrich Engels.

"Duas delas são universitárias", disse o Vice-Quaestor, abrindo as mãos em um gesto de desânimo. "O que se pode esperar?" Ele continuou a falar e fez um ou dois comentários, que considerei levianos, sobre a educação superior para mulheres. Tais comentários provocaram uma resposta bastante acalorada, em italiano, por parte de Graziella e, nos dez minutos seguintes, não consegui acompanhar a conversa, que pareceu cobrir uma ampla gama de questões políticas e econômicas. No final da conversa, o Vice-Quaestor parecia mais desanimado que nunca.

"Sinto, *Signor* Shepherd", disse Graziella, "o senhor não veio aqui para conversar sobre as dificuldades de nosso pobre país. O que o senhor estava dizendo?"

"Eu estava falando", respondi, "que se essas moças estavam profundamente absorvidas em uma obra de filosofia política..."

Mas isso de nada serviu. Interessadas como estavam na leitura, elas poderiam não ter notado alguém que simplesmente chegasse até a ponte e retornasse ao terraço; mas elas estavam fisicamente dispostas de tal modo na entrada do anexo que ninguém poderia ter entrado sem perturbá-las.

"É claro", disse eu, "que estamos considerando apenas os meios de acesso convencionais. Teria sido possível, suponho, que alguém viesse de barco pelo canal, subisse para uma das sacadas e saísse pelo mesmo caminho. Os quartos de um hotel como o Cytherea devem representar um alvo atraente para roubos."

O Vice-Quaestor concordou que essa era de fato uma possibilidade, mas apenas, é claro, durante as horas de escuridão, e o crime havia sido descoberto apenas cinco minutos depois de a noite ter caído. Havia ladrões em Veneza, ele não negaria isso, como também nas outras grandes cidades. Mas eles não seriam tão tolos de entrar quando a noite havia apenas chegado e as pessoas ainda estariam nos quartos se trocando para o jantar; eles teriam esperado até as primeiras horas da manhã, quando todos estariam dormindo e os ingleses e os americanos teriam deixado as janelas abertas.

"Assim, pode ver, *Signor* Shepherd, as únicas pessoas que teriam oportunidade de cometer o crime, além de sua amiga, a *Signorina* Larwood, são a *Signora* Frostfield e o major Linnaker. Ambos são pessoas altamente respeitáveis. Além do mais, eles apenas conheciam o morto superficialmente e não tinham motivo para lhe desejar mal." A crescente confiança do Vice-Quaestor em seu domínio do inglês parecia um mau presságio. Decidi que era melhor parecer grato e satisfeito.

"Sim, entendo", disse eu. "Obrigado, isso foi muito útil. As investigações preliminares feitas em Londres em nome da Srta. Larwood sugerem que o major Linnaker pode ser bem menos respeitável do que parece e que a conexão da Sra. Frostfield com o homem assassinado pode ser menos superficial do que ela gostaria que soubéssemos." Acalmei minha consciência ao lembrar a questão da sacola de viagem em Heathrow e a conversa que Julia ouviu entre Eleanor e Kenneth. "Mas essas investigações, é claro, envolvem certo tempo e algumas despesas. Se houvesse um número maior de outros suspeitos possíveis, eu me sentiria hesitante em permitir que continuassem. Mas agora, à luz do que me contou, sinto que é justificado autorizá-los a prosseguir."

Vocês perceberão, pelo absurdo desses comentários, como eu me sentia completamente perdido. Ainda assim, o Vice-Quaestor pareceu um pouco impressionado com a ideia de que estavam sendo feitas investigações em Londres em nome de Julia; de qualquer modo, ele me pediu para lhe passar as informações reveladas por tais investigações.

Ele também concordou em não agir de modo algum no que diz respeito a Julia até que o relatório da polícia científica esteja disponível. Ele espera recebê-lo em algum momento da manhã da quinta-feira. Evidentemente, ele espera que o relatório esclareça a natureza exata da arma usada. Não foi encontrada nenhuma arma — ele acredita que ela esteja no fundo do canal e seria inútil procurá-la. Ainda assim, este é, na minha opinião, um ponto que o incomoda em seu caso contra Julia: nem mesmo ele imagina que ela teria guardado um *stiletto* em sua lingerie.

Creio que isso é tudo que existe a ser contado sobre a entrevista. Depois disso, convidei Graziella para almoçar — parecia-me o mínimo que eu podia fazer. Ela recusou o convite por falta de tempo, já que está saindo de Veneza esta noite para passar uma semana em Roma. Parece que ela estava pensando em adiar as férias, caso Julia precisasse de seu auxílio, mas ficou mais tranquila agora que estou aqui e crê que a questão está em mãos seguras — eu gostaria de sentir a mesma confiança.

Assim, depois de lhe telefonar do Consulado e de fazer ao *Signor* Vespari um breve relato de minha conversa com o Vice-Quaestor, vim, como já disse, almoçar no Cytherea, em busca de alguma inspiração súbita, suponho. Tive um almoço excelente, mas nenhuma inspiração.

Estou concluindo esta carta no terraço, no mesmo canto, creio, onde Julia costumava escrever a você. As quatro camareiras ainda estão sentadas na entrada do anexo. Suponho que sejam as mesmas cuja evidência é tão incômoda, embora hoje não estejam lendo nada, apenas flertem com um dos garçons. Ao menos, é o que me parece. Suponho, pelo que sei, que pode ser um seminário sobre economia política. Fiquei imaginando se seria possível que elas não estejam dizendo a verdade; se houvesse apenas uma ou duas delas isso seria viável — mas quatro?

Como um cliente que veio apenas almoçar, não consegui pensar em uma desculpa para entrar no anexo, mas fui até a ponte e lá permaneci algum tempo. O garçom me disse que de lá se pode ver a casa de Byron. Fiquei olhando para o canal, ainda esperando vagamente uma inspiração, mas não tive nenhuma.

É possível, suponho, que alguém já estivesse no anexo quando as camareiras se acomodaram para ler e que essa pessoa tenha escapado depois pelo canal. Mas, se existisse tal pessoa, seu propósito não poderia ser assassinato, pois ninguém poderia saber que Ned voltaria ao quarto. E se seu objetivo era apenas roubar, por que cometer assassinato? Ele poderia ter escapado com facilidade enquanto Ned e Julia dormiam.

Então realmente parece que tem de ser Eleanor ou o major. Se você puder descobrir algo que os desacredite, isso seria, nem preciso dizer, muito útil em minhas conversas com o Vice-Quaestor. Como eu disse ao telefone, prefiro que as mensagens sejam enviadas ao Consulado. Vou ligar para lá todas as manhãs e o *Signor* Vespari vai se certificar de que qualquer notícia me seja transmitida.

Sinto não poder escrever com mais otimismo.

Seu amigo,
Timothy

Capítulo 13

— Pensando bem — disse Selena, desligando o telefone —, é muito encorajador descobrir que tem de ter sido ou Eleanor ou o major. Devemos continuar nossas investigações com a confiança de que não estamos caçando fantasmas. — Ela voltou ao seu lugar na poltrona de segunda mão.

— Minha querida Selena — disse Ragwort —, você falou sobre continuar nossas investigações. O que, precisamente, você propõe que façamos?

— Fácil — disse Cantrip. — Vamos interrogá-los. Nós temos os endereços deles.

Como quer que as coisas sejam feitas em Cambridge, na metrópole, infelizmente não é possível que um cidadão chegue sem ser anunciado à porta de outro e submeta esse outro a um interrogatório rigoroso recorrendo, se necessário, a métodos de tortura. Perguntei se algum deles sabia de alguém que conhecesse suficientemente os suspeitos para que pudéssemos usar uma abordagem mais sofisticada.

— Suponho — disse Selena — que devemos conhecer alguém.

— Certamente — disse eu. — O objetivo da educação em Oxford é garantir que, quando quer conhecer alguém, você conheça alguém que conheça a primeira pessoa.

— Espero — disse Ragwort — que Benjamin Dobble saiba algo sobre eles.

Tanto Selena como eu conhecíamos Benjamin Dobble, mas nenhum de nós o conhecia bastante bem para poder pedir seu auxílio repentinamente.

— Suponho que, se eu o convidasse — disse Ragwort, com uma expressão de autossacrifício complacente —, ele provavelmente concordaria em jantar conosco. Em Oxford, ele costumava pensar... — Ragwort não especificou o que Benjamin pensava dele em Oxford, mas uma breve consulta ao espelho acima da lareira pareceu confirmar que ainda deveria ser divertido.

Benjamin juntou-se a nós no Corkscrew pontualmente às dezoito horas. Ele é um jovem grande, cujo cabelo liso parece ser cortado com o método da cuia; isso se combina com um corpo um tanto arredondado para dar a impressão de uma pessoa de tipo menos intelectual. Isso pode de fato não ser totalmente equivocado; ouvi dizer que ele teve de se esforçar muito para conseguir seu diploma de Economia — bem, isso pode ser apenas maldade; mas não há dúvida de que, no ano em que ele obteve a bolsa de estudos para o College of All Souls, a concorrência foi incomumente fraca. Ainda assim, sejam quais forem as reservas que se pudesse ter sobre sua capacidade intelectual, se desejarmos saber algo sobre o mundo das artes e dos objetos, Benjamin deve ser consultado. Ele combina as obrigações de sua bolsa de estudos com o posto de correspondente na sala de vendas para um periódico de investimentos; há pouco que ele não saiba sobre esses assuntos.

— Meu caro Benjamin — disse Ragwort —, que encantador de sua parte vir juntar-se a nós.

— Meu querido Desmond — disse Benjamin —, quanta gentileza de sua parte me convidar.

Ragwort puxou mais uma cadeira para o círculo de luz festivo criado pela vela em nossa mesa, encheu mais um copo com Nierstein e fez as apresentações entre Benjamin e Cantrip.

— Eu creio — disse Benjamin — que há algo útil que esperam que eu faça. Você está pensando em investir em antiguidades?

— Não — disse Ragwort —, no momento não, Benjamin.

— Em prata?

— Não no momento — disse Ragwort.

— Meu querido Desmond — disse Benjamin —, é melhor que você esclareça isso ou vou começar a pensar que você me ama apenas pelo que eu sou.

— Mas é claro que o amamos, Benjamin — disse Ragwort.

— Ainda assim, como insiste, você conhece uma mulher chamada Julia Larwood?

— Uma mulher que derruba as coisas? — Ragwort concordou. — Sim, é claro. Eu até chegaria a dizer que nós somos almas gêmeas. A última vez que a vi foi em uma festa em Balliol; nós dois bebemos muito e ficamos sentados a noite inteira na escadaria, falando sobre você, Desmond. Começamos falando de suas virtudes e, depois, falamos de seus vícios.

— Mas Benjamin — disse Ragwort —, eu não tenho vícios.

— Foi — disse Benjamin — para nosso arrependimento mútuo que chegamos à conclusão de que éramos almas gêmeas.

— Bem, desde que vocês têm tanto em comum, você ficará triste ao saber que ela, no momento, está detida em Veneza sob suspeita de assassinato.

— Queridos, que coisa mais desagradável para ela. Por curiosidade, ela realmente matou alguém?

— Parece ter sido — disse Ragwort — um trabalho muito limpo e competente.

— Ah, nesse caso certamente Julia não pode tê-lo realizado. Bem, quem é a vítima?

— Você já ouviu falar de um escultor chamado Kenneth Dunfermline?

— É claro, meu querido Desmond. Ele é muito importante. Eu até cheguei a aconselhar meus leitores de que poderiam se interessar por uma peça dele. Mas Dunfermline não pode ter sido assassinado; as pessoas teriam me dito.

— Não o próprio Dunfermline. O jovem que estava viajando com ele.

— Ah, meu caro — disse Benjamin. — Querido, não o adorável Ned? — A ideia de almas gêmeas parecia ter algo de verdadeiro. Ragwort assentiu. — Queridos, que triste, muito triste. Ele era adorável, sabem, uma das coisas mais adoráveis que alguém jamais viu. Exceto, é claro, a companhia em que me encontro agora. Mas se alguém fosse matá-lo, creio que se esperaria que fosse Kenneth.

— Parece — disse Selena — que não pode ter sido ele.

— Ainda assim — disse eu —, seria interessante, Benjamin, saber por que você pensa isso.

— Ah, Kenneth leva as coisas muito a sério. Ele é escocês, sabem, de Ayrshire ou algum lugar assim. Acho que o pai dele era mineiro. Existem algumas dificuldades para as quais uma criação desse tipo não preparam a pessoa, imagino. Em especial, ter os sentimentos mais ternos tratados como objeto de zombaria e desdém pelos jovens sem coração, mas com belos perfis. Agora, quando isso acontece a alguém que está bem acostumado a isso, digamos, como Julia ou eu mesmo...

— Tome mais um pouco de vinho, Benjamin — disse Ragwort.

— Sim, obrigado, Desmond, é muita gentileza. Como eu dizia, Julia e eu, por estarmos acostumados a esse tipo de tratamento, podemos reagir de modo filosófico. Mas temo que isso não aconteça com Kenneth Dunfermline. Para Kenneth, o caso com Ned foi uma grande paixão, a verdadeira, a primeira e a última, a eterna.

— E Ned — perguntou Selena — não correspondia?

— Bem, eu não diria exatamente isso. Mas nas festas e eventos, quando as pessoas começaram a dizer a Ned como ele era bonito e a perguntar se algum dia ele estaria livre para o almoço, ele não dava, de modo algum, a impressão de não estar disponível em razão de compromissos anteriores. Pelo contrário, nessas ocasiões ele demonstrou a tendência para florescer como uma rosa e para ser muito liberal com seu número de telefone. E Kenneth ficava ali em pé com ar sombrio e céltico, como os Grampians em uma tempestade.

— Em resumo — disse Ragwort —, você estaria inclinado a descrever o jovem Ned como alguém um tanto volúvel?

— Meu querido Desmond, que pendor para a *mot juste*. Volúvel é a palavra exata. Então, se Kenneth tivesse chegado ao ponto de violência, ninguém ficaria realmente muito surpreso. Ainda assim, fico feliz por saber que não foi ele, pois Kenneth é um excelente escultor. Ele não teve muita sorte desde que veio para o sul, pobre rapaz, pois se apaixonou por Ned e se envolveu com Eleanor Frostfield. Esperem um pouco; vou buscar outra garrafa de Nierstein.

Na exclamação de protesto de Selena, quando ele se levantou e foi para o bar, havia mais angústia do que normalmente se sente com a visão de um convidado que arca com parte das despesas da noite, mas Benjamin não percebeu isso. Ele perdeu a comunicação, embora não a visão, entre uma pequena multidão de jornalistas de Great Turnstile e advogados de Old Buildings.

— Bem — disse ele, voltando por fim à nossa mesa —, contem-me sobre o pobre Ned e por que as pessoas acham que Julia o matou.

— Dentro de um momento — disse Selena. — Conte-nos primeiro o que quis dizer com Kenneth estar envolvido com Eleanor Frostfield. Quer dizer que eles são casados?

— Meu Deus, não — disse Benjamin. — Que ideia horrivelmente bizarra, Selena. Não, eu simplesmente quis dizer que ele foi contratado por ela. A Frostfield's, como vocês sem dúvida sabem, é uma empresa tradicional de comerciantes de arte e antiguidades. Desde que o falecido marido dela sucumbiu à mortalidade, Eleanor é a acionista majoritária e a diretora da empresa. Bem, a Frostfield's deu a Kenneth sua primeira exposição; não individual, mas como um entre um grupo de jovens artistas promissores recém-saídos da escola. Parte do contrato da exposição afirmava que Kenneth não poderia vender seu trabalho exceto por meio da Frostfield's por, bem, não sei exatamente por quanto tempo, mas certamente por vários anos ainda.

— Esse, suponho — disse Selena —, seria o contrato usual quando uma galeria expõe o trabalho de um artista específico.

— Um contrato com esse tipo de cláusula, sim, naturalmente. No caso específico, contudo, parece-me que o porcentual retido pela Frostfield's é incomumente alto. E que o contrato se estende por um período incomumente longo. Bem, quando as pessoas acabaram de sair da escola de arte, elas assinam qualquer coisa para conseguir uma exposição ou mesmo uma participação em uma. Alguns anos depois, quando seu trabalho começa a vender muito bem e você vê que a galeria ainda está ficando com a parte do leão, isso deve ser muito irritante. Especialmente, imagino, se a pessoa estiver tentando manter as afeições de alguém como Ned.

— Você está sugerindo — perguntou Ragwort — que o infeliz jovem tinha uma tendência mercenária?

— Ah, eu não diria isso. Mas gostava de coisas boas, sabe, como camisas de seda e bons lugares no teatro e fazer compras na Fortnum's. Essas, você concordará, meu caro Desmond, não são expectativas pouco razoáveis para um jovem com um belo perfil, mas são um tanto caras.

— Com relação a esse contrato de Kenneth com Eleanor — disse Selena —, eu teria pensado que ele envolvia um abuso do poder superior de negociação. Penso que, em um bom dia e com o Tribunal de Recursos certo, poder-se-ia ter uma boa chance de anulá-lo.

— Ah, minha querida Selena — disse Benjamin —, não duvido que, se Fausto tivesse tido o bom-senso de consultá-la sobre seu contrato com Mefistófeles, você teria pensado em um modo de desobrigá-lo. Mas isso não é o tipo de coisa em que Kenneth teria pensado; só os advogados pensam que contratos são coisas que podem ser canceladas. E Kenneth nem mesmo conhece advogados.

— Exceto Ned — disse Selena, olhando sonhadora para o teto escuro.

A ideia de que Eleanor teria assassinado Ned para impedir que ele aconselhasse Kenneth sobre a possibilidade de romper o contrato parecia-me ainda mais improvável que a teoria de que ela fizera isso para garantir uma pequena vantagem fiscal. Ainda assim, a descoberta de uma ligação entre ela e o jovem assassinado trouxe-me alguma satisfação.

— Não quero — disse Benjamin — parecer inquisitivo demais. Mas se todos que conhecemos de repente começarem a matar uns aos outros, seria muito agradável ser informado disso.

— Meu querido Benjamin — disse Ragwort —, é claro. Você receberá um relato completo.

Pesar por Ned, simpatia por Kenneth, solicitude por Julia — todos esses sentimentos apropriados foram expressos e, sem dúvida, vividos por Benjamin. Mas a mente, como a bússola, retorna ao seu centro de atração: no conjunto da narrativa de Ragwort, o que mais prendera sua atenção fora uma referência casual ao propósito pelo qual Eleanor e o major haviam estado em Veneza. A coleção de antiguidades e objetos da Srta. Tiverton havia sido, desde a sua morte, alvo de muita especulação e, no entanto, Benjamin não soubera que ela estivesse disponível para inspeção. Ele não fazia ideia de como eles poderiam ter sabido disso e, também, sentiu-se ferido em seu orgulho profissional.

— A explicação mais provável, certamente — disse Selena —, é que a Frostfield's havia sido instruída a avaliar a coleção para os propósitos de legitimação do testamento ou de algo similar que tenham na Itália.

— Não — disse Benjamin —, acho que não. Se a Frostfield's estivesse fazendo a avaliação, Eleanor não teria ido pessoalmente. Ela teria enviado algum funcionário subalterno para primeiro classificar os objetos e fazer um inventário.

— Bem, talvez Kenneth estivesse fazendo o trabalho duro. Ou ele não saberia como fazê-lo?

— Ele não poderia fazer uma avaliação profissional, é claro. Provavelmente ele seria uma boa pessoa para examinar a coleção e destacar o que ela tem de importante, pois artisticamente é bastante erudito. Se estivesse em bons termos com Eleanor, ele poderia ter feito isso a ela como um favor e pela diversão; mas, pelos motivos que já indiquei, as relações entre eles devem estar bastante tensas. Porém, isso ainda não explicaria como Bob Linnaker soube disso. Ninguém em seu juízo perfeito pediria a Bob para avaliar uma coleção. Bem, não a menos que quisesse que ela ficasse muito menor depois da avaliação. Ah, meus caros, suponho que vocês vão me dizer que isso é um tipo de calúnia.

— Benjamin — disse eu —, quando você faz esses comentários em relação à probidade do major Linnaker, devemos acreditar que existe alguma base factual para eles?

— Hilary — disse Benjamin, com olhos arregalados de reprovação —, somos colegas eruditos, espero poder dizer amigos. Você acha que sou o tipo de homem que diria tais coisas se elas não fossem verdadeiras? Ou, ao menos, parcialmente verdadeiras? Ou, pelo menos, amplamente consideradas como ao menos parcialmente verdadeiras?

— Não, é claro que não — disse eu. — Mas qual delas?

— Ah — disse Benjamin, tomando um bom gole de Nierstein. — Isso, devo admitir, é um pouco difícil dizer. A carreira militar de Bob foi passada, na maior parte, no norte da África e no Oriente Médio. Em diversos locais onde os britânicos costumavam manter a presença militar. Quando ele entrou para o negócio das antiguidades, a maior parte de seu estoque consistia em objetos mais ou menos saqueados por ele mesmo e por seus amigos nessas partes do mundo. E, muito estranhamente, uma boa parte do que eles pegaram era realmente muito boa. Então, começaram a circular as notícias de que, se você quisesse algo muito bom, por um preço razoável e não fizesse muita questão de proveniência, deveria procurar Bob. Ele tem desfrutado dessa reputação desde então.

— Você não está sugerindo — disse Ragwort — que um comerciante de antiguidades poderia desejar uma reputação de negociar mercadorias roubadas?

— Bem, sim, caro Desmond, certo tipo de comerciante de antiguidades. Veja bem, uma coisa de que as pessoas mais gostam, isto é, de que os colecionadores mais gostam, é pensar que estão conseguindo uma pechincha. Bem, se você vir algo que parece bom e custa extremamente barato, digamos, já que estamos falando de Veneza, um móvel feito por Andrea Brustolon ou um bule de chá de Cozzi por mil libras, então a conclusão óbvia é que a peça é falsa.

— Barato? — disse Cantrip. — Mil libras? Por um bule de chá?

— Ah, certamente. Afinal de contas, um bule de café chegou a 17 mil libras na Christie's há alguns meses. Assim, a conclusão óbvia, nesse caso, é que o objeto não é genuíno. Mas outra explicação possível é que a peça foi obtida de modo desonesto e é isso que o colecionador quer acreditar, porque isso significa que é uma pechincha. Então, essa é uma fama que Bob quer alimentar. Ele não diz, é claro, que uma peça é roubada, só faz mistério sobre sua procedência e usa muitas frases como "Um aperto de mão é tão bom quanto um sorriso" e "Sem nomes, sem identificação".

— Entendo — disse Selena —, e se, afinal de contas, acabar sendo simplesmente uma falsificação, o comprador não pode fazer uma reclamação conforme a Lei de Descrições Comerciais, afirmando que a mercadoria foi apresentada falsamente como tendo sido roubada.

— É bem verdade. E imagino que cerca de 70% do que Bob vende seja simplesmente falso. Por outro lado, não creio que ele conseguisse manter sua reputação na área a menos que alguns objetos fossem genuinamente roubados. Além disso, a reputação é autorrealizadora em algum grau, isto é, se eu comprasse algo em circunstâncias dúbias e quisesse dispor dessa peça, acho que procuraria Bob.

— Na verdade — disse Selena —, tudo isso é muito encorajador. Estabelecemos uma conexão entre Ned e Eleanor e soubemos que o major não é, de modo algum, respeitável. Benjamin, você é uma testemunha admirável. Aonde devemos levá-lo para jantar?

— É claro — disse Cantrip — que já sabíamos que o major era uma pessoa bastante suspeita, pois ele roubou a sacola de viagem.

— Do modo como aconteceu — disse eu —, o que é suspeito é que ele não tenha roubado a sacola de viagem.

Esse foi um comentário enigmático, admito. Eu teria ficado feliz em fornecer uma explicação, se tivessem me pedido. Entretanto, envolvidos com as providências para o jantar, eles não me pediram explicações.

Acabamos jantando novamente no Guido's. Os pedidos levaram algum tempo; o garçom que nos serviu tinha uma aparência muito atraente e Benjamin optou por prolongar o processo. Quando isso foi concluído, a mente dele voltou a considerar como, sem despertar suspeitas, poderíamos ser apresentados a Eleanor e ao major, tendo em vista um interrogatório discreto.

— No que diz respeito a Bob — disse ele —, acho que devemos simplesmente aparecer na loja dele na quarta-feira, fingindo ser clientes comuns.

— Por que não amanhã? — perguntou Selena.

— Está fechada — disse Benjamin.

— Que pena — disse Selena.

— E quando digo clientes comuns... talvez fosse útil sugerir que vocês estejam interessados em algo específico. Algo que não pudesse ser adquirido por métodos totalmente convencionais ou, ao menos, sem grandes despesas. Vou tentar pensar em algo adequado.

— Benjamin — disse eu —, poderíamos falar daquele quadro que foi roubado em Verona na semana passada?

— Que quadro? — disse Benjamin. — Não ouvi falar disso.

Como já mencionei, eu tinha passado parte do dia anterior lendo exemplares do *The Times* da semana anterior.

Havia um item na edição de quarta-feira que eu considerara de interesse suficiente para recortar. Peguei o recorte e o pus sobre a mesa.

QUADRO POUCO CONHECIDO ROUBADO EM VERONA — GANGUE INTERNACIONAL DE ARTE NÃO É SUSPEITA

A polícia de Verona está investigando o roubo ocorrido ontem na Igreja de São Nicolau de um quadro pouco famoso da Madonna com Jesus Menino de um artista pouco conhecido do século XIX. A gangue internacional considerada responsável pela recente onda de roubos de importantes obras de arte na Itália certamente teria escolhido um dos quadros mais valiosos exibidos na igreja. Supõe-se assim que o roubo seja obra de um excêntrico.

— Sim — disse Selena —, eu li isso no *The Times* na semana passada.

— Sei que você leu — respondi. — Você se referiu a isso como um dos exemplos da onda de crimes na Itália. Foi por esse motivo que procurei essa nota. Na hora ela me chamou a atenção: é bem comum, é claro, que as pessoas roubem quadros valiosos, mas roubar um de pouco valor parece realmente excêntrico.

— Minha querida Hilary — disse Ragwort —, não está sendo um tanto impulsiva demais em seu raciocínio? Sei que o major estava em Verona no dia em que o quadro parece ter sido roubado, mas, se me perdoa por mencionar isso, duzentos e cinquenta mil outras pessoas também estavam, isso sem contar os turistas. Essa é, como você sabe, uma cidade grande e populosa.

— Além disso — disse Benjamin —, não vejo por que Bob Linnaker teria mais motivos do que qualquer um para roubar um quadro sem valor.

— Mesmo assim — disse eu —, para me agradar, Benjamin, você pode tentar pensar em alguma razão convincente, antes de irmos vê-los, pela qual esse quadro específico pudesse, afinal de contas, ser do interesse de um cliente?

— Minha querida Hilary, para agradá-la é claro que tentarei. Mas realmente penso que é muito pouco provável.

Eu supusera que conseguir uma entrevista com Eleanor poderia ser mais difícil, pois não se esperava que ela cuidasse pessoalmente da operação cotidiana da Galeria Frostfield's. Tivemos sorte, porém: a visita exclusiva à exposição do trabalho de jovens e promissores artistas — "aliás, todos descuidados com seu destino", disse Benjamin tristemente —, organizada anualmente pela Frostfield's, aconteceria na noite seguinte. Benjamin, em virtude de sua posição profissional, naturalmente havia recebido um convite. É claro que ele não podia levar todos nós, mas ele poderia, conforme acreditava, com uma mentira inocente, assegurar que Ragwort e eu fôssemos bem recebidos.

— Eu direi, Hilary, que sua Faculdade decidiu investir uma parte de seus fundos substanciais em obras de arte e escolheu você, com minha consultoria, para explorar o mercado. Como uma compradora em potencial, você não precisará de convite. E Eleanor ficará tão feliz por eu ter levado uma cliente que devo conseguir levar Desmond também. Sobre você, Desmond, direi simplesmente que você é um jovem amigo meu que estava muito ansioso para ir à exposição e a quem eu nada posso recusar. E ao dizer isso, meu querido Desmond, não estou proferindo nenhuma mentira.

— Se eu for representado — disse Ragwort — como um jovem de moral dúbia e disposição importuna, não poderia haver maior mentira. Ainda assim, suponho que eu deva aceitar isso.

Combinamos, portanto, que Ragwort e eu iríamos encontrar Benjamim em seu apartamento na Grafton Street e dali prosseguiríamos com ele até a Galeria e Showroom Frostfield's, apenas a alguns minutos de distância, na New Bond Street.

Capítulo 14

É um erro levar Ragwort a qualquer lugar próximo da Bond Street.

Tendo refletido muito sobre o melhor modo de usar nosso encontro com Eleanor, eu havia concluído que determinadas perguntas só poderiam ser feitas discretamente por Benjamin. Eu estava ansiosa, portanto, para chegar ao apartamento dele com tempo para lhe explicar o que ele devia dizer e garantir que ele ensaiasse o suficiente. Sair da New Square às 16h30 deveria ter nos dado bastante tempo para esse propósito.

Eu havia esquecido, contudo, que o caminho da estação de metrô Green Park nos levaria a passar por muitas lojas cujas vitrines exibem pratarias, joias, antiguidades, porcelanas, cristais e outras mercadorias de luxo. Embora eu fizesse referência frequente aos efeitos danosos no perfil de se manter o nariz pressionado continuamente contra o vidro, levamos quase meia hora para chegar à Grafton Street.

No tempo que restava antes de Benjamin sentir que devíamos nos pôr a caminho, consegui lhe explicar apenas uma vez, e em menos detalhes do que desejaria, o que ele devia dizer a Eleanor. Não houve nem o mais superficial dos ensaios. Assim, foi em um estado de espírito de inquietação, e me lembrando com pesar dos rumores da dificuldade dele para conseguir seu diploma, que acompanhei Benjamin e Ragwort até a New Bond Street, chegando no tempo devido à Galeria Frostfield's.

O emblema circular azul e dourado nas portas de vidro anunciava ao público geral que a Frostfield's era membro da Associação Britânica de Comerciantes de Antiguidades e à parte do público que falava latim que a Arte não tem inimigos, exceto a Ignorância: um ditado atribuído a Benvenuto Cellini. Não havia nenhum ornamento na entrada com piso de mármore, exceto uma única escultura, com cerca de um metro e vinte de altura, em metal sobre uma base de pedra, em um estilo que poderia ser descrito, suponho, como figurativo com sobretons abstratos.

— Essa é uma das obras de Kenneth — disse Benjamin. — Como Eleanor foi inteligente ao dispô-la aqui. As pessoas vão se lembrar, vejam, que, em uma exposição como a de hoje, há cerca de cinco anos eles poderiam ter comprado uma obra de Kenneth por apenas quinhentas libras, e agora veja só o nível de preço que o trabalho dele está atingindo.

Interessada pela conexão, olhei a obra mais de perto. Ela se chamava "A morte de Adônis". Meus leitores vão se lembrar da história de Ovídio e de Shakespeare: o jovem Adônis, amado de Afrodite, encontrou a morte enquanto caçava e foi transformado em uma flor. Eu não saberia dizer se Ned poderia ter servido de modelo, pois o artista havia desdenhado o retrato; mas ele sugeria persuasivamente a ideia do jovem se enraizando no local onde caíra, afundando perpetuamente na terra, enquanto flores desabrochadas em cachos elevavam-se entre seus membros. O preço definido pela Frostfield's para essa obra era de quinze mil libras.

— Kenneth gosta muito desse tipo de tema — disse Benjamin. — Sabe, Daphne transformando-se em um loureiro e Narciso transformando-se em um narciso, e assim por diante.

— Que tipo de flor é esta? — perguntou Ragwort.

— Tradicionalmente — disse eu —, Adônis teria sido transformado em algum tipo de anêmona. Creio, contudo, que o artista preferiu acreditar que foi uma espécie de amaranto. Essa flor, em inglês, é chamada de *lovelies-bleeding* ou "sangue derramado pelas mentiras de amor".

Com um estado de espírito um tanto sombrio, entramos na sala que continha a exposição. Pareceu-me que Eleanor não havia sido tão mesquinha ao tratar os jovens artistas promissores quanto os relatos a seu respeito tinham me levado a esperar: o catálogo era atraente e até mesmo luxuoso; a distância entre as obras era menor, talvez, do que um artista famoso teria exigido, mas apenas um pouco menor; o vinho branco espumante oferecido aos convidados era um dos mais respeitáveis substitutos para o champanhe.

— Minha querida Hilary — disse Benjamin, dando de ombros, quando eu fiz esses comentários —, o que ela poderia fazer? Afinal de contas, estamos na Frostfield's.

Quanto à afirmação que ele fez na noite anterior, de que era inútil fazer uma exposição em setembro porque ninguém estaria presente, ela era totalmente falsa: a longa sala estava lotada de artistas e clientes em potencial, a ponto de causar desconforto. Os artistas, disse Benjamin, eram os que usavam terno; os que estavam de jeans e camisa florida eram os clientes: conselheiros legais e corretores de ações. A própria Eleanor estava no extremo da sala, e as chances de qualquer conversa com ela pareciam extremamente remotas.

— Ela está percorrendo a sala — disse Benjamin — em sentido horário. A menos que você tenha alguma objeção supersticiosa a nos movermos no sentido anti-horário, devemos encontrá-la por perto daquele quadro do Palácio dos Doges, o que será um excelente ponto de partida para a conversa que deseja que eu tenha com ela.

Se seguíssemos a sugestão dele, parecia improvável que atingíssemos o ponto de coincidência com Eleanor em muito menos de uma hora. Fiquei pensando se Benjamin poderia se lembrar das longas falas de que eu o encarregara, e observava com ansiedade que ele não demonstrava sinais de estar envolvido em um ensaio silencioso, mas se permitia conversar com quase todas as pessoas que encontramos em nosso progresso anti-horário. Eu me lembrei com desalento de que os boatos de seu esforço para obter o diploma vieram de uma fonte que costuma ser confiável.

Minha mente foi um pouco distraída dessas ansiedades quando encontramos uma moça singularmente bela. Devo mencionar, talvez, para que não se pense de modo algum que eu iludi meus leitores, que sua silhueta era atarracada, sua pele era pálida e seu cabelo tinha um tom de castanho bastante banal. Esses possíveis defeitos, contudo, passavam despercebidos em uma jovem cuja expressão era a de uma santa medieval depois de uma visão especialmente satisfatória da Cidade Eterna. Ela sorriu extaticamente para Benjamin. Ela sorriu extaticamente para mim. Ela sorriu extaticamente para Ragwort.

— Parabéns, Penelope — disse Benjamin.

— Obrigada — disse a moça. — Sim, é agradável, não é? Os que pensam que o adjetivo é inadequado para descrever as alegrias do Paraíso não o ouviram pronunciado nesse tom.

— A que ela se referia? — perguntou Ragwort, depois de ela se afastar flutuando em êxtase.

Benjamin indicou um pequeno quadro abstrato marrom e cinza pendurado a poucos metros de distância. Uma estrelinha vermelha fora posta no canto.

— Este é dela, entendam. E a estrela significa que foi vendido. Por muito menos, ouso dizer, do que ela poderia ganhar em uma quinzena como datilógrafa temporária e, de qualquer modo, a Frostfield's ficará com a parte do leão.

Essas considerações, no entanto, não importam muito para um artista que acabou de descobrir, pela primeira vez, que um total estranho pode gostar tanto de seu trabalho a ponto de pagar por ele em espécie.

Nosso caminho finalmente cruzou o de Eleanor, como Benjamin havia calculado, diante do quadro do Palácio dos Doges. A previsão da acolhida que eu receberia, como alguém com fundos substanciais para investimento em obras de arte, mostrou-se bem fundamentada. Eleanor foi encantadora. Isto é, seu modo de agir parecia planejado para merecer essa descrição: ela demonstrou para conosco um tipo de brejeirice feminina, como a que um pai abastado poderia ter considerado cativante em uma filha única de oito anos. O efeito foi como uma tentativa de camuflar um tanque de guerra cobrindo-o com glacê cor-de-rosa, um estratagema que, na minha opinião, estaria fadado ao fracasso.

Eu estava imaginando como poderia indicar discretamente a Benjamin que era a hora da primeira fala, que eu pensava que ele teria esquecido, quando a jovem Penelope, em um curso mais errático que o nosso, veio flutuando até nós. Não há discernimento no arrebatamento, e ela sorriu extaticamente para Eleanor.

— Ah, Penelope querida — disse Eleanor —, vejo que vendemos seu pequeno quadro. Que agradável. Você já conversou com o comprador?

— Não — disse Penelope. — Devo fazer isso?

— Bem, minha querida — disse Eleanor —, penso que seria uma ótima ideia, não acha? É claro que é um quadro muito bom. Mas conhecendo esse comprador específico como conheço, quase não se pode acreditar que a compra não tenha nada a ver com o fato de que a artista é uma jovem bastante atraente. Então creio que seria sensato se você fosse conversar um pouco com ele, querida Penelope.

— Ah — disse a jovem, com um pouco menos de êxtase. Foi nesse ponto, suponho, que eu realmente observei os possíveis defeitos no rosto e na silhueta que mencionei anteriormente. Comecei a pensar que Cellini havia subestimado os inimigos da arte e a imaginar se Eleanor não poderia, talvez, ter assassinado Ned em um espírito de mero vandalismo.

— Certamente, minha cara Sra. Frostfield — disse Benjamin —, a senhora fala com ironia. Pelo que se sabe desse comprador específico, seria apenas se o artista fosse um *belo* jovem que se poderia suspeitar de um motivo oculto. — Depois, Benjamin admitiu para mim que não havia base real para essa sugestão. Ele é, contudo, um rapaz com coração gentil, em quem sempre se pode confiar para abaixo-assinados e doações para boas causas.

— Que belo quadro é este — continuou ele — do Palácio dos Doges. É sempre um tema popular, é claro, mas este foi executado de modo encantador. Por falar nisso — ele continuou, olhando para Eleanor com uma expressão de total inocência —, fiquei sabendo, cara Sra. Frostfield, que esteve em Veneza recentemente.

Senti-me um pouco mais aliviada: Benjamin havia dito sua primeira fala com suavidade admirável.

— Veneza? — disse Eleanor, acenando com a mão repleta de anéis em um gesto de repugnância. — Veneza? Ah, meu caro Benjamin, por favor não me peça para falar sobre Veneza.

Ao ser convidada a explicar sua aversão pelo assunto, ela pareceu disposta a nos contar em detalhes a experiência terrível que havia vivido naquela cidade. Não vou me demorar em seu relato do assassinato, pois ele pouco diferia do que já ouvíramos de Marylou. A ênfase certamente era um pouco diferente; Eleanor parecia considerar a questão principalmente como uma demonstração de total negligência por parte da gerência do Cytherea com relação à sua obrigação de garantir o conforto e o bem-estar dela. Ela concluiu dizendo dramaticamente que nunca mais se hospedaria ali de novo.

Embora as notícias não fossem realmente novas para ele, Benjamin conseguiu demonstrar, enquanto ouvia, os sinais adequados de surpresa e perturbação. Quanto a mim, como alguém que não conhecia nem Ned nem Kenneth, expressões mais gerais de ultraje pareciam apropriadas, com um toque de curiosidade natural.

— Eles têm alguma ideia de quem cometeu o crime? — perguntei.

— Sim. Uma jovem que viajava no mesmo grupo que nós. Eles a prenderam quase de imediato. Aparentemente, ela estava tendo algum tipo de caso com o pobre Ned e suponho que eles devem ter brigado. Devo dizer que não fiquei nada surpresa com isso: sempre pensei que ela fosse um tipo bastante instável, sempre bebendo demais e tropeçando em tudo. Não gostei muito dela. — Pobre Julia, pensando em Rute e Noemi.

Ragwort saiu-se de modo esplêndido. Ele demonstrou a Eleanor uma mistura generosa de simpatia (pela experiência aterradora que ela vivera), admiração (pela força que ela demonstrara ao sobreviver) e ultraje indignado (pelo fato de o hotel ter fracassado em protegê-la). Houve momentos em que achei que ele talvez estivesse exagerando, mas ele me garantiu que isso não era possível com mulheres como Eleanor.

— E a senhora chegou mesmo a ser interrogada pela polícia? Ah, Sra. Frostfield, que coisa desagradável. Será que ninguém poderia ter feito algo?

— Meu caro rapaz, o gerente era simplesmente inútil. E Graziella, que deveria ser nossa guia, nem estava presente. Tive de me submeter a isso.

— Terrível — disse Ragwort —, terrível. E acho que se recusar a lhe fornecer um quarto em alguma outra parte do hotel é completamente imperdoável. Esperar que a senhora passasse a noite no mesmo quarto, praticamente ao lado daquele onde encontrou aquele jovem infeliz assassinado...

— É claro que não fui eu quem realmente o encontrou — disse Eleanor. Se, como Ragwort afirmou depois, a negação foi mais rápida do que seria natural, isso ocorreu apenas por uma fração de segundo na minha percepção. — Mas eu o vi sendo carregado em uma maca, a apenas poucos metros de onde eu estava. Estava coberto com um lençol, graças a Deus. Mas isso já foi terrível, posso lhe assegurar.

— Assustador — disse Ragwort. — Creio que é maravilhoso que esteja aqui, Sra. Frostfield, tão cedo depois de uma experiência tão assustadora.

— Temos responsabilidades a cumprir — disse Eleanor em tom heroico. — Não posso decepcionar meus jovens artistas, entende? Significa muito para eles que eu esteja aqui pessoalmente. Por falar nisso, Benjamin, seu malvado, como soube que eu estive em Veneza? Eu achava que esse era meu segredinho.

Quase comecei a sentir alguma boa vontade para com ela, pois não poderia ter dado a Benjamin uma deixa melhor mesmo se tivesse lido o meu roteiro.

— Foi a coisa mais extraordinária do mundo — disse Benjamin parecendo inocente a ponto de ser quase tolo. — Recebi um cartão-postal de Veneza, veja só, de alguém que disse ter visto a senhora nessa cidade. E ele simplesmente assinou Bruce e disse que estava ansioso por me encontrar. Mas isso é muito constrangedor porque não consigo atinar com quem ele seja. Tenho pensado muito, tentando me lembrar de quem possa ser. Então, eu estava esperando, Sra. Frostfield — essa notícia terrível sobre Ned fez com que me esquecesse disso —, eu estava esperando que, como é obviamente alguém que a conhece, a senhora pudesse esclarecer quem é Bruce e me poupar um terrível *faux pas* quando eu o encontrar novamente.

Senti-me aliviada. Benjamin é um jovem querido, bom e inteligente. Não tenho dúvida de que os boatos sobre o seu diploma foram inspirados inteiramente por maldade.

— Bruce? — disse Eleanor. — Bruce? Que coisa misteriosa, Benjamin. Eu certamente não encontrei ninguém chamado Bruce em Veneza. Na verdade, acho que não conheço ninguém com esse nome. Sinto não poder ajudá-lo.

Não havia nada em seus olhos que sugerisse que ela estava mentindo; porém, se acreditássemos no relato que Julia fizera da conversa dela com Kenneth, parecia certo que ela estivesse.

Depois de sairmos da Frostfield's, Benjamin foi muito gentil e nos convidou ao seu apartamento para mais um copo de vinho.

— Benjamin — disse eu —, sobre esse quadro que foi roubado em Verona. Você conseguiu pensar um pouco sobre o assunto?

— Sim — disse Benjamin, parecendo muito satisfeito consigo mesmo, como um homem que está para montar uma peça amadora em uma feira de aldeia. — Sim, consegui. Você acredita, Hilary, conforme entendi, que Bob Linnaker tem o quadro, mas não acredita que seja de grande valor. O que, de fato, até onde sabemos, é verdade. Contudo, a fim de persuadi-lo a admitir que está com o quadro, você deseja se passar por uma cliente ansiosa por comprá-lo.

— Isso — disse eu — é um resumo admirável da situação.

— Bem, o mais óbvio, é claro, seria dizer que existe um Tiepolo ou algo assim pintado por baixo. Mas é difícil imaginar como você saberia algo assim e, de qualquer modo, isso poderia fazer Bob começar a raspar a pintura. Então pensei em outra coisa que, espero, possa lhe parecer interessante. Posso convidá-los a acompanhar uma hipótese?

— Certamente — disse Ragwort —, adoraríamos fazê-lo.

— Bem — disse Benjamin —, eu gostaria que supusessem que, em algum momento por volta da virada do século, o comitê, ou qualquer que seja o órgão encarregado da Igreja de São Nicolau em Verona, teve uma reunião. E que um dos membros indicou que em uma das paredes havia um espaço vazio que ficaria muito melhor se ocupado por um quadro. E que outro, embora concordasse que isso era verdade, disse que o espaço estava vazio porque ao redor dele havia muitos bons quadros de Bassetti e de outros grandes mestres do século XVII, e que tinha de ser algo que combinasse com eles, mas que não se faziam mais quadros como os que Bassetti fizera. A isso o primeiro homem respondeu que em uma aldeia próxima havia um jovem chamado, digamos, John Smith, ou, como minha hipótese situa-se na Itália, Giovanni Fabbro, que poderia pintar, se lhe pedissem, como Bassetti, ou, sem dúvida, como qualquer um dos outros grande mestres italianos. Ele poderia produzir, em resumo, o tipo de quadro que esse homem, embora admitisse não ser um especialista no assunto, estaria pessoalmente preparado a chamar de Arte, que era muito mais do que se poderia dizer de qualquer lixo impressionista e cubista. Estão acompanhando a minha hipótese até o momento?

— Certamente, Benjamin — disse eu. — Continue.

— Está certo. Assim, Giovanni é instruído a pintar uma bela Madonna no estilo de Bassetti, sendo lembrado, sem dúvida, quando se tratou de combinar o preço, de que o trabalho voltava-se à maior glória de Deus e que a verba disponível era limitada. Sua reputação passou a ser conhecida e ele recebeu encomendas de trabalhos similares de outras igrejas e de colecionadores particulares com uma lacuna ocasional entre os velhos mestres nas paredes de suas vilas e palácios. Eu gostaria que supusessem agora que estamos na Primeira Guerra Mundial.

— Com toda a certeza — disse Ragwort. — Ficaremos felizes em seguir você.

— Desmond, quanta gentileza. Bem, então, a Primeira Guerra Mundial. E, em consequência dela, muitas estranhas vicissitudes e mudanças de sorte, levando à venda de inúmeras coleções valiosas. E, quando a coleção do Barão di Cuesto ou do Conde di Cuello foi leiloada, e ficou estabelecido, sob a melhor autoridade possível, que os ancestrais do barão haviam encomendado diversos quadros a Veronese, é improvável que qualquer pessoa tenha pensado que, dos seis quadros que parecem ter sido feitos por Veronese, um realmente seja obra de Giovanni Fabbro. Suponham agora, porém, o passar dos anos e o desenvolvimento de tecnologias mais sofisticadas na autenticação de quadros, de modo que vários colecionadores descobrem gradualmente que alguns dos grandes mestres italianos que eles se orgulham de possuir de fato sejam obra de um copista desconhecido do século XX. O que — perguntou Benjamim com o ar de um mágico demonstrando ao público que a cartola está completamente vazia— vocês acham que acontece depois?

— Muita agitação, eu creio — respondeu Ragwort. — Pedidos de devolução de dinheiro. Cartas aos jornais sobre o declínio dos padrões no comércio de obras de arte. Advogados dos dois continentes trocando acusações de falsidade ideológica.

— Sim, certamente. — Benjamin parecia satisfeito, como se tivesse recebido a confirmação de que a cartola estava realmente vazia. — Com certeza, tudo isso, mas então, meus queridos, quando a poeira tiver baixado um pouco e o National e o Metropolitan estiverem vendendo essas obras menores pelo que puderem conseguir, as pessoas se darão conta de que Giovanni deve ter sido muito esperto para ter feito imitações tão convincentes que enganaram todos os especialistas por tanto tempo. Então elas vão começar a pensar que, se não podem pagar um Ticiano ou um Veronese verdadeiros, uma imitação genuína de Giovanni Fabbro pode muito bem ser a melhor opção. O resultado, meus queridos — disse Benjamin, com a satisfação benevolente do mágico que consegue tirar o coelho da cartola —, o resultado é que, em determinada parcela de colecionadores, as imitações de Fabbro começarão a ser muito procuradas e, em consequência, passarão a ser valiosas.

— Benjamin — perguntei —, tudo isso é provável ou somente possível?

— Não é improvável — disse Benjamin. Foi mais ou menos isso que aconteceu com Van Meegeren. Em relação a ele, chegou-se ao ponto, agora, em que as pessoas imitam as imitações de Van Meegeren.

— Enquanto isso, em Verona... — disse eu.

— Enquanto isso, em Verona, como você disse com tanta propriedade, Hilary, todos sabem que o terceiro quadro à esquerda, depois do primeiro transepto, não é um de seus valiosos velhos mestres, mas só um belo quadro de um artista local bem mais moderno. E isso seria, sem dúvida, o que eles contaram à polícia quando ele foi roubado.

Ragwort ficou bastante convencido com a história e perguntou a Benjamin se ele realmente acreditava que o quadro roubado em Verona poderia ser uma imitação valiosa. Benjamin achou que esse era um pretexto suficiente para lhe dar batidinhas indulgentes no ombro.

— Meu querido Desmond, não penso nada disso. Não tenho a mínima ideia do motivo de esse quadro específico estar na Igreja de São Nicolau e não há motivo para supor que seja obra de um copista ou falsificador famoso. Giovanni Fabbro foi totalmente inventado por mim. Minha hipótese é apenas uma historinha prostituída, contratada por vocês, por assim dizer, para meia hora de diversão casual; mas esperemos que Bob Linnaker possa ser suficientemente persuadido de sua virtude a ponto de pedi-la em casamento.

De volta a Islington, alimentando os gatos, refleti sobre o possível significado de Eleanor ter negado conhecer alguém chamado Bruce. Fiquei pensando se ela havia suspeitado, afinal de contas, que a história do cartão-postal fosse uma invenção, e passou pela minha cabeça que, se esse fosse o caso, ela poderia telefonar à minha Faculdade para confirmar minha *bona fides*. Se ela fizesse isso, não encontraria, é claro, ninguém que confirmasse que eu estava autorizada a investir os fundos da Faculdade na compra de obras de arte. Por outro lado, tendo em vista a feliz indiferença da maioria de meus colegas quanto à situação financeira da Faculdade, ela também não encontraria ninguém que o negasse. Lembrando a frieza de seus olhos, descobri que esse era um pensamento muito confortador.

Capítulo 15

— Eu cuido do major — disse Cantrip.

No café da manhã seguinte, isto é, na quarta-feira, acrescentei minhas impressões sobre Eleanor ao relato já fornecido por Ragwort. Estávamos considerando qual seria o próximo passo a ser dado.

— Devemos lembrar — disse Selena — que estamos supondo que o major seja o possível assassino. Se não estivéssemos fazendo essa suposição, não haveria motivo para vê-lo. Se fizermos isso, não ficaria muito feliz que um de nós vá vê-lo sozinho.

— Se você vai comprar algumas mercadorias roubadas — disse Cantrip —, não pode levar um grupo de amigos com você. A presença de terceiros reduz o vendedor potencial a uma condição de mudez.

— Bem — disse Selena —, Benjamin não poderia ir com você, como um consultor profissional?

— Não — disse eu. — Falei com ele ontem à noite. Ele vai viajar para Nova York hoje, para alguma exposição.

— Que pena — disse Selena. — Que crueldade de Benjamin...

— Assim, um de nós terá de ir sozinho — disse Cantrip. — E como já me ofereci, devo ser eu porque sou o único que sabe caratê. Se o major ficar violento, pularei sobre ele com a ligeireza de uma pantera, gritando *Hoo-cha!*, que é um antigo grito de guerra japonês, e o abaterei com um único golpe de incrível perfeição. Ah, sinto muitíssimo, Ragwort.

Na tentativa de demonstrar o movimento proposto no espaço confinado de nossa acomodação na cafeteria, Cantrip havia levado seu cotovelo esquerdo a um contato abrupto com o ombro de Ragwort, no momento em que este levava a xícara aos lábios.

— Está tudo bem — disse Ragwort —, não se preocupe nem por um momento. Acreditava que este terno pudesse ser usado mais uma semana antes de ir para a lavanderia, mas sem dúvida eu estava enganado. Ao se referir, porém, ao caratê, você tem certeza de que não o está confundindo com algum novo tipo de dança?

— Só porque você ficou chateado por causa do terno — disse Cantrip — não há necessidade de ser ofensivo quanto ao meu caratê. Sou muito bom nisso. Conheci um rapaz em Cambridge que era faixa preta e ele me mostrou os golpes em um fim de semana chuvoso.

O domínio da antiga arte dos samurais exige, pelo que sei, alguns anos de treinamento rigoroso. Além disso, envolve, segundo me disseram, certo cultivo da alma; a questão de se Cantrip possuía tal coisa ainda é, como meus leitores devem se lembrar, um tanto polêmica. Ainda assim, ele tem bastante agilidade e agressão natural. Não me parecia gravemente irresponsável permitir que ele conversasse sozinho com o major. Mesmo assim, senti-me obrigada a levantar um protesto.

— Cantrip — disse eu —, não vai dar certo. Ele o viu no aeroporto quando você estava olhando a bagagem. Ele pode reconhecê-lo.

— Bem, sim, espero que reconheça — disse Cantrip. — E se não reconhecer, eu o lembrarei. Já pensei em tudo: vou entrar no antiquário e olhar um pouco ao redor, como se faz nos antiquários. Depois de algum tempo, ele virá me perguntar se estou procurando algo em particular. E então eu devo mostrar-me incrivelmente surpreso...

— Cantrip — disse Selena —, você não vai exagerar, não é?

— Eu devo mostrar-me incrivelmente surpreso de modo muito natural e convincente e dizer: "Minha nossa, não era você no aeroporto no sábado quando eu me portei como um completo idiota?". E ele dirá: "Meu Deus, você não é o completo idiota que não conseguia achar a mala?". E eu direi: "Sim. Que coincidência extraordinária". E depois continuarei a dizer como ele deve ter me considerado um completo idiota. E ele dirá: "Sim, de fato, para ser completamente sincero, pensei que você fosse mesmo um completo idiota".

— E depois — disse Ragwort — de um consenso ter sido atingido?

— Bem, então direi que fui idiota naquele dia porque devia almoçar com meu tio Hereward e meu voo estava atrasado. Tentarei lhe passar a ideia de que estivera em Paris com uma moça que meu tio não aprovava e não queria que ele soubesse que estivera fora. Isso acrescentará um pouco de interesse humano, como dizemos na Rua Fleet.

— O seu tio Hereward — perguntou Selena — é aquele que tem ideias excêntricas sobre a feminilidade pura?

— Isso mesmo. De qualquer modo, direi que meu tio Hereward é muito exigente quanto à pontualidade, por ser um ex-militar. E o major, ouvindo que sou parente de um irmão em armas, vai me abraçar. Metaforicamente, quer dizer, porque esta é uma cena inglesa e masculina.

— É bem verdade — disse eu —, mas como vai passar ao assunto do quadro?

— Bem, depois de falarmos um pouco sobre regimentos e brigadas e coisas assim, deixarei escapar algo sobre meu tio estar interessado em colecionar quadros e antiguidades.

— Isso — disse Ragwort — certamente será mais convincente do que afirmar que você é um admirador das belas-artes.

— Certo. E continuarei dizendo que meu tio está especialmente interessado em imitações, como as coisas desse Van Meegeren. Direi ao major que, se alguma vez ele encontrar algo desse tipo, ficarei muito feliz se ele me informar porque, se eu puder ajudar meu tio, isso me deixará melhor com ele.

— Você deixará subentendido, suponho — disse Ragwort —, que tem expectativas de herança?

— Sim, mas serei sutil. Soará um pouco estranho dizer diretamente que penso que o velho tio me deixará um pacote. Não que ele vá fazer isso, é claro, porque acha que sou da geração que traiu os ideais dele, mas o major não sabe disso.

— Cantrip — disse eu —, a respeito do quadro...

— Não se preocupe, Hilary. Eu direi que, na semana passada, meu tio ficou muito acabrunhado porque leu no *The Times* que alguém havia roubado um quadro no qual ele gostaria muito de pôr suas mãos. Direi que ele estava em Verona em férias no ano passado e que identificou esse quadro como tendo sido pintado por esse Fábio.

— Fabbro — disse eu ansiosamente.

— Não se preocupe, Hilary, vou falar certo na hora. E o que mais o chateou, direi, é que, se ele percebesse que não sabiam do valor do quadro e que ele não estava ligado a nenhum alarme, ele mesmo o teria roubado. É bem sutil, não acham?

— Você quer dizer — perguntou Selena — que isso indicará ao major, caso o quadro de fato esteja em suas mãos, que seu tio não teria objeções morais a adquirir propriedade roubada?

— Isso mesmo — disse Cantrip. — É claro, se ele realmente soubesse algo sobre meu tio, saberia disso de imediato. Mas suponho que deva haver pessoas no exército que nunca ouviram falar do velho.

Selena continuava inquieta quanto a permitir que Cantrip fosse sozinho. Por fim, chegamos a um acordo. Iríamos todos juntos a Fulham. Quando a prudência assim o exigisse, nós nos separaríamos de Cantrip, mas ficaríamos aguardando por ele do outro lado da rua. Encontraríamos um ponto de observação em frente ao antiquário do major e manteríamos Cantrip sob observação cuidadosa. Cantrip, por seu lado, prometeu que evitaria, se possível, ser atraído da frente da loja para qualquer saleta dos fundos, na qual um ataque assassino poderia passar despercebido.

— A questão é que — disse Cantrip — posso demorar um pouco para fazer o major se abrir e confessar tudo, e se os conselheiros legais do duque, barão, conde ou alguém desse tipo de repente precisarem dos serviços de um advogado, e forem procurá-lo no número 62 da New Square, não terão muito sucesso. Henry não vai gostar disso.

— Meu caro Cantrip — disse Selena —, se você está preparado para uma conversa solitária com um possível assassino, seria lamentável que Ragwort e eu não tivéssemos coragem para dizer a Henry que todos iremos a um almoço muito importante e que podemos demorar um pouco.

— É bem verdade — disse Ragwort. — Além disso, se tivermos sorte, Henry sairá para almoçar antes de nós e poderemos deixar um recado com a datilógrafa temporária.

Lembrando da tediosa complexidade de chegar à New King's Road por transporte público, Selena, naquela manhã, prudentemente levara seu carro até o Lincoln's Inn. Na hora em que os membros do número 62 da New Square geralmente saíam para almoçar, nós partimos para Fulham. Tendo solucionado a complexidade do sistema de mão única entre o Lincoln's Inn e a margem do Tâmisa com aquela despreocupação brusca que já comentei anteriormente, ela dirigiu para oeste passando por Chelsea.

Ragwort, por ter uma casa ali, afirma que Fulham está se desenvolvendo. Eu não gosto de discutir com ele sobre isso. Devo confessar, porém, que a New King's Road, de qualquer modo, sempre me dá a impressão de ir na direção contrária. Suponho que nunca se teve a intenção de que aquelas grandes casas com terraços fossem ocupadas por indigentes; mas o estado de sua pintura e manutenção sugere que elas foram adquiridas há alguns anos em um período de riqueza real ou esperada que, depois, mostrou-se breve ou ilusória.

Existem, nesta parte de Londres, numerosos estabelecimentos que lidam com mercadorias de segunda mão, declinando, com certa regularidade, conforme se vai para o oeste, de antiguidades a bugigangas e a lixo. O espaço ocupado pelo major Linnaker estava na zona de transição entre as antiguidades e as bugigangas. Observamos com satisfação que a loja dele estava situada quase que diretamente em frente a um estabelecimento público cujo proprietário tinha confiança suficiente, no calor de setembro, para colocar mesa e cadeiras de ferro na calçada.

Selena dirigiu além da loja. Virando à direita algumas centenas de metros depois, ela desligou o motor em uma rua lateral tranquila.

— De início — disse ela, enquanto trancava o carro —, Cantrip, acho que pode ser prudente...

— Não sou um completo imbecil — disse Cantrip. — Se uma pessoa está indo para o leste e para, casualmente, para olhar um antiquário, será realmente estranho se ele virar para oeste de novo quando sair de lá. Vou virar para a esquerda, esquerda e de novo esquerda e encontrar vocês aqui. Quando eu sair...

— Nós lhe daremos dois minutos de vantagem — disse Selena — para ter certeza de que você não está sendo seguido.

— Entendido — disse Cantrip. — Câmbio. Vejo vocês depois.

— Cantrip — disse Selena —, você vai tomar cuidado?

— Com toda a certeza — disse Cantrip.

Ele nos deixou e começou a andar de novo pela New King's Road. Cruzando para o outro lado, mantivemos um passo igual ao dele e, esperávamos, uma aparência similar de tranquilidade. Chegando ao estabelecimento público, nós nos sentamos à mesa de ferro e o observamos. Como se seu olhar tivesse caído sobre algum objeto de interesse na vitrine, ele parou do lado de fora do antiquário do major.

O major, ao exibir suas mercadorias, não fez nenhuma tentativa de obter uma elegância *clean*. Ele tinha evidentemente gostado de rodear uma mesa jacobita com um conjunto de cadeiras Sheraton — suponho, pelo que Benjamin dissera, que todas fossem falsas; mas bem perto delas havia um porta-guarda-chuvas chinês com um tipo-padrão de salgueiro que me parecia genuíno — ele parecia horrendo demais para que alguém desejasse copiá-lo.

— Nossa presença — disse Ragwort — pareceria mais natural se estivéssemos bebendo algo. Devo pedir cerveja?

— Excelente — disse Selena. — E alguns sanduíches. Esse pode ser todo o nosso almoço.

Ragwort entrou em busca de comida e bebida. Selena e eu permanecemos sentadas nas cadeiras na calçada e vimos Cantrip entrar no antiquário e começar a vagar. No tempo devido, surgiu uma figura do interior da loja que identificamos prontamente como o major, mesmo com a rua entre nós: seu bigode branco eriçado e sua pele bronzeada eram facilmente reconhecíveis. Nós o vimos se aproximar de

Cantrip, presumivelmente perguntando se estava mais interessado nas cadeiras Sheraton ou no porta-guarda-chuvas. Cantrip olhou para cima.

— Ah — disse Selena —, essa é a surpresa de Cantrip.

Ragwort voltou carregando três canecas de cerveja e um prato de rolinhos de salsicha. O *barman* havia rido do pedido de sanduíches, lembrando-o, de um modo que Ragwort considerou ofensivo, que os padeiros estavam em greve. Bebendo a cerveja e mordiscando cautelosamente os rolinhos de salsicha, continuamos a observar a frente do antiquário.

— Chegaram a algum acordo — disse Ragwort, pensando sobre a questão de Cantrip ser um completo idiota.

Os rolinhos de salsicha eram ainda piores do que os sanduíches provavelmente seriam. Comecei a desejar que os entregadores de rolinhos de salsicha também estivessem em greve.

— Creio — disse Selena — que agora chegaram ao momento em que o major metaforicamente cai no pescoço de Cantrip em um abraço metafórico.

Concordei que essa parecia uma conclusão razoável, pois o major havia tirado de algum armário uma garrafa e dois copos.

— Suponho — disse Ragwort — que não haja perigo de que ele tente envenenar Cantrip, não é?

— Eu não acho — disse eu — que Cantrip tenha dito algo que possa provocar um ato tão extremo. Além disso, ele está bebendo da mesma garrafa.

A atitude relaxada e amigável dos que estavam no antiquário sugeria que a conversa estava ligada a histórias militares e não a qualquer sugestão de compra de propriedades roubadas. Não podíamos, para sermos justos, culpar Cantrip por estar indo devagar, já que o tínhamos alertado para ser lento e sutil. Confesso, contudo, que comecei a achar que ele estava demorando mais do seria necessário; instalado confortavelmente e bebendo à custa do major, ele havia se esquecido um pouco do tédio e do desconforto daqueles que o observavam.

Graças à greve dos padeiros, essa foi a época, como os leitores podem se lembrar, em que a troca de receitas de pães caseiros havia substituído a economia como o principal tópico de conversa. Ragwort tinha uma receita que aprendera com a avó e que era infinitamente superior às que haviam aparecido na imprensa. Selena pediu que ele a escrevesse para ela. Observando-o envolvido nessa tarefa, e ouvindo-o falar a respeito da importância das medidas exatas, esquecemo-nos por vários minutos de olhar o que estaria acontecendo no antiquário.

Quando olhamos para lá a seguir, o major segurava uma arma.

Julia sem dúvida está certa em atribuir a virtude inconquistada de Ragwort à expressão de reprovação reservada que ele adota ao ser confrontado com algo da natureza de uma proposta. Também é verdade, contudo, que ele pode correr extremamente rápido; aos domingos, durante a temporada de críquete, ele é muito solicitado em sua aldeia natal de Sussex por sua velocidade entre os *wickets*. Enquanto Selena e eu ainda esperávamos impacientes na calçada por uma passagem segura em meio ao tráfego, Ragwort, sem nenhum contratempo pior que pudesse levar a maldições de um caminhoneiro assustado à sua alma imortal, já havia atravessado a rua.

A impaciência de Selena, devo admitir, era bem maior que a minha. Por menos que eu gostasse da ideia de o jornal noturno conter uma manchete "Advogados baleados em investigação fracassada em Fulham", não acho que ela seria melhorada com a inserção das palavras "e professora de Oxford". Esse me parecia exatamente o tipo de momento no qual o curso adequado é convocar um guarda. Infelizmente não havia nenhum por perto, e Ragwort e Selena, com o entusiasmo impetuoso da juventude, não pareciam dispostos a esperar até que um chegasse. Eu não poderia, com algum decoro, permanecer em um lado da New King's Road enquanto os membros juniores do número 62 da New Square lutavam contra um maníaco armado no outro lado.

Por alguns momentos, nossa visão do antiquário foi ocultada pela passagem de um caminhão articulado. Quando conseguimos ver novamente o interior, a cena havia mudado dramaticamente: agora era Cantrip quem segurava a arma. Percebi que me equivocara ao duvidar de sua habilidade no caratê. Com um movimento de incrível rapidez, ele havia desarmado o major e agora o levaria para a New King's Road e o manteria sob mira enquanto Ragwort, que parecia um pouco desconcertado fora da loja, buscava o auxílio das autoridades.

Nada disso aconteceu. Depois de alguns momentos, Cantrip abaixou a arma. Ele estava posicionado de modo que suas costas estavam voltadas para nós. Ragwort continuou em pé no lado de fora, aparentemente perdido na admiração do porta-guarda-chuvas. Um motorista que diminuíra a marcha para deixar Selena e eu cruzarmos a rua buzinou impaciente. Nós acenamos um pedido de desculpas e voltamos à calçada, pois não parecia mais haver motivo para atravessar.

O que mais admiro em Selena é seu instinto para saber o que o momento exige: ela foi direto para o bar e saiu com três uísques duplos.

Ragwort, voltando em um passo mais prudente do que o da ida, não conseguiu explicar o incidente. Cantrip, ao observar sua presença, afastara-se da vitrine, pusera as mãos atrás das costas e apontara com os dois polegares para cima; isso foi interpretado por Ragwort como significando que tudo estava bem. Depois, ele espalmara as mãos e fizera um gesto de empurrar; Ragwort entendera que isso indicava um desejo de continuar sua conversa com o major sem ser perturbado.

Continuamos a observar a vitrine do antiquário. Cantrip e o major haviam se sentado novamente e estavam imersos em uma conversa aparentemente amigável. Vimos o major abrir outra garrafa.

Depois de cerca de duas horas, Cantrip saiu de lá. Ele virou para a esquerda como combinado. Seu andar, porém, era menos ágil que o usual. Esperamos, conforme tínhamos prometido, cerca de dois minutos para garantir que ele não estivesse sendo seguido. Depois de confirmar que isso não acontecera, nós nos levantamos e voltamos ao carro. Cantrip estava apoiado contra ele, muito pálido, pobre rapaz.

— Cantrip — disse Selena —, você está bem?

— Não — disse Cantrip —, na verdade acho que estou morrendo. Mas se pudermos ir até a casa de Ragwort para tomar café, suponho que provavelmente conseguirei sobreviver.

Eu não sabia como explicar as condições do pobre rapaz. Ele havia bebido, por certo, uma quantidade de uísque bastante grande, sem acompanhá-la com nenhum alimento sólido, mas eu não teria pensado, com base no que sei dele, que apenas isso teria um efeito tão marcante. O incidente que nos alarmara aparentemente não o assustara, e o resto de sua conversa com o major parecera ter sido bastante pacífico; no entanto, víamos que isso o esgotara física e mentalmente.

— Cantrip — disse Selena —, o que foi tudo aquilo com a arma?

— Que arma? — disse Cantrip.

Eu o lembrei com gentileza, pois ele parecia estar sofrendo algum tipo de amnésia, que no início da conversa o major o havia evidentemente ameaçado com uma arma de fogo.

— Ah — disse Cantrip —, aquilo não era uma arma qualquer. Aquilo era uma espingarda de pederneira Baker, uma das que foram enviadas ao Corpo de Atiradores em 1800. Muito interessante. Eu a vi pendurada na parede e perguntei se poderia dar uma olhada nela. Vocês realmente acharam que ele estava me ameaçando com ela?

— Sim — disse Selena. — Houve alguma ansiedade.

— Ah, deixem disso — disse Cantrip. — Seria preciso ser louco de pedra para tentar atirar em alguém com uma espingarda de pederneira atualmente.

— Não sabíamos disso, Cantrip — disse Selena.

— Ah — disse Cantrip. — Sinto muitíssimo.

— Você conseguiu falar com ele sobre o quadro? — perguntei.

— Sim — disse Cantrip. — Eu falei sobre meu tio Hereward, que gosta muito de imitações, e em especial desse chamado Fábio.

— Fabbro — disse eu.

— Certo — disse Cantrip. — Bem, eu lhe disse tudo sobre isso e sobre o quadro que foi roubado em Verona. Ele me prometeu que perguntará a um ou dois colegas — em sigilo, sem citar nomes, sem muitas perguntas — para ver se consegue descobrir algo a respeito. E, se conseguir, ele me informará imediatamente para que eu possa contar ao meu tio Hereward e ficar bem com ele. Sim, essa parte foi muito bem. Na verdade, foi bem rápida.

— Nesse caso — perguntou Ragwort —, do que vocês ficaram falando nas outras duas horas?

— Mulheres — disse Cantrip.

— Cantrip — disse Selena —, se vai me dizer que enquanto estávamos sentados fora daquele horrível *pub*, comendo rolinhos de salsicha e nos preocupando com a possibilidade de o major atirar em você, vocês estavam simplesmente tendo uma conversa de rapazinhos... —, mas o olhar exausto de Cantrip silenciou-a.

— Foram realmente apenas duas horas? — disse ele.

— Pareceu bem mais que isso. Muito mais. Muito, muito mais. O major conheceu muitas mulheres. Mulheres inglesas, italianas, árabes, servo-croatas. O tipo certo de mulher, o tipo errado de mulher. Mulheres que "iriam", que "não iriam", que "poderiam ter ido". Ele me contou tudo sobre todas elas. Tem certeza de que foram apenas duas horas?

— Você não podia fazê-lo parar? — disse Ragwort.

— Não — disse Cantrip.

— Por que deixou que ele começasse? — disse Selena.

— Bem — disse Cantrip —, pensei que, se o fizesse falar sobre mulheres, mais cedo ou mais tarde ele acabaria dizendo algo sobre Julia. Afinal de contas, faz apenas uma semana que ele a pediu em casamento.

— E ele falou nela? — perguntei.

— Sim — disse Cantrip. — No final, ele o fez. Não mencionou o nome, mas disse que teve uma experiência infeliz muito recente quando pensara finalmente ter achado a mulher certa, mas ela demonstrara ser do tipo errado. Era uma moça muito inteligente, disse ele, que estudara em Oxford, e ela poderia enganar facilmente um simples soldado como ele. Ela o iludira completamente e ele só descobriu na última hora que ela era do tipo errado.

— Na verdade — disse Selena —, que ousadia a dele. Um homem que ganha a vida vendendo antiguidades roubadas referir-se nesse termos a um membro do Lincoln's Inn...

— Sim, foi o que pensei — disse Cantrip. — De qualquer modo, perguntei como ele descobrira que ela era do tipo errado, mas ele se fechou e disse que era doloroso demais falar sobre isso. Bem, achei que isso foi muito suspeito, porque até então ele tinha sido extremamente aberto. Então entendi que ele pensou que, se falasse mais a respeito, acabaria se entregando. Isto é, diria ter descoberto sobre Julia e o rapaz da Receita e matado o rapaz em um frenesi de paixão ciumenta, como eu sempre disse que ele fez.

— Espero — disse eu — que você tenha dito a ele como contatá-lo caso descubra algo sobre o quadro, não é?

— Sim, eu lhe dei meu telefone nas Câmaras. Então, na próxima vez que ele quiser falar com alguém sobre uma mulher mongol do tipo errado, que "não iria", suponho que ele vá me ligar.

— Desconfio — disse eu — que você logo terá notícias dele. Mas não creio — acrescentei, vendo a expressão nos olhos de Cantrip — que ele vai querer falar sobre mulheres.

Capítulo 16

Acordei na manhã da quinta-feira com uma convicção inabalável, não suficientemente explicável por nenhum conhecimento de minha mente consciente, de que a situação estava chegando a uma crise, uma convicção tão poderosa que me senti compelida mais uma vez a desconsiderar o chamado da Erudição: atrasando minha partida de Islington para fazer um telefonema necessário, fui diretamente ao número 62 da New Square.

Depois de bater na porta da maior sala do Berçário e de ser convidada a entrar, encontrei Ragwort e Cantrip lendo uma carta que reconheci ter sido escrita na caligrafia clara e cuidadosa em que Timothy, quando era meu aluno, havia escrito seus sempre conscienciosos trabalhos. Era a carta que eu já mencionei no Capítulo 12 deste livro. Ragwort deu-a a mim, dizendo porém, ao fazer isso, que ela nada acrescentava ao que já sabíamos. Acomodei-me na grande poltrona de couro e comecei a ler.

— Hilary — perguntou Ragwort —, você está pensando em ficar muito tempo?

— Não sou bem-vinda? — perguntei.

— Minha querida Hilary, é claro que não é nada disso — disse Ragwort. — Mas estamos tendo certa dificuldade com Henry. Ele ficou um pouco irritado por nenhum de nós ter retornado às Câmaras depois do almoço de ontem...

— Irritado como um mangusto — disse Cantrip.

— Se estou certo em supor — disse Ragwort — que um mangusto seja ainda mais irritado que os gusanos, que são o padrão de comparação comum, esse é realmente o caso. Sua presença, Hilary, foi notada e é considerada um fator que contribuiu para nossa delinquência. Se Henry encontrá-la aqui de novo nesta manhã...

Eu lhes garanti que minha entrada no número 62 da New Square havia passado despercebida e, que se os passos de Henry fossem ouvidos do outro lado da porta, eu me ocultaria, com toda a rapidez, atrás de uma cortina.

Esperando acalmar a indignação de Henry, eles haviam decidido não sair para tomar café. Selena, contudo, prevendo a necessidade desse gesto, havia trazido para as Câmaras um vidro de café instantâneo e uma chaleira elétrica.

Ela parecia abatida, algo incomum em seu caso. Ela sentia que nossas investigações haviam sido ineficazes; elas haviam descoberto, disse ela, que eu não gostava de Eleanor e que Cantrip ficara entediado com o major. Nenhum desses fatos, na opinião dela, seria suficiente para persuadir o Vice-Quaestor a afastar suas suspeitas de Julia.

— Mais do que isso, certamente — disse Ragwort. — Sabemos que existe uma conexão entre Eleanor e Kenneth Dunfermline e, portanto, entre Eleanor e o morto.

— Sim — disse Cantrip. — E sabemos que o major comercia com mercadorias roubadas. Quer dizer, se os italianos acham que isso é respeitável...

— Ele não tem uma condenação criminal — disse Selena. — O Vice-Quaestor vai dizer que é simples boato.

— Bem — disse Cantrip —, sempre temos a questão da sacola. Sabemos que ele a pegou.

Indiquei que, se Cantrip tivesse me ouvido na noite de segunda-feira, ele teria me ouvido mencionar que o major não havia roubado a sacola do morto.

— Eu estava ouvindo, Hilary — disse Cantrip. — Mas pensei que você estivesse apenas tendo um ataque de tontura por ter passado tempo demais no Tabelionato Público de Registros, ou algo assim, então agi com tato e não dei atenção a isso.

— O major não roubou a sacola do morto — repeti.

— Com certeza ele fez isso — disse Cantrip. — Eu vi. Você tem a evidência direta de um membro da Associação dos Advogados da Inglaterra, e se vai começar a lançar dúvidas quanto à sua confiabilidade...

— Meu caro Cantrip — eu disse em tom tranquilizador, pois é sabido que ele tende, quando exaltado, a jogar livros nas pessoas —, meu caro Cantrip, nem por um momento duvido de sua palavra. Estou dizendo apenas que, ao interpretar a evidência, você a considerou apenas em parte, em vez de no todo. Essa é uma cilada difícil de evitar a não ser pelo erudito treinado.

— Hilary — disse Selena, oferecendo-me uma xícara de café —, nós deveríamos, como você bem sabe, estar trabalhando. Agora, porém, você provocou em nós uma curiosidade que nos impedirá de trabalhar até que você tenha explicado sua teoria, qualquer que seja ela, sobre a sacola. Por favor, seja gentil e faça isso rapidamente.

— Vocês se lembram — perguntei, sem me ressentir com a brusquidão dela, pois sabia que ela estava sob pressão — da primeira carta de Julia? — Eles assentiram. — Então vocês se lembrarão de que Julia identificou os "Amantes da Arte" entre os demais passageiros ao olhar as etiquetas em suas bagagens de mão. E, inclusive, de fato começou pelo major. Daí podemos concluir que na viagem de ida o major tinha consigo algo que a companhia aérea estava preparada para considerar bagagem de mão. Não foi um dia, como sabemos, em que eles tenham sido permissivos, pois não permitiram que a mala de Julia fosse considerada bagagem de mão. Bem, quando nós os vimos retornando a Heathrow, o major tinha duas malas: uma delas era uma mala grande, que nem a companhia aérea mais permissiva teria aceitado que fosse no compartimento de passageiros, e a outra era a sacola que Cantrip acreditou ser de propriedade do assassinado.

— Bem — disse Cantrip —, se o major tinha outra mala consigo, ele deve tê-la deixado para trás em Veneza e trazido a sacola.

— E por que ele faria isso? — perguntei.

— Diga o que quiser, Hilary — disse Cantrip —, a etiqueta tinha o nome do morto.

— De onde podemos concluir — respondi — que o major ou roubou a sacola ou roubou a etiqueta.

Eles beberam o café e pareceram pensativos.

— Por que ele faria isso? — perguntou Ragwort.

— Suponhamos, meu caro Ragwort, que você carregue um objeto com que desejaria passar pela Alfândega, mas cuja descoberta provocaria certo constrangimento. Não seria prudente, nessas circunstâncias, garantir que, se a mala que o contenha for aberta por um agente alfandegário, o nome na etiqueta seja de outra pessoa? Naturalmente alguém que viaje no mesmo grupo, de modo que ela permaneça junto de sua bagagem e possa facilmente ser resgatada no final da viagem se nada desagradável ocorrer.

— Sim — disse Ragwort. — Sim, posso ver que poderia ser assim. Mas por que você supõe que a etiqueta seja roubada, Hilary? Por que não conseguir simplesmente uma etiqueta em branco e escrever o nome de outra pessoa?

— Seria desejável usar uma das etiquetas fornecidas pelos agentes de viagem, que, em geral, dão apenas duas a cada passageiro. Supostamente, a sua já está com seu nome. Além disso, você teria a dificuldade de falsificar a caligrafia da outra pessoa. Não, estou segura de que seria preferível roubar a etiqueta. E isso, sugiro, explica a visita sub-reptícia do major ao quarto de Ned Watson na sexta-feira de manhã.

— É bastante engenhoso — disse Selena. — Estou perfeitamente disposta a acreditar que o major tinha algo que desejava contrabandear da Itália. O que não compreendo, Hilary, é por que você pensa que é aquele quadro que foi roubado em Verona. Quando um antiquário de caráter dúbio tem vagado em Veneza por uma semana, existem certamente muitas outras coisas...

O telefone na mesa de Ragwort emitiu o toque mal-humorado que indica um desejo de atrair a atenção por parte de alguém na Sala dos Escriturários. Ao atender Henry lhe disse, com um tom muitíssimo descontente, que a jovem americana havia chegado e estava vindo vê-lo.

— Parece — disse Ragwort, desligando o telefone — que Marylou está nos fazendo outra visita. Pergunto-me por quê.

— Possivelmente — disse eu — porque lhe pedi que viesse.

— Hilary — disse Ragwort —, isso realmente é um pouco demais. — Mas a chegada da jovem impediu a continuação do protesto. Em vez disso, ele foi obrigado a expressar o prazer por vê-la de novo, a lhe oferecer uma cadeira e pedir a Cantrip que servisse outra xícara de café.

— Minha cara Marylou — disse eu —, obrigada pela gentileza de vir tão prontamente.

— Não foi incômodo algum, professora Tamar — respondeu ela, com a encantadora deferência que demonstrara na primeira reunião. — Se houver qualquer coisa que eu possa fazer para ajudar Julia... Tiveram alguma notícia dela?

— Ainda não — disse eu —, mas esperamos novidades para logo. Você conseguiu encontrar o livro de que lhe falei?

— Certamente — disse Marylou, tirando de sua grande e cara bolsa a tiracolo um guia da cidade de Pádua.

— Ah — perguntou Ragwort, parecendo surpreso —, Julia lhe emprestou esse também?

— Não — respondeu a jovem. — Este nós compramos na visita a Pádua. A professora Tamar ligou e me pediu... — ela fez uma pausa, olhando para mim, como se pedindo minha permissão para revelar o que havia sido dito.

— Eu estava ansiosa — disse eu — para fazer uma consulta breve ao guia de Pádua. É quase impossível obter guias individuais das menores cidades italianas em Londres e seu exemplar, Ragwort, até onde sei, ainda está com Julia. Como Marylou era a única outra pessoa que eu conhecia que havia visitado a cidade recentemente, liguei para lhe perguntar se, por acaso, ela havia comprado um guia. Ela me disse que sim e agora, muito gentilmente, trouxe-o para mim.

— Hilary — disse Cantrip, em um tom que tentava ser conciliador —, você está tendo outro de seus ataques de tontura. Não aconteceu nada em Pádua. O quadro foi roubado em Verona.

— Obrigada, Cantrip — disse eu —, sei muito bem disso. — Comecei a examinar o índice do guia.

Houve outro toque irritado proveniente da Sala dos Escriturários, mais uma vez atendido por Ragwort.

— Há um telefonema para você, Cantrip — disse ele. — Direi que você atenderá na sala de Selena, está bem?

O índice era menos informativo do que eu esperava e precisei de algum tempo para encontrar a passagem necessária a fim de confirmar a minha expectativa quanto ao conteúdo. Eu tinha acabado de fazer isso quando Cantrip voltou.

— Era o major — disse ele. — Ele falou que conseguiu o quadro.

Ou, pelo menos, algo que parecera ao major ser admiravelmente semelhante, segundo as obras de referência que ele havia consultado. Como prometido, ele havia perguntado a seus colegas sobre o quadro roubado; nenhum deles sabia nada a respeito; mas, por uma coincidência extraordinária, um deles havia descoberto um quadro praticamente idêntico enquanto limpava o sótão na semana anterior. O major não duvidaria da história de seu amigo. O major também não podia dizer a Cantrip se, de fato, esse seria o quadro roubado em Verona — se esse fosse o caso, e se o major soubesse disso, é claro que sua obrigação teria sido informar a polícia. Por outro lado, estritamente entre Cantrip, ele e o mundo, o major pensava que, se o tio de Cantrip quisesse ver o quadro, talvez ficasse muito surpreso com a semelhança.

— Parabéns, Hilary — disse Selena. — Você parece ter adivinhado corretamente.

— Minha querida Selena — disse eu —, o cuidadoso processo de raciocínio pelo qual o Erudito progride da premissa estabelecida à conclusão irrefutável dificilmente seria descrito como adivinhação.

— Minha querida Hilary — disse ela —, claro que foi adivinhação. O quadro poderia ter sido roubado por qualquer pessoa, bem, por qualquer pessoa que estivesse em Verona naquele dia.

— Não discordo — disse eu — de que havia um grande número de pessoas em Verona na terça-feira da semana passada. Entre elas, contudo, suspeitei que havia apenas três que acreditavam que a Igreja de São Nicolau contivesse uma Madonna pintada pelo jovem Tiepolo. E duas delas estavam conversando sobre Catulo.

Peguei novamente o guia trazido por Marylou e voltei à passagem que estava lendo quando Cantrip retornou do telefonema.

— Esse é um engano, vejam, que só poderia ter sido cometido por alguém que visitasse Verona com o auxílio de um guia de Pádua.

Houve um breve silêncio, que terminou quando Selena disse:

— Bobagem, Hilary. Julia saiu-se muito bem em Verona.

Eu li para eles o parágrafo no guia de Pádua que faz referência à Madonna de Tiepolo na Igreja de São Nicolau. Depois, peguei o guia de Verona, que ainda estava sobre a mesa de Ragwort, e li a descrição da igreja daquela cidade que era dedicada ao mesmo santo; ela não fazia menção a nenhuma obra daquele grande mestre. Abri os mapas dobrados de cada guia, indicando que nos dois casos o nome da cidade só aparecia no canto superior direito, de modo que não poderia ser visto se o mapa estivesse dobrado para o estudo conveniente da área central. Eu lhes mostrei como seria fácil confundir a linha azul que representava o canal que formava um semicírculo ao redor da cidade de Pádua com o rio que circundava do mesmo modo a cidade de Verona. Demonstrei que cada rua, praça e edifício, identificados por Julia em Verona com a ajuda do guia, tinha um correspondente em Pádua.

Selena, por algum motivo, ficou muito irritada com tudo isso. Julia, disse ela, tinha feito o melhor que pudera; se os italianos eram desatenciosos a ponto de chamar todas as ruas com os mesmos nomes em cidades diferentes, isso não era culpa de Julia; se as pessoas eram tolas o bastante para tratar os comentários casuais dela como base para um grande roubo de arte, isso era menos ainda responsabilidade de Julia.

— Além disso — continuou ela, aparentemente considerando que eu era culpada de alguma forma —, diga o que quiser, Hilary, mas ainda foi pura adivinhação. Até você ver o guia de Pádua hoje de manhã, toda a ideia era mera conjectura.

— De modo algum — disse eu. — Sempre foi, ao menos, altamente provável. Minha querida Selena, sejamos um pouco realistas. Se alguém mandar Julia para a Itália com quatro guias, todos embrulhados em papel pardo, quais são as possibilidades de ela estar com o guia certo no lugar certo todas as vezes?

— É mesmo — disse Ragwort. — Sabemos, é claro, que Julia é uma tonta completa, mas mesmo assim...

— Não acho que vocês devam falar desse modo sobre Julia, Sr. Ragwort — disse Marylou, com sua timidez costumeira afastada pela indignação. — Julia é uma pessoa muito inteligente e muito instruída.

— É bem verdade — disse eu. — Com alguém não muito inteligente e pouco instruído, as chances contra são de cerca de 250 para 1. Com uma tonta muito inteligente e instruída como Julia, elas são astronômicas. Achei, desde o princípio, que havia algo de pouco natural no sucesso de Julia em Verona. E, na segunda-feira, percebi que devia ter sido o guia errado. Vocês devem se lembrar de que, em Verona, Julia estava usando um guia escrito em italiano. Mas, na segunda-feira, quando Marylou trouxe de volta o guia de Verona que Julia havia lhe emprestado, você o pegou, Selena, e leu com facilidade e sem hesitação um relato das comunicações entre essa cidade e Veneza. Lembrando-me de que, entre seus muitos talentos, não se inclui a fluência em italiano, eu soube, sem nem mesmo olhar para ele, que esse não era o guia que Julia usara em Verona.

— Ah — disse Selena. Houve um longo silêncio.

— Sinto muito. Acho que estou um pouco confusa — disse Marylou. — Sua hipótese, professora Tamar, é de que o major Linnaker roubou um quadro porque Julia usou o guia errado?

— Nossa opinião — disse Ragwort; o princípio de dar o devido crédito tem poucos partidários no Lincoln's Inn — é que o major Linnaker foi responsável pelo roubo de um quadro que desapareceu na semana passada da Igreja de São Nicolau em Verona. Também acreditamos que ele trouxe o quadro de volta à Inglaterra em uma sacola de viagem etiquetada com o nome do morto.

— Isso significa — perguntou Marylou — que o major é o assassino?

— Bem — disse Ragwort, e olhou para mim. Eu não disse nada.

— Claro que sim — disse Cantrip. — O rapaz da Receita descobriu o que ele ia fazer e o major o silenciou. Eu sempre disse que foi o major quem cometeu o crime.

— Deve significar, de qualquer modo — disse Selena —, que o Vice-Quaestor não pode mais tratar o major como uma pessoa acima de qualquer suspeita. E os italianos, creio, não gostam nada das pessoas que roubam suas obras de arte. Quando Timothy disser ao Vice-Quaestor que o major costuma agir desse modo, e puder demonstrar que ele fez isso durante sua recente viagem... Eu realmente penso, sabem, que em comemoração a isso podíamos tomar mais um pouco do xerez de Timothy.

Confiantes na satisfação que nossas informações lhe dariam, bebemos o xerez dele com a consciência leve. Explicamos a Marylou que esperávamos que ele telefonasse em breve para nos contar o resultado do relatório da polícia científica e lhe garantimos que ela devia permanecer até isso acontecer. Quase uma hora havia se passado, porém, e havíamos consumido boa parte da garrafa quando Henry, ainda sério, anunciou que o Sr. Shepherd estava ligando de Veneza e desejava falar com a Srta. Jardine. Nós nos reunimos ao redor do telefone e conseguimos, sem dificuldade excessiva, entender o que Timothy estava dizendo.

— Timothy — disse Selena —, temos notícias para você.

"Prefiro que vocês ouçam as minhas primeiro", respondeu Timothy. Apesar da distância, a ansiedade dele era perceptível. "O Vice-Quaestor acabou de me informar o resultado do relatório da polícia científica. Ele é bastante perturbador."

— Sim — disse Selena —, tudo bem.

"O médico que examinou o corpo disse que Ned Watson foi morto em algum momento no início da tarde. Isso aconteceu, no máximo, às quinze horas. Ele tende a pensar que foi mais cedo, mas quinze horas é o limite máximo."

Caros dez segundos de silêncio em um telefonema internacional foram seguidos pela voz de Selena dizendo:

— Minha nossa! Isso significa que nem Eleanor nem o major poderiam ter sido os assassinos, afinal de contas?

"Sim", respondeu Timothy. "Sim, parece ser assim. E isso também significa que, se aceitarmos as evidências de Julia, ela deve ter passado a maior parte da tarde de sexta-feira dormindo ao lado de um cadáver. Isso tudo é muito insatisfatório."

Capítulo 17

Como disse Selena, foi uma pena porque as evidências médicas haviam sido úteis quanto aos outros aspectos. Elas demonstraram que o golpe que matara Ned Watson havia sido de grande potência e precisão, que haviam impelido uma lâmina longa e pontuda em um único impulso direto para o coração dele. Não havia nenhum outro tipo de ferimento, exceto o corte feito pelo próprio jovem ao se barbear.

O Vice-Quaestor havia admitido que esse não era um golpe que uma mulher teria facilidade de desferir; mas as mulheres, disse ele, eram criaturas estranhas e encontravam uma força surpreendente em momentos de paixão. No entanto, sugeriu Timothy, nem mesmo em um instante de grande paixão é possível conseguir o conhecimento instantâneo de anatomia, e esse é um assunto que Julia ignorava por completo.

O Vice-Quaestor disse novamente que as mulheres eram criaturas estranhas. Era admirável, ele concordava, que ela tivesse conseguido desferir tal golpe. Entretanto, isso era menos admirável que a sugestão de que uma pessoa inteiramente desconhecida, com algum ressentimento totalmente misterioso contra o *Signor* Watson, tivesse entrado no anexo na sexta-feira de manhã, tivesse ficado à espera da possibilidade incerta de sua vítima retornar desacompanhada, tivesse esperado pacientemente oculto enquanto Julia e o *Signor* Watson desfrutassem do prazer e Julia adormecesse, tivesse dado o golpe fatal sem perturbá-la e, depois, permanecesse oculto por mais cinco horas até que a escuridão lhe permitisse fugir pelo canal. O Vice-Quaestor achava que esse seria um comportamento muito surpreendente. Isso para não falar na circunstância incomum, como parecia ao Vice-Quaestor, embora, se Timothy dissesse que tal coisa era muito comum na Inglaterra, o Vice-Quaestor naturalmente teria de acreditar nele — então, como lhe parecia, a circunstância incomum de uma mulher levantar-se do lado de seu amante sem reparar que ele agora era um cadáver.

— Teríamos de pensar — disse Ragwort — que nem mesmo Julia...

— Sim — disse Cantrip. — Sim, teríamos.

Fomos almoçar cabisbaixos e Marylou nos acompanhou. Fomos novamente ao Corkscrew, onde, na hora do almoço, servem uma salada bastante agradável. Selena comprou uma garrafa de Nierstein, mas a refeição não foi nada festiva. Era impossível falar de qualquer coisa, exceto das dificuldades de Julia, e igualmente impossível fazê-lo com algum otimismo.

— Bem — disse Cantrip —, só nos sobra aquele Bruce. Eu sempre disse que tinha sido ele.

— Não — disse Ragwort —, você disse que tinha sido o major.

— O que eu sempre disse — falou Cantrip — foi que, se não tivesse sido o major, então teria sido esse Bruce. E se não foi o major, então foi esse Bruce. Esse Bruce — ele acrescentou para informar Marylou — estava tentando ficar com algo de Kenneth Dunfermline. Não sabemos o que era, mas era algo bastante valioso. Então, do modo como vejo, Bruce sabia que a sexta-feira era sua última chance, porque todos iam voltar a Londres no dia seguinte, e ele entrou despercebido no anexo na hora do almoço quando pensou que os quartos estariam vazios. Mas Dunfermline tinha escondido essa coisa muito bem, e Bruce ainda estava procurando por ela quando Ned e Julia voltaram inesperadamente. Então ele se escondeu no armário. Quando achou que os dois estavam dormindo, ele saiu do armário pensando em escapar rapidamente. Mas ele esbarrou na cama ou fez algo do gênero e Ned acordou. Por isso Bruce o esfaqueou.

— Por quê? — perguntou Ragwort. — Certamente teria sido mais sensato simplesmente fugir.

— Certo, o natural seria simplesmente escapar. Então o que acho é que Bruce é alguém que Ned conhecia e ele teve de esfaqueá-lo porque havia sido reconhecido. Ele não precisou esfaquear Julia porque ela estava adormecida. De qualquer modo, ele se esgueirou até o andar térreo e viu todas as camareiras sentadas na entrada do anexo e decidiu que não podia se arriscar por ali. Então ele se escondeu em algum lugar do anexo até escurecer e aí nadou no canal para fugir.

— Considerando-se com calma — disse Selena, girando o copo de vinho entre seus dedos —, essa não é de modo algum uma teoria pouco convincente. A dificuldade é que não podemos saber quem é Bruce. Bem, suponho que a precisão do golpe sugere alguém com qualificação médica; se pudéssemos persuadir a polícia italiana a fazer uma lista dos médicos registrados como hóspedes nos hotéis de Veneza na semana passada... — Mas a improbabilidade de, no estado atual das evidências, conseguir a cooperação do Vice-Quaestor em tal ação desanimou até mesmo Selena.

Com a sensação de estar em um café da manhã de um funeral, comecei a reler a carta de Timothy que eu só tivera tempo de olhar de relance. Eles continuaram a discutir sobre as maneiras de descobrir a identidade de Bruce; mas eu lhes dei pouca atenção e, em vez disso, imaginei o terraço do Cytherea, onde Timothy, e anteriormente Julia, havia se sentado e escrito cartas a Selena. Eu tentei imaginar, na manhã da sexta-feira, a passagem para lá e para cá das várias pessoas pela ponte que dá no anexo. Havia algo ali que minha mente inconsciente já havia reconhecido como muito curioso. Concentrei toda a atenção de minha mente consciente nisso para identificar o que era.

Quando acabei de beber meu segundo copo de Nierstein, sabia exatamente o que precisava ser feito.

— Marylou — disse eu —, você pode voltar a Veneza?

A pergunta foi feita de modo um tanto súbito e a surpreendeu. Seria necessário explicar em mais detalhes por que eu queria que ela pegasse o próximo voo disponível de volta a Veneza. Eu percebia, disse eu, que estava pedindo que ela enfrentasse alguma dificuldade e despesas consideráveis sem lhe dar uma explicação do propósito da viagem, mas a hora dessa explicação infelizmente ainda não havia chegado.

— Bem — disse Marylou —, se acha que é necessário, professora Tamar...

— Acho que é — disse eu — extremamente desejável.

— Então, é claro que vou — disse a admirável americana. — Vou ligar para a companhia aérea e descobrir quando é o próximo voo. — Ela se levantou da cadeira e foi em direção ao telefone. A pequena multidão de jornalistas que o rodeava afastou-se admirando a elegância dela.

— Hilary — disse Selena —, você tem a menor ideia do que está fazendo? Você está pedindo que essa moça gaste uma grande soma de dinheiro...

— Minha querida Selena — disse eu —, se podemos confiar no julgamento de Ragwort, a tarifa para Veneza custa muito menos do que ela pagaria por um vestido; e ela usou um vestido diferente a cada vez que a vimos. — Tive alguma dificuldade, mas dissuadi Selena da sugestão quixotesca de que contribuíssemos para o pagamento das despesas.

Marylou voltou do telefone para dizer que havia uma poltrona disponível no avião que ia para Milão às dezoito horas. De lá, ela poderia ir a Veneza por trem, naquela noite ou na manhã seguinte. Ela me perguntou ansiosamente se isso estaria bem.

— Excelente — disse eu. — Passe a noite em Milão. Você deve chegar com tempo suficiente para encontrar acomodações. Eu gostaria que você estivesse em Veneza às onze horas do dia seguinte, mas os italianos têm um excelente serviço ferroviário e você não deve encontrar dificuldade. Quando seu trem chegar a Veneza, não tome o *vaporetto*, só atravesse a ponte do lado de fora da estação de trem, a Ponte Scalzi, e depois vá para a esquerda até chegar à Academia. Existe um café ali. Você o conhece?

— Sim — disse Marylou —, Julia e eu tomamos um Campari com soda ali.

— Sente-se lá e espere por Timothy. Eu vou enviar um telegrama a ele, explicando onde você estará. Você não conhece Timothy, eu sei; mas ele a reconhecerá pela minha descrição. Depois disso, simplesmente faça o que Timothy lhe pedir. O principal é ficar no café ao lado da Ponte da Academia até que ele chegue. Se ele não chegar até as catorze horas, terá havido alguma quebra nas comunicações e você deve ir ao Consulado Britânico — isso será fácil, pois ele fica a apenas uns dezoito metros dali. Mas, de modo algum, cruze o Grande Canal; fique no Dorsodouro até que Timothy esteja com você.

Quando eu disse isso, a moça americana olhou-me com certa apreensão, mas não disse nada.

Ficou combinado que ela voltaria para casa, faria uma pequena mala com os itens necessários e voltaria ao número 62 da New Square, e então Selena a levaria ao aeroporto.

Era, disse Selena com um olhar bastante severo em minha direção, o mínimo que ela poderia fazer.

— O que você dirá a seu marido? — perguntou Ragwort.

— Bem — disse Marylou —, não houve muita empatia entre Stanford e Julia. Se eu disser a Stanford que estou indo a Veneza para ajudar Julia, acho que a reação dele pode ser um tanto negativa. Então pensei em deixar um bilhete dizendo que Alice, a prima da minha mãe, está muito doente e tive de ir vê-la. Alice, a prima da minha mãe, é muito ecológica e mora em uma fazenda na Bretanha, na França, e nem tem telefone. — Ela olhou em volta com ar ansioso, como se essa proposta de engano pudesse provocar censuras. Isso não aconteceu.

— Será, Hilary — disse Cantrip, quando ela saiu —, que você não está tendo um novo ataque de tontura? Você tem certeza de que será de algum proveito enviar a pobre moça de volta a Veneza?

— Não — respondi, preocupada demais para me ofender com a forma como a pergunta fora feita. — Não, Cantrip, não estou totalmente certa. Estou supondo um fato para o qual não existem evidências diretas.

— Hilary — disse Ragwort —, você está dizendo que convenceu essa moça, a quem mal conhecemos, a enganar o marido e a atravessar metade da Europa apenas com base...

— Meu querido Ragwort — disse eu —, gostaria que você não criasse agitação. Estou bastante certa. Para estar completamente certa, contudo, preciso de mais algumas informações, e a única pessoa de quem posso obtê-las é Kenneth Dunfermline. Eu realmente preferiria não vê-lo, pois parece que, nas circunstâncias presentes, será uma conversa deprimente. No entanto, como você diz, Ragwort, isso seria irresponsável. Você faria a extrema gentileza de me acompanhar?

Ragwort murmurou algo ininteligível, mas acabou consentindo em me acompanhar.

— É claro que estou deliciada — disse Selena, em pé atrás de nós na calçada diante do Corkscrew enquanto esperávamos um táxi —, por saber que você tem uma teoria, Hilary. Será que existe, por acaso, a mais leve evidência que a confirme?

— Sim — disse eu. — Sim, a evidência é quase conclusiva. Existe um ponto, veja bem, no qual eu concordo com Julia: dou muita importância aos sinais de nervosismo demonstrados por Ned Watson na manhã do crime.

Kentish Town, embora não distante de meu lar temporário em Islington, é uma área de Londres com que não estou familiarizada. Porém, o motorista do táxi encontrou a rua sem dificuldade. Era um conjunto de pequenas casas georgianas, um pouco gastas, mas bastante agradáveis. Ou, talvez, não agradáveis o bastante para um jovem de gostos delicados como Ned.

— Tem certeza de que o número é este? — disse o motorista de táxi, voltando-se para falar conosco através da divisória de vidro. — Parece que não há ninguém aqui. — A casa parecia desocupada realmente: em uma tarde ensolarada, as janelas estavam com as persianas fechadas. — Ou que alguém morreu.

— Sim — disse eu —, acho que é o lugar certo.

O primeiro toque da campainha não provocou resposta. Depois de um minuto, eu toquei de novo.

— Ele não está — disse Ragwort.

Mas a porta se abriu. Emoldurado pelo batente, Kenneth Dunfermline parecia grande o bastante para carregá-lo, com verga e tudo, como uma canga sobre seus ombros. Ele estava trabalhando, pois estava despido da cintura para cima:

percebi que seu volume não se devia a nenhum acúmulo de gordura, mas ao desenvolvimento de seu peito e dos fortes músculos dos ombros e braços. Certamente não era o tipo de Julia, mas para qualquer esteta sem gostos mórbidos ele poderia ter parecido uma figura magnífica, não fosse pela palidez de sua pele — quaisquer que tivessem sido as ocasiões para tomar sol durante o verão, Kenneth Dunfermline não as havia aproveitado. E seu rosto... se não soubesse que isso era fisicamente impossível, eu teria pensado, ao olhar para seu rosto, que nos cinco dias desde que o tínhamos visto ele não tinha dormido nem um segundo.

Ele ficou olhando de um para o outro de nós sob a linha contínua de suas grossas sobrancelhas escuras, como se estivesse ofuscado, como um touro que passa repentinamente da escuridão para a luz da arena.

— Sr. Dunfermline? — disse eu.

— Sim — respondeu ele, como se duvidasse disso.

— Eu realmente devo me desculpar — disse eu — por chegar à sua casa sem aviso deste modo. Tenho apenas uma breve estada em Londres e estava muito ansiosa para encontrá-lo. Vi alguns trabalhos seus na Galeria Frostefield's e a Sra. Frostfield foi bondosa e me deu seu endereço. Eu vim simplesmente por impulso, o que é indesculpável. Sinto muitíssimo.

— De modo algum — disse o escultor vagamente, como se fosse uma frase aprendida como uma resposta adequada a um pedido de desculpas, mas repetida sem confiança de ser a resposta correta. — Não importa.

— Aliás, meu nome é Hilary Tamar. Professora Hilary Tamar, do St. George's College, Oxford. Este é meu amigo Desmond Ragwort, do Lincoln's Inn.

— Entrem, por favor — disse Kenneth. Soou menos mal-humorado do que as palavras podem sugerir: ele sabia, parece, que havia algo que devia fazer com as pessoas à sua porta, mas não parecia se lembrar com certeza do que era.

Nós o seguimos até seu estúdio passando por um pequeno hall de entrada. Ocupando toda a largura da casa, o estúdio tinha janelas nos fundos e também na frente, mas as dos fundos também estavam fechadas com persianas. Ele era iluminado por lâmpadas fluorescentes penduradas por correntes presas ao teto. As paredes, sem papel de parede e demonstrando não ser pintadas havia anos, exibiam um tom encardido; o teto e os painéis de madeira tinham um tom similar, mas mais escuro. O piso não fora encerado nem era acarpetado.

A fina camada de poeira branca que se depositava sobre tudo e a diversidade dos objetos na sala — pilhas de argila, rolos de arame de cobre, garrafas de terebintina — ocultavam, à primeira vista, sua extraordinária arrumação; mas, depois de um ou dois momentos, percebia-se que as ferramentas e os materiais do ofício de escultor haviam sido arrumados em ordem meticulosa nas prateleiras de metal que cobriam a maior parte das paredes. Ele não seria atrasado em seu trabalho pela dificuldade de encontrar o cinzel correto.

Não havia decoração. Até as fotos que cobriam uma parte da parede — alguns estudos em *close-up* da mão, uma série de fotos de um jovem mergulhando — pareciam ter o objetivo de auxiliar a memória quanto à estrutura do corpo humano. Havia um conjunto de fotos de paisagens, vistas de diversos ângulos de um lugar rodeado por oliveiras, que, à primeira vista, não parecia ter um propósito utilitário. Olhando, porém, para a mesa sobre um cavalete no meio da sala, vi um modelo da mesma cena, mas com o acréscimo de uma fonte com as águas representadas em poliestireno azul. Conclui que as paisagens também tinham o objetivo de auxiliar algum trabalho em andamento.

Pelo menos havia um lugar para sentar: o sofá perto da janela da frente tinha, presumivelmente, sido colocado ali para uso de modelos vivos do escultor. Estofado com veludo de um vermelho escuro, ele fora coberto com um cobertor velho, talvez para protegê-lo da poeira, mas o mais provável parecia ser que Kenneth se irritasse com a intromissão desse toque de cor. Suspeitando de que poderia se passar algum tempo antes de ele pensar em me convidar a sentar, eu o fiz sem ser convidada. Ragwort seguiu meu exemplo. O escultor, apesar de sua evidente fadiga, permaneceu em pé.

— Vocês desejam algo? — perguntou ele. Ele parecia encontrar as palavras com grande esforço, como se a linguagem do discurso humano lhe fosse estranha e ele tivesse adquirido laboriosamente um pequeno vocabulário.

— Sim — disse eu, com um sorriso que pretendia ser desarmante —, e, depois de invadir seu espaço deste modo tão inesperado, o mínimo que posso fazer é ser tão objetiva quanto possível. A questão é que, entenda, minha Faculdade concebeu a ideia de erigir uma escultura no Pátio Quadrangular. Algo que se harmonize com os prédios já existentes, mas uma obra inequivocamente moderna. Devo deixar bem claro que a ideia ainda está em sua infância, quase posso dizer ainda em gestação. Somos, temo dizer, um grupo bastante lento em suas decisões. Mas as pessoas sugeriram que eu explorasse as possibilidades.

— Não creio — disse o escultor, e parou sem que eu o tenha interrompido, mas fazendo um movimento para baixo com sua mão enorme, o que parecia significar a recusa desta e de qualquer outra oferta que o mundo pudesse lhe fazer.

— Meu caro Sr. Dunfermline, não estou de modo algum sugerindo que se comprometa neste estágio. Como indiquei, nós mesmos ainda não estamos em condições de fazê-lo. Só estamos tentando, no momento, descobrir o que estaria envolvido nesse projeto, pois somos como crianças nesse assunto. Por exemplo, temos muito pouca ideia de quanto isso possa vir a custar.

Os enormes ombros levantaram-se um pouco em um gesto de indiferença e espanto.

— Depende do que vocês queiram.

— Naturalmente. Muito, sem dúvida, dependerá do material escolhido. Nós não sabemos qual material um artista consideraria adequado.

— Pedra — disse Kenneth, como se fosse um credo que ele nem na extrema fadiga esqueceria. — Pedra é o melhor.

— Um trabalho em pedra, sem a menor dúvida, iria se harmonizar admiravelmente com os prédios já existentes. Quanto ao *design*, nós desejaríamos deixá-lo a critério do artista. — Eu olhei para a mesa de cavalete e tive uma inspiração. — Alguns de meus colegas, contudo, sugeriram que seria agradável ter uma fonte. Vejo que tem trabalhado em algo desse tipo. Parece, se eu não for impertinente demais ao dizer isso, ser uma peça bastante impressionante.

Os ombros pesados subiram novamente no mesmo gesto de indiferença; ele estava cansado, parecia, com o esforço de encontrar palavras. Olhei desesperada para Ragwort, sentado mudo a meu lado como um garotinho bem-educado.

— Sim, é bastante impressionante — disse Ragwort. — Mas muito sombrio, se não se importa que eu o diga. — É verdade que havia algo de pesaroso ali. A figura central parecia ser uma mulher cujo cabelo solto, porém, cobria seu rosto e se misturava às dobras da roupa que a envolvia, de modo que não se poderia saber para que lado ela olhava; ao redor dela havia cerca de doze figuras menores de crianças, moças e rapazes, representados deitados, como se adormecidos, sobre o parapeito que rodeava a fonte. Eu não via motivo específico para considerar que a cena fosse pesarosa, mas Ragwort estava certo ao dizer que era sombria. — Suponho que na versão final — continuou Ragwort — as figuras serão de tamanho natural.

— Sim. Um pouco maiores.

— E foi encomendado por um cliente específico? — disse Ragwort.

— Foi. Mas eu não o farei, pois ele vai deixar o lugar para o qual eu ia fazê-lo. — Senti que tinha feito bem em incluir Ragwort na conversa: três frases consecutivas foi uma conquista considerável.

— Que pena — disse Ragwort. — Espero que não tenha gastado muito tempo no trabalho preliminar.

— Cerca de um ano — disse Kenneth, sem ressentimento. — Fiz todos os desenhos e modelos. O que está sobre a mesa é como teria sido. É preciso ter tudo definido e certo antes de começar a cortar a pedra. Não se pode mudar de ideia depois disso.

Por mais que relutasse em interromper o fluxo da conversa, senti que não podia mais adiar a pergunta que desejava fazer.

— Suponho — disse eu, de repente — que seu cliente seja Richard Tiverton.

Ragwort não soltou nenhuma exclamação, mas não pôde conter um olhar de surpresa. A possibilidade de que Timothy e Kenneth pudessem ter um cliente em comum simplesmente não lhe havia ocorrido.

— Sim — disse o escultor, com as pesadas sobrancelhas unidas em lenta perplexidade. — Como soube?

— Como mencionei — disse eu —, Desmond e eu estivemos na Frostfield's há poucos dias. A Sra. Frostfield estava falando sobre a Coleção Tiverton e mencionou que teve sua ajuda para examiná-la, e assim eu soube que Richard Tiverton era cliente seu. Ela também disse algo, se não me engano, sobre ele ter de sair de Chipre. Por motivos fiscais, creio.

O olhar de Ragwort agora parecia ao mesmo tempo surpreso e reprovador, sem dúvida por eu ter faltado com a verdade.

— Eleanor fala demais — disse o escultor, como se, caso ele tivesse energia para essa emoção, o fato o tivesse irritado.

— Ah, meu caro — disse eu —, talvez eu não devesse tê-lo mencionado. Se isso é confidencial, pode contar com a minha discrição.

— Não importa — disse Kenneth.

— Eu não fazia ideia — continuei — de que houvesse algum segredo a respeito. Eu imaginaria que, se fosse esse o caso, a Sra. Frostfield teria guardado segredo. Deve haver uma vantagem em esse tipo de informação não ser conhecido pelos concorrentes e ela não me parece ser o tipo de mulher que se esqueceria de uma vantagem. Na verdade, ela me deu a impressão de ser bastante cruel. Não se poderia descartar que ela pensasse em sugerir que lhe vendesse alguns dos itens mais valiosos a um preço favorável e dividissem o lucro.

— Ela fez isso — disse Kenneth. — Não foi inteligente. Eu não teria prejudicado Richard para agradar a Eleanor. Ela é bastante tola, realmente.

Ele falou sem indignação, embora eu lembrasse, pelo relato que Julia fizera sobre a conversa entreouvida no terraço, que a proposta, quando feita pela primeira vez, havia provocado raiva considerável.

— Que coisa ridícula — disse Ragwort. — Ela deveria saber que você a ajudara por pura amizade. Não seria possível supor, se me permite dizê-lo, que um artista de seu porte realizasse uma tarefa dessas em base puramente profissional.

— Um ato de amizade — repetiu Kenneth, examinando a frase como um pedaço de pedra que o agradasse. — Sim, é verdade.

— Deve ter sido uma grande responsabilidade — disse eu — ter sob seu cuidado uma coleção de tal valor. Fiquei sabendo pela Sra. Frostfield que ela atraiu o interesse de algumas pessoas bastante inescrupulosas. Qual foi mesmo o nome que ela mencionou? Bruce alguma coisa; não me lembro do resto, mas sabe a quem me refiro, Sr. Dunfermline?

— Não — respondeu Kenneth com pura indiferença —, não ouvi falar de ninguém chamado Bruce.

Nem Ragwort nem eu nos aventuramos a tocar mais de perto no que provocara seu recente pesar e nada mais de importante foi dito. Eu lhe pedi, antes de sairmos, que, se recebesse um convite para ir a Oxford a fim de considerar as possibilidades artísticas de nosso Pátio Quadrangular, não o rejeitasse de imediato.

— Tem certeza de que ficará bem? — perguntou Ragwort com o tom gentil, porém severo, com que às vezes lembra Julia de que é preciso comprar comida suficiente para o fim de semana.

— Sim, ficarei bem — disse o escultor e sorriu, ou diante do absurdo da pergunta de Ragwort, ou pela inverdade convencional de sua bela resposta. Seu sorriso era inesperadamente belo.

A conversa deixou-me desanimada, pois percebi então que a relação entre o escultor e Ned havia sido de grande intensidade e paixão, como raramente se vê. Ninguém desejaria para si mesmo ou para seus amigos nenhuma experiência em primeira mão de um sentimento tão extremado, pois ele não leva a uma vida confortável. E, ainda assim, há nisso, quando é observado, algo de curiosamente tocante e atraente, a ponto de, absurdamente, quase se poder lamentar a própria incapacidade de vivê-lo.

Ragwort não pôde ser persuadido de que nossa visita fora um sucesso. Kenneth, disse ele, estava simplesmente abalado demais para se lembrar de qualquer coisa que não fosse de grande importância pessoal. Nós disséramos muitas mentiras e nada havíamos descoberto.

— Ficamos sabendo — disse eu — que Kenneth foi a pessoa encarregada da avaliação da Coleção Tiverton na semana passada.

— É uma coincidência interessante — disse Ragwort —, mas isso pode não ter nenhuma relação com o crime.

— Você acha que não? Certamente você está se esquecendo, meu caro Ragwort, de que essa é uma coleção muito valiosa e que Eleanor, em especial, está muito ansiosa para adquirir alguns itens. Sabemos que ela não é excessivamente escrupulosa. Quando Kenneth se recusou a cooperar, você acha que seria impossível que ela utilizasse seu amigo Bruce para consegui-los por métodos mais diretos? E se Ned descobrisse isso e ameaçasse contar ao amigo, esse não seria um motivo suficiente para um assassinato? Usando o mesmo cúmplice e garantindo que fosse cometido enquanto ela estava em outro lugar, com toda a segurança?

Ragwort parecia cético, mas concordou em parar no primeiro posto dos Correios pelo qual passamos e em ligar para Selena para lhe dizer que tudo estava bem e que Marylou devia prosseguir em sua viagem. Enquanto isso, aproveitei a oportunidade para enviar os telegramas que julguei necessários para garantir que no dia seguinte todos estivessem no lugar certo na hora certa.

— Hilary, você acredita mesmo nessa ideia sobre Bruce e Eleanor? — perguntou Ragwort.

— Eu sugeriria — respondi — que ela merece alguma consideração.

É muito errado provocar Ragwort, mas nem sempre é possível evitar. Meus leitores não teriam duvidado nem por um momento que a teoria era pura elucubração; eu já mencionei no início do Capítulo 6 que as intenções de Eleanor e do major quanto às posses pessoais da falecida Srta. Tiverton não haviam causado nem contribuído de modo algum para o assassinato, e meus leitores não iriam supor que eu os enganaria nessa questão.

— Imagino — disse Ragwort, ao me deixar em Islington — que a veremos amanhã nas Câmaras.

— Sim — disse eu. — Mas não cedo demais, pois nada pode acontecer antes das onze horas.

Capítulo 18

Nada poderia acontecer antes das onze horas. As instruções em meu telegrama para Timothy haviam sido claras: qualquer que fosse a hora em que Marylou chegasse ao café ao lado da Academia, ele não devia se aproximar dela até as onze e meia quando, no horário inglês, seriam dez e meia. Depois disso, poderia demorar menos de meia hora para que as pessoas e os eventos se movessem para o ponto de resolução; e, se as coisas saíssem como eu esperava, haveria ainda alguma demora antes de Timothy poder telefonar para nos dar notícias. Timothy nem sempre demonstra aquela aceitação sem questionamentos de minhas opiniões que seria de esperar em um ex-aluno; mas eu confiei que ele considerasse prudente, ao se deparar com um *fait accompli*, seguir fielmente as minhas instruções. Nada, portanto, poderia acontecer antes das onze horas. Mesmo assim...

Às nove e meia da sexta-feira eu me encontrei subindo as escadas de pedra que levam ao segundo andar do número 62 da New Square. Os membros do Berçário já estavam reunidos na maior das três salas, Ragwort e Cantrip em suas mesas, Selena na grande poltrona de couro. Ragwort estava explicando, pareceu-me, a teoria que eu lhe sugerira na tarde anterior. Não estava indo bem: todos pareciam desconfiados.

— Se eu estivesse aconselhando um cliente — falou Cantrip —, diria que, se esse fosse nosso caso, nós deveríamos ficar felizes em conseguir um acordo.

— Entendo — disse Ragwort — que não se pode dispor de acusação criminal por meio de concessões. Suponho que se possa oferecer a admissão de culpa em lesão corporal se eles retirarem a acusação mais grave.

— Ouso dizer — afirmou Selena — que seria esse o nosso conselho a um cliente. Mas esta não é uma questão em que devamos permitir que nossa opinião profissional interfira em nossos sentimentos pessoais.

Eu lhes garanti que não havia necessidade de ansiedade e que o caso estava se desenvolvendo de modo satisfatório.

— Bem, fico feliz por você pensar assim, Hilary — disse Cantrip. — Até onde posso ver, ele está se desenvolvendo sem base nenhuma. Mesmo que haja algo nessa ideia de Eleanor quanto à parceria com o tal Bruce, e pessoalmente acho que isso é um beco sem saída, ainda assim não chegaríamos a nada porque não sabemos quem é o tal Bruce. E por que você acha que ele ainda está em Veneza?

— E, mesmo que esteja — disse Ragwort —, por que você acha que Marylou vai reconhecê-lo?

— Não acho — disse eu.

— Mas Hilary — disse Selena, sem demonstrar sua compostura habitual —, você levou Marylou a acreditar...

— Bobagem — disse eu. — Eu não fiz nada disso.

— Mas estávamos discutindo — disse Selena — como poderíamos descobrir quem é Bruce e você perguntou a Marylou se ela poderia ir a Veneza.

— Sim — disse eu. — Lembro-me agora de que vocês estavam dizendo algo desse tipo. Foi mera coincidência; eu estava prestando pouca atenção. Não, eu não espero que ela reconheça Bruce. Meus caros jovens, certamente já deveria estar claro para vocês agora que Bruce não existe.

Eles estavam contra mim, aparentemente com duas possibilidades alternativas: a de que Bruce existia e que eu os estava enganando propositadamente; ou a de que ele não existia e, por alguma admirável alquimia, eu havia provocado sua inexistência. Expressões como "diletante frívola" e "acadêmica irresponsável" foram usadas livremente. Entretanto, eles acabaram por se aquietar e exigiram uma explicação.

— Suponho — disse eu — que nenhum de vocês tenha estudado a ciência da crítica textual e que, desse modo, todos vocês desconheçam o princípio de *lectum difficillimum*.

— Você supõe corretamente — disse Selena.

— Muito bem. Devo começar então por uma breve exposição desse princípio.

— Será, Hilary — disse Cantrip —, que isso é realmente necessário?

— Sim. Devo começar por lhes recordar que grande parte da Erudição consiste no estudo de documentos antigos ou medievais. É muito raro, porém, que sejamos afortunados o bastante para ter acesso ao manuscrito original do autor. Quanto mais antigo o documento, mais provável é que tenhamos de usar uma cópia. Ou uma cópia de outra cópia. Isso multiplica a possibilidade de erro por causa da negligência ou da ignorância do copista. A reconstrução do original, nesses casos, a descoberta da leitura correta, é a arte da crítica textual.

— Há apenas um momento — disse Ragwort — você chamou isso de ciência.

— É tanto arte quanto ciência. Exige o exercício, no mais alto grau, de todos os aspectos do gênio humano. Ela requer a lógica mais rigorosa, a aplicação mais diligente da experiência, os voos mais heroicos da imaginação criativa.

— Sim, Hilary — disse Selena. — Estou certa de que é assim. Poderíamos voltar ao assunto em pauta?

— Certamente. Como eu teria explicado se Ragwort tivesse se abstido da interrupção capciosa, existem determinados princípios desenvolvidos pelos eruditos versados na arte ou ciência da crítica textual. Entre os mais importantes desses princípios está o de *lectum difficillimum*, ou seja, que a leitura mais difícil deve ser preferida. Suponhamos, para considerar um caso simples, que haja leituras diferentes entre duas cópias do mesmo manuscrito, uma usando uma palavra muito comum e a outra com uma palavra incomum. Você pode concluir sem hesitação que a versão que utiliza a palavra mais rara é a correta. O erro na outra pode ser explicado por um copista que leu errado uma palavra pouco familiar, trocando-a por uma que lhe era conhecida. Essa é a coisa mais natural do mundo. O contrário, por outro lado, é inconcebível.

— Hilary — disse Selena —, por favor...

— O mesmo fenômeno, é claro, ocorre no contexto da palavra falada. Todos sabemos, por exemplo, que Cantrip, devido às deficiências de sua educação — pelas quais, como eu sempre disse, ele não deve ser censurado —, não tem familiaridade com a palavra "barroco" e tem a impressão de que existe um estilo de arquitetura chamado Bar Rocco — graças, suponho, a algum estabelecimento muito popular em Cambridge.

— O que — disse Ragwort — isso tudo tem a ver com Julia?

— Tem tudo a ver com Julia. E tem tudo a ver com Bruce. Creio que vocês se lembram de que o único indício da existência de Bruce é a conversa entre Eleanor e Kenneth que foi ouvida por Julia.

— Mas não existe uma leitura alternativa — disse Ragwort. — Não temos nenhum outro relato da conversa.

— Não temos um relato direto. Existem, contudo, indícios secundários que conflitam com os de Julia, pois tanto Eleanor quanto Kenneth negaram conhecer alguém chamado Bruce. Devemos considerar, portanto, a possibilidade de um erro no relato de Julia. Relatando a conversa em *oratio obliqua*, ela nos disse que Eleanor disse que Bruce tinha roubado uma poltrona e um espelho rococó do qual ela gostava. Presumivelmente, as palavras precisas que Julia pensou ter ouvido foram: "Bruce roubou uma poltrona e um espelho rococó do qual eu gostava".

— Continue — disse Selena.

— Um dos mais famosos moveleiros de Veneza no século XVII foi Andrea Brustolon*; talvez se lembrem de que Benjamin o mencionou na outra noite. Julia, porém, nunca deve ter ouvido falar nele, pois ela não é versada nos períodos barroco e rococó.

Não posso dizer que eles cederam facilmente, mas por fim os persuadi de que uma menção por Eleanor de "uma poltrona Brustolon", como um item da Coleção Tiverton que ela gostaria de adquirir, era mais provável do que qualquer referência a um ladrão desconhecido; de que a pessoa contra quem ela alertara Kenneth no início da conversa era quase certamente, à luz do que agora sabíamos sobre ele, o major; e de que o que havia sido mantido sob guarda por Kenneth não era algum objeto valioso e misterioso, mas a própria coleção, já que Eleanor havia inadvertidamente revelado ao major a ligação de Kenneth com a coleção.

---

* A confusão de Júlia se dá pela semelhança fonética entre a pronúncia britânica do nome Brustolon e "Bruce stole" ["Bruce roubou"]. (N. E.)

— Mas se Bruce não existe — disse Selena —, o que Marylou está fazendo em Veneza?

— Isso — respondi — espero ficar sabendo logo. Mas nada pode acontecer antes das onze horas. Agora são apenas dez e meia e há muito tempo para que alguém faça café.

Enquanto tomávamos café houve a rara ausência de conversa no Lincoln's Inn. Meus companheiros ficavam olhando fixamente para o telefone, como se ele pudesse pronunciar espontaneamente alguma declaração délfica.

— Selena — disse Ragwort, aproximadamente às dez e quarenta e cinco —, você os avisou de que qualquer telefonema para você deve ser transferido para esta sala?

— Sim — disse Selena. — É claro. E às dez horas liguei para a Sala dos Escriturários para lembrá-los disso.

Nós bebemos mais café. Os relógios próximos ao Lincoln's Inn começaram a bater as horas.

— A partir de sua afirmação, Hilary — disse Ragwort às onze e cinco —, de que nada aconteceria antes das onze horas, nós supusemos que algo aconteceria depois desse horário. Agora suponho que você vá explicar o engano em nosso raciocínio.

— Meu querido Ragwort, eu nem sonharia com uma casuística tão impiedosa. Certamente algo vai acontecer, mas quanto tempo depois das onze horas não sei realmente dizer. Timothy pode ter dificuldade em falar conosco.

Às onze e vinte o telefone começou a tocar. Ragwort esticou a mão para o aparelho.

Ao mesmo tempo, a porta foi escancarada com tanta violência que fez com que ela batesse contra o painel da parede, e irrompeu na sala um jovem de aspecto ameaçador. Eu o reconheci por tê-lo visto em Heathrow, a posição ameaçadora dos ombros e a curva beligerante da grande mandíbula.

— Qual de vocês — perguntou o visitante, olhando furioso ao redor — é Desmond Ragwort? — O sotaque era similar ao de Marylou, mas o tom era muito menos agradável.

— Sou eu — respondeu Ragwort sem hesitar. Afinal de contas, ele estava entre amigos e era separado do visitante por uma sólida mesa de carvalho. — Posso perguntar quem é o senhor e como posso ajudá-lo?

A interrupção havia parado o movimento de sua mão para o telefone. Selena, sentada no chão ao lado da chaleira, conseguiu reunir em um único movimento de grande rapidez o ato de se levantar e o de cruzar a sala. Teria sido muito gracioso e atraente se tivéssemos tempo para observá-la. Ela atendeu o telefone.

— Meu nome — disse nosso visitante — é Stanford Bredon e quero saber onde está minha esposa. Quero saber o que está acontecendo aqui. Quero saber...

— Sim, Henry, é claro que estou aqui — disse Selena. — Por favor, transfira o telefonema do Sr. Shepherd o mais rápido possível. Não, Henry, eu sei que você não sabe qual é o assunto. Mas eu sei e é um assunto um tanto urgente. Por favor, Henry.

— Quero saber — continuou Stanford — por que, quando cheguei em casa ontem à noite, encontrei um bilhete de minha esposa dizendo que ela tinha ido visitar Alice, a prima de sua mãe, porque Alice estava muito doente. E quando liguei para a mãe de minha esposa em Nova York, já que Alice não tem telefone, mas imaginei que, se houvesse algo errado com ela, a mãe de minha esposa saberia...

A ressonância de sua indignação me impedia, mesmo que eu estivesse em pé ao lado de Selena e a apenas trinta centímetros do telefone, de ouvir o outro lado da conversa.

— Ela me disse que Alice estava com ela em Nova York, fazendo uma visita, e que nunca se sentira melhor na vida.

— Sr. Bredon — disse Ragwort —, a boa saúde da parenta de sua esposa é motivo para alegria e não para condolências. Se, porém, isso o desagrada, o senhor deveria certamente dirigir sua reclamação ao médico dela e não a mim.

— Hilary — disse Selena —, parece haver alguma dificuldade com a polícia. Timothy diz que precisa falar com você.

— Ela me entregou o telefone, aliviando minha frustração por não conseguir ouvir o que Timothy estava dizendo, mas apenas em parte, pois Timothy também parecia estar falando em um ambiente de considerável ruído, até mesmo se ouvia uma voz de barítono, que presumi ser a do Vice-Quaestor, reclamando indignado sobre os ingleses.

"Pelo amor de Deus, Hilary", disse Timothy, "você pode me explicar o que dizer ao Vice-Quaestor?"

— Timothy — disse eu —, o que exatamente aconteceu?

"Os ingleses", disse a voz de barítono ao fundo. "Sempre os ingleses, eles sempre causam problemas. Nós somos um povo tranquilo e pacífico em Veneza, não temos crimes, não temos escândalos. E aí chegam os ingleses..."

Stanford estava agora inclinado em direção à mesa de Ragwort, disposto, ao que parecia, a estrangulá-lo com as próprias mãos se pudesse alcançá-lo.

— Ah — disse Selena com sua voz mais conciliadora —, você deve ser o marido de Marylou. Ouvimos falar muito de você.

"Minha querida Hilary", disse Timothy, "o que aconteceu é que, conforme suas instruções, desviei metade da força policial de Veneza de suas obrigações costumeiras..."

"Nós não temos assassinatos", continuou a voz de barítono, "e aí os ingleses vieram e começaram a se matar..."

— E por que... — disse Stanford. — Quando olho em nossa agenda telefônica, que é uma agenda conjunta... Isso porque Marylou e eu acreditamos que o casamento é uma relação de confiança absoluta...

"... e que o Vice-Quaestor", continuou Timothy, "observou um alarmante aumento do número de mortes violentas em sua jurisdição..."

"... e de corrupção da moral dos nossos jovens", disse a voz de barítono.

— Encontrei nessa agenda telefônica — disse Stanford — um nome e um endereço, que não estavam ali antes, de uma pessoa que eu não conheço...

"... e o Vice-Quaestor", disse Timothy, "muito naturalmente gostaria de saber como eu sabia o que iria acontecer. E como, conforme expliquei ao Vice-Quaestor, estou agindo totalmente conforme suas instruções, Hilary, e não tenho ideia..."

"E comem sanduíches", disse a voz de barítono em um trágico *crescendo*, "na Praça São Marcos."

— E esse nome — disse Stanford — é Desmond Ragwort e o endereço fica no número 62 da New Square.

— Eu digo — falou Cantrip — que se não tirar suas mãos de meu caro amigo, o Sr. Ragwort...

"E o Vice-Quaestor não está disposto a deixar que nenhum de nós saia de Veneza..."

— E eu não vou sair desta sala...

"... até receber uma explicação *completa*", enfatizou Timothy.

— ... até receber uma explicação completa — concluiu Stanford.

— *Hoo-cha!* — gritou Cantrip. Pobre rapaz, ele estava esperando havia dias por uma oportunidade de demonstrar seu caratê.

Palácio Artemísio
Sexta-feira à tarde

Querida Hilary,

Como meu telefonema desta manhã foi feito em condições bastante difíceis e, aparentemente, coincidiu com a irrupção nas Câmaras de algum tipo de tumulto, eu não pude lhe fazer um relato tão detalhado dos acontecimentos da manhã como você, sem dúvida, teria desejado. Bem, suponho que você tenha direito a isso e tenho muito tempo para a tarefa, pois o Vice-Quaestor não permitirá que nenhum de nós deixe Veneza até que todo o caso esteja esclarecido de modo satisfatório e ele não espera que isso ocorra antes da segunda-feira.

Liguei para o Consulado, como sempre, um pouco depois das dez horas para ver se havia alguma mensagem para mim e para conversar com o *Signor* Vespari, tendo em vista o relatório desfavorável da polícia científica e os arranjos que deveriam ser feitos para que Julia fosse representada por um advogado italiano com experiência em assuntos criminais. Eu o encontrei esperando por mim com grande impaciência, curioso para saber o conteúdo de seu telegrama, que me foi entregue assim que cheguei. Eu o li, devo admitir, com considerável irritação. Embora não fosse breve, ele não me fornecia, é claro, nenhuma indicação daquilo que você esperava provar. Achei bastante provável que você estivesse introduzindo complicações desnecessárias para satisfazer seu gosto por dramas teatrais amadores. Por outro lado, sem saber que outras providências você poderia ter tomado, eu não podia saber quais seriam as consequências se deixasse de seguir suas instruções.

Meu primeiro impulso foi lhe telefonar e exigir uma explicação. Eu não tinha certeza, porém, de onde a encontraria naquela hora e você me deixara menos de uma hora e meia para obter a cooperação do Vice-Quaestor. Assim, resignei-me com muita relutância a agir às cegas seguindo suas instruções. Eu decidi, além disso, como você havia entrado em tantos detalhes, que era melhor que eu seguisse suas instruções ao pé da letra, embora a única coisa que realmente parecia importar era que Marylou e eu estivéssemos do lado de fora da Basílica de São Marcos às doze horas e que estivéssemos, nesse momento, sob observação discreta da polícia.

Você não parece perceber, Hilary, que é incomum que uma autoridade policial seja peremptoriamente convocada por um advogado estrangeiro a estar com dois de seus homens em lugar e horário determinados, com uma hora de antecedência e sem explicação. Ainda não sei bem como conseguimos, ou melhor, como o *Signor* Vespari conseguiu, pois foi ele quem fez toda a argumentação. Ele disse ao Vice-Quaestor que minhas investigações em Londres estavam sendo realizadas por três membros da Associação dos Advogados da Inglaterra, sob a supervisão pessoal de uma erudita de reputação internacional, ou seja, você mesma, e acrescentou, de modo grandiloquente, que se suas instruções não fossem seguidas ele não poderia ser responsabilizado pelas consequências. Quer fosse porque tenha ficado realmente impressionado com todas essas bobagens, quer por mera curiosidade, o Vice-Quaestor acabou concordando em fazer o que lhe pedíamos.

Saindo do Consulado às onze e vinte e indo na direção da Ponte da Academia, vi que Marylou já estava sentada a uma das mesas do lado de fora do café. Parecia absurdo não me aproximar dela de imediato, mas, como você havia insistido que eu não deveria fazê-lo até exatamente as onze e meia, passei os dez minutos seguintes fingindo escolher cartões-postais na banca de jornais do lado de fora da Galeria da Academia. Pelo canto do olho eu podia ver o Vice-Quaestor e outros dois policiais em pé perto da porta da galeria. Eles conseguiram, com muito êxito, parecer que não tinham nada a fazer ali.

Exatamente às onze e meia fui até Marylou e perguntei se ela era a Sra. Bredon. Embora eu a tivesse reconhecido com facilidade por tê-la visto em Heathrow, supus que você não tivesse mencionado essa ocasião. Ela afirmou que era e disse que eu podia chamá-la de Marylou. Depois de eu lhe explicar brevemente o que você desejava que fizéssemos, nós nos encaminhamos para cruzar a Ponte da Academia. Ela sugeriu que seria mais conveniente tomarmos o *vaporetto* para cruzar o canal direto até São Marcos. Eu lhe disse, porém, que você havia me instruído especificamente a ir a pé e que eu não achava que fosse prudente nos afastarmos de suas instruções.

Sua insistência de que, depois de nos encontrarmos, eu não deveria de modo algum sair do lado dela até falar com você por telefone deixou-me extremamente nervoso. Não estava claro para mim se eu estava lá para impedir que ela fugisse ou para protegê-la de algum ataque. Mas, tendo vindo a Veneza por livre vontade, eu não podia imaginar por que ela deveria fugir repentinamente. Concluí que minha função era de proteção. Por todo o caminho até a praça, fiquei olhando sobre meu ombro em busca de algum assaltante oculto: as ruas estreitas e lotadas pareciam perigosamente restritivas ao movimento em caso de emergência. Eu era um pouco confortado, mas não muito, por nossa escolta policial.

Chegamos à praça por volta das onze e cinquenta. A princípio senti-me aliviado por estar em um espaço aberto, mas a meio caminho comecei a pensar que o centro da praça era um local singularmente exposto e vulnerável e a desejar ter mantido Marylou ao abrigo, por ilusório que fosse, de uma das colunatas laterais. Ainda assim, chegamos sem maiores aventuras à entrada da basílica. Ficamos ali, entre os turistas e os pombos, imaginando o que aconteceria e Marylou ficou procurando um rosto que reconhecesse. Eu ainda estava apreensivo quanto à possibilidade de ela ser atacada.

Operadas mecanicamente, as figuras de bronze que marcam as horas com batidas no sino começaram a sair de seus lugares no alto do relógio, levantando seus martelos. Os outros turistas na praça olhavam para cima para observar o pequeno espetáculo; os fotógrafos de rua e os vendedores de *souvenirs* continuavam com seus negócios; Marylou e eu continuávamos a procurar um rosto familiar ou um gesto ameaçador, mas contávamos as batidas alternadas dos martelos contra o sino. A última batida soou e se perdeu no céu azul acima da praça, e nada aconteceu.

"O que fazemos agora?", perguntou Marylou.

"Segundo nossas instruções", disse eu, "vamos direto para casa, isto é, para o Palácio Artemísio, onde estou hospedado, e telefonamos para a professora Tamar para relatar nosso progresso." Controlamos o melhor que pudemos nossa irritação por sermos envolvidos nesse fiasco.

Eu tinha, como você bem sabe, relutado em fazer qualquer telefonema no palácio, por não desejar que Richard Tiverton soubesse que eu me ocupava, aqui em Veneza, de outros casos que não o dele. Eu me sentia, porém, pouco disposto a me afastar de suas instruções; além disso, era mais fácil telefonar dali do que voltar para o Consulado. Eu esperava, de qualquer modo, conseguir dar o telefonema sem chamar a atenção de Richard, pois ele não estava se sentindo bem o bastante para sair muito de seu quarto. Eu pensava expressar o mais sucintamente possível minha opinião sobre a pequena pantomima que você havia organizado; então eu diria aos policiais, com inúmeras desculpas, que a presença deles não mais era necessária; e depois levaria Marylou para almoçar no Montin's.

Fiquei um pouco constrangido, portanto, ao entrar no palácio e encontrar meu cliente no hall de entrada, em meio a uma conversa telefônica. Ainda mais porque ela parecia ser tensa; ele estava dizendo, em tom irritadiço: "Mas você tem de ter feito isso. Quem mais iria enviá-lo?". Quando entramos, porém, ele olhou para nós e interrompeu a conversa.

"Sinto muito, Richard", disse eu, "por favor, não queremos incomodá-lo".

No entanto, ele não retomou a conversa. Conforme meus olhos se ajustaram ao interior mais escuro, vi que ele não dava atenção a mim, mas olhava fixamente para a moça ao meu lado.

Olhando de novo para ela, vi que ela também o olhava fixamente, com uma expressão de grande surpresa.

"Mas, Ned", disse Marylou, "pensei que você estivesse", e por motivos de eufonia, ou por alguma outra razão, ela não terminou a frase, mas começou a gritar.

"Sinto muito", disse o jovem, agora falando calmamente ao telefone. "É a jovem americana. Ela me reconheceu. E há alguns policiais também." Os subordinados ao Vice-Quaestor, atraídos pelos gritos de Marylou, tinham chegado até a porta, ainda aberta, do palácio. "Temo que este seja o fim. Adeus."

Ele deixou o telefone pendurado e correu para a escadaria de mármore. Os dois policiais correram atrás dele. Eu os segui, com alguma ideia, creio, de que ele ainda era meu cliente e que eu deveria estar por perto para protegê-lo.

Apesar de sua aparência delicada, ele devia se exercitar. Com apenas alguns metros de vantagem, ele chegou rapidamente ao quarto piso, o andar mais alto do palácio, um lance e meio de escada à frente dos policiais.

Havia uma janela no patamar; ele pulou sobre o peitoril e abriu as venezianas. Por um momento ele ficou ali, dourado sob a luz do sol, e percebi o que Julia quis dizer com Praxíteles e Michelangelo. Os dois policiais, homens sensatos e sólidos, sem dúvida com esposas e famílias, interromperam a perseguição.

"Ah, não", disse ele, sorrindo para nós, "não, acho que não, obrigado." Virou-se e pulou.

"O canal", disse um dos policiais, virando-se para correr para fora do palácio. "Ele está fugindo pelo canal."

"Não", disse seu colega, "não é o canal." Recuperando-se mais rapidamente que o outro, ele percebeu que aquela janela não dava para um canal, mas para um pátio coberto com pedras e assim oferecia fuga certa das mãos de qualquer força policial.

Quando consegui dar ao Vice-Quaestor algum tipo de explicação, ele entrou em contato, é claro, com a polícia de Londres, pedindo-lhes que fossem falar com Kenneth Dunfermline. Era tarde demais quando eles chegaram lá: ele havia se esfaqueado no coração.

Apesar de tudo isso, sou

Seu aluno afetuoso,
Timothy

PS. O Vice-Quaestor recebeu por telex, de Londres, cópias de três cartas encontradas ao lado do corpo de Dunfermline, a última na caligrafia dele e nunca enviada. Ele gentilmente as ofereceu para mim e eu as envio anexadas. Anexei também uma cópia do telegrama encontrado aqui no palácio, na mesa ao lado do telefone.

Capítulo 19

Villa Niobe
Pafos
República de Chipre
20 de agosto

Caro Kenneth,
Nem posso lhe dizer como gostei de saber que você pode ir a Veneza. Não só por você avaliar com seu olhar experiente as antiguidades da tia Prissie — embora seja maravilhoso que você faça isso por mim e eu me sinta um pouco culpado por afastá-lo de coisas mais importantes —, mas muito mais porque gostei muito de saber que você estará lá. Não conheço mais ninguém em Veneza e, mesmo que conhecesse, não haveria ninguém como você com quem sair e ver as coisas.

Você chegará lá uma semana antes de mim e assim terá todo o tempo do mundo para vasculhar o Palácio Artemísio — se isso realmente for algo que você goste de fazer — e ver se existe algum Ticiano perdido no armário das vassouras ou algo assim. Você vai preferir ficar em um hotel até eu chegar, creio — você ficaria um tanto infeliz ao ficar sozinho no palácio, sem ninguém além da governanta —, mas deve permitir que eu pague sua conta, é claro, e todas as demais despesas. Espero que você não veja nenhuma dificuldade nisso: quero me estabelecer como patrono das artes e garantir uma nota de rodapé a meu respeito em sua biografia, então, por favor, não seja orgulhoso com relação a isso.

Meu navio aporta em Veneza na manhã do dia 9, sexta--feira, e esse será o fim de seus passeios tranquilos. Você precisa vir ficar comigo no palácio, e eu vou arrastá-lo por toda Veneza fazendo-o falar sobre pintura e arquitetura.

A única coisa chata que tenho para fazer é falar com todos esses advogados — bem, dois deles. Eu sabia que teria de falar com o advogado italiano que cuidava das coisas para a tia Prissie, mas meu administrador em Londres está insistindo em enviar também um advogado inglês. Meu administrador acha que eu não percebo as consequências fiscais negativas da situação atual. Então, ele deseja instruir o causídico — que é outro tipo de advogado, que usa palavras ainda mais longas que um conselheiro legal — a vir explicar a situação para mim. Ele está insistindo muito e terei de concordar com o que ele quer, além de convidar o pobre homem a ficar no palácio. Seria um pouco mesquinho não fazer isto, não é? Assim, temo que ele fique se intrometendo o tempo todo e falando sobre as consequências fiscais. Tudo isso é um completo desperdício de tempo, porque querem que eu saia de Chipre: "Por favor, é sério. Venda a Villa Niobe e a fazenda e mude-se". Deixar Chipre, realmente — como se eu fosse aceitar! Os advogados não são ridículos?

De qualquer modo, devo lhes dizer que meu amigo Kenneth Dunfermline, o famoso escultor, está projetando pessoalmente uma fonte lindíssima, especialmente para a Villa Niobe e, assim, eu não posso sair de lá. E eles ficarão tão impressionados que irão embora e nos deixarão em paz.

Você não parece entender, Ken, que para mim é realmente algo importante ser amigo de alguém como você, que é tão completamente diferente de todas as pessoas que conheço. E seria tão fácil que eu nunca o tivesse conhecido, se você não tivesse decidido vir a Chipre no ano passado, ou mesmo se tivesse decidido parar para almoçar em alguma outra aldeia. O mais extraordinário, porém, é que você tenha simpatizado comigo, considerando como sou totalmente ignorante a respeito de pintura, escultura e tudo o mais e não sei falar de nada, exceto a política em Chipre e a situação das oliveiras. É simplesmente surpreendente que não o entedie até as lágrimas.

Bem, não vou falar sobre nada disso em Veneza, só olhar quadros, ler muito Byron e fazer perguntas tolas sobre arte. Você vai me considerar enfadonho? Sim, imagino que sim, e também que tenha um coração muito compassivo para me dizer isso.

Até o dia 9, então.

Seu amigo,
Richard

Palácio Artemísio
Sábado, 10 de setembro

É assustadoramente perigoso escrever para você, mas eu preciso — tenho de saber o que está acontecendo, Ken. A não ser com você, não tenho como descobrir nada que aconteceu desde que pulei da varanda do Cytherea para o canal na noite passada. Sou como um prisioneiro neste lugar e não ouso sair, por medo de encontrar alguém que me conheça. Disse à governanta que estou doente e realmente estou; não há fingimento algum a esse respeito.

Pelo amor de Deus, Ken, você não consegue entender que nunca pensei que você falasse sério? Pensei que tudo fosse um tipo de piada — bem, não exatamente uma piada, mas uma brincadeira, um tipo de jogo. Sim, é verdade, era um jogo bastante mórbido e entrei nele e o joguei também, praticando a assinatura dele e assim por diante, mas nunca pensei que você falava sério, nunca pensei que você realmente pretendia matá-lo.

A maioria das coisas que você fez e disse que eram parte do plano, como ir a Chipre para encontrá-lo e fazer amizade com ele, me pareceram coisas que você fazia por motivos comuns e sensatos, já que fazia sentido, afinal de contas, encontrar alguém com muito dinheiro, que gostava de seu trabalho e podia encomendar-lhe obras.

Então, naquela manhã em que ele deveria chegar a Veneza — ontem, eu suponho, mas isso quase não parece possível —, eu só esperava, quando voltei ao nosso quarto — eu juro, Ken, eu só esperava encontrar você conversando com ele e lhe mostrando os desenhos da fonte e ele dizendo como estavam bons. Eu achei que você me apresentaria a ele e que provavelmente gostaríamos um do outro e seríamos amigos. Era isso que eu esperava e posso imaginá-lo com tanta clareza que em alguns momentos posso me levar a acreditar que foi isso que realmente aconteceu e que a outra coisa é apenas um pesadelo.

Mas isso dura pouco porque sei que o pesadelo foi o que realmente aconteceu — voltar e descobrir que você o matara. Sinto-me mal quando penso nisso. Você diz que fez isso por mim porque me ama, mas eu não entendo: se realmente se importasse comigo, você não desejaria que eu passasse por uma experiência tão horrenda.

Quando descemos novamente, eu estava em tal estado de pânico que mal sabia o que estava fazendo. Durante todo o almoço fiquei pensando no que aconteceria se alguém fosse ao nosso quarto e o encontrasse. Você realmente não o tinha ocultado, sabe, Ken, não de um jeito adequado. Pense em todas aquelas camareiras. Suponha que uma delas desejasse limpar o quarto. Ela teria movido as camas, não é?

Então, eu sabia, quando você saiu, que teria de agir como você disse: voltar ao quarto e ficar lá até que estivesse escuro. Ficar sozinho com um morto, durante seis horas, pensando sobre o que tinha acontecido. Eu não conseguiria fazer isso, não seria possível, Ken. Não sei como você podia esperar isso de mim.

Assim, levei Julia comigo. Você vai ficar bravo comigo, suponho — e Deus sabe como isso parece uma coisa grotesca: fazer amor com alguém em uma cama com um homem morto embaixo da outra —, mas não pude evitá-lo. Fiz amor com ela durante toda a tarde porque esse era o único modo de não pensar em mais nada e eu não aguentaria se começasse a pensar.

Fiquei dizendo a mim mesmo que não podia adormecer, mas a coisa assustadora é que acabei dormindo. Mal posso acreditar nisso. Quando acordei Julia não estava lá, as sombras estavam mais longas e por meio minuto fiquei feliz, realmente muito feliz, porque achei que tinha sonhado e agora estava acordado e tudo estava bem. Bem, isso passou bem depressa.

O pior de tudo foi levá-lo de volta para a cama. Ele era quase pesado demais para mim. Você não tinha pensado nisso, tinha, Ken? E você disse que ele não sangraria muito porque o ferimento foi direto no coração, mas ele sangrou bastante, e eu tive de limpar o lugar no chão onde ele estivera. E, apesar de todo o planejamento, você não conseguiu me dar muito tempo, não é? Eu ainda estava esperando que escurecesse quando o ouvi no corredor e tive de me arriscar e pular para o canal.

Depois disso, suponho que você diria que tudo correu bem — embora tenha ficado terrivelmente assustado e o fedor do canal vai me marcar para sempre —, porque não me afoguei, não bati em nenhum obstáculo afiado, nem perdi minha trouxinha de roupas. Saí do canal no lugar que você me mostrou — embora Deus saiba que nunca pensei naquela hora que realmente iria fazer isso —, sequei-me e me vesti.

Fui ao palácio sem que ninguém me visse e me apresentei à governanta como Richard Tiverton. Ela não suspeitou de nada, mas ficou muito preocupada por eu parecer tão doente: eu estava muito enjoado e não conseguia parar de tremer. E você disse ter feito isso porque me amava.

Agora vou ter de encontrar todos esses advogados. Estou apavorado com isso, especialmente com o inglês. E se for alguém que me conhece? Mesmo que seja assim, imagino que talvez ele não me reconheça: estou com uma aparência tão horrenda que nem posso me olhar no espelho. Bem, tenho de vê-los de qualquer modo. Não há como escapar.

Depois disso poderei sair de Veneza. Partirei à noite por um *vaporetto* para algum ponto na margem da lagoa e terei um carro pronto para me levar a algum local ao sul. Espero conseguir que o advogado italiano tome todas essas providências por mim: agora que sou tão rico, suponho que ele ficará feliz em realizar minhas excentricidades. Direi que aceitei o conselho para abandonar Chipre. Isso explicará o fato de eu não voltar para lá. E eles sabem que Richard odiava a Inglaterra, então não esperarão que eu vá para lá. Isso significa que posso evitar os dois lugares realmente perigosos sem que ninguém ache que há algo de estranho nisso.

Mas não existe nenhum lugar que seja realmente seguro, não é? Atualmente o mundo é um lugar pequeno. Não poderei andar por uma rua de Paris, nem ir a uma festa em São Francisco, nem comer em um restaurante em Melbourne e ter certeza absoluta de não encontrar alguém que diga: "Ora, mas é o Ned Watson, não é?", ou então "Mas você não é Richard Tiverton". Assim, terei de ser um daqueles milionários reclusos, certo? Terei de ficar dentro de casa, sozinho o tempo todo, sem ver ninguém. A única pessoa com quem poderei me relacionar com segurança será você, não é, Ken? Você me terá inteiro para você, por toda a eternidade, como sempre desejou. Como você foi terrivelmente esperto! Meu esperto amigo Kenneth, que transforma pedra em pessoas e pessoas em pedra.

Não posso sair de Veneza até ter notícias suas, é claro. Não me telefone, a menos que seja algo urgente: o telefone fica em um local terrivelmente público e alguém poderia ouvir alguma coisa. Mas escreva assim que puder, pelo amor de Deus.

Sei que combinamos que, se eu lhe escrevesse, assinaria como Richard. Mas, depois do que está escrito nesta carta, não parece haver muita razão para dizer que eu sou alguém mais a não ser

      Seu amigo, quer eu goste ou não,
      Ned

      No estúdio
      Noite

Não sei que dia é hoje. Não saí desde que voltei para casa. Sua carta chegou hoje. Sinto muito por você estar doente. É verdade, eu não me dei conta do quanto seria ruim para você. Sinto muito. Pensei que tinha resolvido tudo, mas cometi algum equívoco e agora é tarde demais para mudar de ideia.

Mas não compreendo o que você diz sobre eu não ter falado sério. Sempre foi sério, Ned. Desde que você disse que desejava estar no lugar dele, eu sabia que tinha de fazer isso por você. Eu vi que era o único modo de você ter o tipo de vida que deveria ter e sabia que eu devia lhe dar isso. Porque se houvesse algo que eu não faria para realizar esse seu desejo, isso significaria que eu não o amava o bastante. E eu o amo, Ned, porque você é belo.

Tudo parecia estar indo bem no início. Conheci Richard e ele se parecia bastante com você. Não realmente como você, não belo como você, mas muito parecido. E foi fácil fazer amizade, pois ele gostou de mim. Eu gostei dele também, mas vi que ele tinha todas as coisas que você deveria ter e que eu deveria dar a você. Assim, só precisei esperar pelo lugar e hora certos.

E, mesmo depois, eu ainda sentia que tinha feito o certo e que tudo estava correndo muito bem. Fiquei meio tonto, mas, ao mesmo tempo, senti muita clareza, como se estivesse observando a mim mesmo fazendo todas as coisas que tinha de fazer. Continuei a me sentir assim o tempo todo em que estive em Verona. Falei com a moça americana, aquela que tem belos vestidos, sobre a arte bizantina. Falei do mesmo modo que costumava falar com Richard; ele gostava de me ouvir falando sobre esses assuntos.

Mas, quando voltei, tudo começou a dar errado, porque você estava ali deitado e eu me lembrei de que você estava morto e eu não sabia mais o que fazer. Sinto muito, estou ficando confuso. Quis dizer que foi assim que eu me senti. Não tenho dormido muito, tenho trabalhado na fonte.

Lembrei que não podia deixar que vissem o seu rosto; não conseguia me lembrar do motivo, mas sabia que era importante. Então eu o abracei e as pessoas vieram e quiseram levá-lo, mas eu não deixei que o levassem sem mim.

Parece que você não me quer mais. Não me importo, realmente, isso não parece importar agora. Mas não diga que eu não o amo, porque eu amo, eu realmente amo você, Richard.

RICHARD TIVERTON PALÁCIO ARTEMÍSIO VENEZA. POR FAVOR TELEFONE AO MEIO-DIA EXATAMENTE HORÁRIO DA ITÁLIA AMANHÃ SEXTA-FEIRA. IMPORTANTE.

KENNETH

— O que incomoda o Vice-Quaestor — disse Timothy — é o telegrama, é claro. Aquele telegrama de Kenneth pedindo que Ned lhe telefonasse.

O olhar de Timothy estava voltado diretamente para um ponto dos painéis do Corkscrew, um tanto acima de minha cabeça; o tom, embora não a sintaxe de seu comentário, sugeria que ele fazia uma pergunta.

Era a terça-feira seguinte. O Vice-Quaestor achou que a questão estava suficientemente esclarecida para permitir que Julia, Timothy e Marylou deixassem Veneza. O retorno de Julia ao Lincoln's Inn foi considerado uma ocasião suficientemente auspiciosa para justificar um almoço no Corkscrew. Selena havia telefonado a Marylou convidando-a para se juntar a nós.

O compromisso exigiu que eu deixasse de lado novamente, por mais tempo do que eu teria desejado, o terno chamado da Erudição. Senti que seria correto, contudo, fazer o sacrifício. Parecia-me justo e adequado que todos os envolvidos no caso recebessem uma explicação completa do processo de raciocínio pelo qual eu havia chegado à verdade: eu não tenho paciência com segredos.

Eu não pude iniciar de imediato a minha exposição. Começamos com Julia fazendo um relato de suas experiências como suspeita. No ponto em que Julia julgou apropriado, por razões que não compreendi, começar a citar Jean-Jacques Rousseau, Selena lembrou-a de que seu Parecer sobre o Anexo 7 da Lei Financeira, que no momento era datilografado e fora prometido para as treze e trinta, iria necessitar de sua assinatura.

Atendendo ao chamado de suas responsabilidades profissionais, Julia disse que fora muito gentil de nossa parte ter enfrentado tantos problemas em seu benefício e que devíamos permitir que ela pagasse a próxima garrafa de Nierstein. Então, parando apenas para tirar de sua bolsa a soma suficiente para esse propósito e entregá-la a Selena, para recolher do chão os diversos itens que involuntariamente foram retirados da bolsa ao mesmo tempo, e para se desculpar com o homem da mesa ao lado por ter derrubado sobre ele o que restava de sua salada de camarões, ela nos deixou.

Eu ainda não conseguira iniciar a minha explicação. Ragwort solicitou a Timothy que descrevesse com mais detalhes os acontecimentos da sexta-feira anterior. Ele falou com alguma emoção sobre as dificuldades que tivera para tranquilizar o Vice-Quaestor e para persuadi-lo de que nem Julia, nem Marylou nem ele poderiam auxiliar nas investigações.

Foi no fim disso que ele fez o comentário que, como já mencionei, tinha uma entonação de pergunta, embora não uma sintaxe, sobre a inquietação mental do Vice-Quaestor a respeito do telegrama de Kenneth.

— Porque, é claro — continuou Timothy —, se Kenneth não tivesse enviado esse telegrama, Ned não estaria falando com Kenneth ao telefone no momento em que Marylou o reconheceu, e o Vice-Quaestor poderia ter conseguido que a polícia de Londres prendesse Kenneth antes que ele soubesse que algo havia acontecido. Desse modo, bem, o Vice-Quaestor não ficou totalmente satisfeito. Ele acha que foi uma coincidência muito admirável.

— Timothy — disse eu —, se ficasse sabendo agora que isso foi mais que uma coincidência admirável, você se sentiria obrigado a informar ao Vice-Quaestor?

Abaixando o olhar acima da minha cabeça, Timothy respondeu que não.

— Nesse caso, meu querido Timothy — disse eu —, serei muito sincera com você. Fui eu quem enviou o telegrama.

— Sim — disse Timothy —, imaginei que fosse você. Foi uma grande responsabilidade, não foi, deixar a escolha para Dunfermline?

— Teria sido ainda mais grave, certamente — disse eu —, deixá-lo sem opções. Ainda assim, sem dúvida você desejará que eu explique como cheguei a suspeitar...

— Bem, na verdade, no momento não — disse Timothy, empurrando a cadeira para trás e levantando-se. — Fui instruído a atuar como conselheiro na conferência, agendada em regime de urgência, sobre a devolução do Fundo Tiverton, na hipótese, que agora ocorrerá, de a instituinte não ter descendente vivo em 19 de dezembro deste ano. Meu conselheiro legal chegará às catorze horas e eu realmente devo deixá-los.

Gosto muito de Timothy e nunca negaria que ele é, de diversos modos, um jovem de alguma capacidade; mas muitas vezes senti, e isso ocorreu naquele momento, que falta a ele a curiosidade intelectual, a marca de uma mente verdadeiramente de primeira classe.

— O que me parece curioso — disse Ragwort — é o fato de eles terem pensado nesse plano antes de Kenneth e Richard se conhecerem. Como eles sabiam que Richard existia? Ele não tinha amigos na Inglaterra.

— O Fundo Tiverton — respondi — era administrado na Inglaterra. Considerando-se a magnitude do fundo, sem dúvida haveria considerável correspondência no decorrer dos anos entre os gestores e a Receita Federal. Não parece muito improvável que Ned, por ser empregado por esse departamento, tivesse em algum momento descoberto que um jovem mais ou menos de sua idade, residente em Chipre, era herdeiro de bens no valor de mais de um milhão de libras. Então, um dia, quando Ned não pôde comprar algum pequeno luxo que desejava, suponho que tenha dito: "Eu queria ser Richard Tiverton".

— Foi muito errado da parte dele — disse Ragwort — mencionar isso. Qualquer informação dada à Receita Federal supostamente é protegida pela confidencialidade mais estrita.

— Sim, Ragwort — disse eu —, o comportamento dele, pelo menos nesse aspecto, foi certamente muito reprovável. Mas, sem dúvida, você gostaria que eu explicasse...

— Poderíamos fazer isso em alguma outra hora? — perguntou Ragwort. — É muito interessante, mas realmente devo ir. Tenho uma entrevista com o Mestre às catorze e trinta. E depois de lhe dizer que o assunto era urgente o bastante para ser ouvido durante o Longo Recesso, é melhor que eu não me atrase. Vocês me darão licença, não é?

Tudo isso foi certa provocação. Ainda assim, vendo pelo lado bom, ele deixou mais Nierstein para aqueles que permaneceram.

— Eu acho, Hilary — disse Cantrip, depois de dividir equitativamente o conteúdo da garrafa —, que você estava resmungando na quinta-feira, a última vez que estivemos aqui, sobre a importância de Ned ter estado nervoso na sexta-feira de manhã. Ou você só estava com um de seus ataques de tontura?

— Cantrip — disse eu calmamente —, ficaria grata se você se lembrasse, pela primeira e última vez, de que eu não estou sujeita ao que você chama de ataques de tontura, e suponho que você se refira com essa expressão curiosa a surtos intermitentes de insanidade. Os sinais de nervosismo demonstrados por Ned na manhã da sexta-feira é que teriam me possibilitado, se eu não tivesse permitido que minha mente fosse distraída por questões irrelevantes, a dizer imediatamente como o crime foi concretizado e quem o cometeu.

— Bem — disse Selena —, sabemos agora que ele tinha acabado de se tornar cúmplice de assassinato. Seria o bastante, imagino, para deixar qualquer um nervoso. Não posso ver, contudo, que um ataque de nervosismo possa ser atribuído apenas a esse motivo.

— Minha querida Selena — disse eu —, você se esqueceu de que ele se cortara ao se barbear?

— Não — disse Selena —, mas não vejo nada de muito estranho nisso.

— Eu vejo. Muito estranho, sem dúvida. Pense um pouco. Qual impressão você tem da aparência do rapaz a partir das cartas de Julia? Deixe a retórica de lado.

— Bem — disse Selena —, que ele era magro e tinha um belo perfil. E uma boa pele. E um cabelo muito claro.

— Exatamente. E às nove horas do dia do assassinato Julia o vira no terraço do Cytherea com uma aparência muito boa e tendo, evidentemente, feito toda a sua *toilette*. Você realmente imaginaria, Selena, que um jovem como esse teria necessidade de se barbear novamente antes do almoço?

— Professora Tamar — disse Marylou —, isso é realmente brilhante.

— É muito gentil de sua parte dizer isso; mas para alguém treinado nas técnicas da Erudição, isso é realmente muito simples. Mas o que se seguiu a isso?

— Desculpem-me pela interrupção — disse Cantrip —, mas o que Ragwort disse que ia fazer hoje à tarde?

— Ele tem hora marcada com um Mestre — disse Selena. — Acho que ele disse hoje de manhã que tinha algo a ver com aquele caso em que vocês estão um contra o outro sobre o varal de roupas. Mas como você ainda está aqui, eu suponho...

— Droga — disse Cantrip, pulando da cadeira. — Aquele salafrário podia ter me lembrado. — No momento em que a porta do Corkscrew fechou-se atrás dele, Cantrip não era mais que uma mancha em preto e branco do outro lado de High Holborn, movendo-se rapidamente em direção ao Fórum.

— Por favor, continue, professora Tamar — disse Marylou. — Acho que isso é simplesmente fascinante. — Ela é uma moça agradabilíssima.

— Quando percebi que o corte tinha de ser falso, minha mente voltou-se imediatamente para a ideia de representação de outra pessoa. Em algum ponto, mais tarde no mesmo dia, Ned devia representar alguém que tinha um ferimento igual, ou essa pessoa devia representá-lo. Mas, mais tarde naquele dia, Ned era um cadáver. Fui atraída irresistivelmente para a conclusão de que o cadáver era, por assim dizer, um impostor involuntário. Tinha ficado claro, Marylou, pelo seu relato da descoberta do crime, que Kenneth não tinha permitido que ninguém que conhecesse Ned olhasse de perto o corpo. Mas ele devia saber, é claro, que haveria um exame médico e que mesmo um ferimento tão banal seria provavelmente notado. Se nenhum dos que viram Ned por último se lembrassem de ele ter sofrido algo desse tipo, seria possível que a polícia pudesse ter alguma dúvida, por pequena que fosse, sobre a identidade do cadáver.

— Isso é realmente brilhante — disse Marylou novamente.

— Eu deveria, como já disse, ter percebido tudo isso muito antes, sem conhecer as evidências médicas. Isso, é claro, foi conclusivo. Julia é reconhecidamente pouco observadora...

— Não é exatamente — disse Selena — que ela seja pouco observadora. É só que ela nem sempre observa o que está acontecendo.

— Creio — disse Marylou — que isso ocorre porque Julia é uma mulher muito inteligente, cuja mente se concentra em outras coisas.

— Isso é bem verdade — disse eu. — Bem, concordarei que Julia, por estar concentrada em coisas mais importantes, pode não ter notado ao acordar que o quarto estava coberto de corpos. Mas se ela foi para a cama com um jovem aproximadamente às catorze e trinta, e ele estava morto às quinze horas, não posso imaginar que os eventos que ocorressem nesse meio-tempo pudessem ter provocado nela um entusiasmo tão extremo como o que foi exibido em sua última carta de Veneza.

— E quando — perguntou Selena — você descobriu que o morto era Richard Tiverton?

— Nesse ponto, admito, meu raciocínio foi mais especulativo. Mas não parecia haver motivo para tanta coisa simplesmente para forjar a morte de Ned. Quase certamente, o propósito do crime teria de ser possibilitar que Ned assumisse a identidade de outra pessoa, a identidade do morto. E que tipo de identidade poderia ser? Bem, certamente a de um homem, provavelmente inglês, e aproximadamente da mesma idade de Ned. Mas o principal é que essa identidade alternativa tinha de ser mais atraente que a dele e, naturalmente, pensei em dinheiro. Estávamos procurando, portanto, um jovem com uma fortuna considerável e quase certamente visitando Veneza pela primeira vez. Poderia haver, eu concordo, diversas pessoas que combinassem com essa descrição; mas já sabíamos de uma e parecia valer a pena seguir esse raciocínio. Tudo foi muito especulativo, contudo, até estabelecermos a conexão entre Kenneth e Richard Tiverton. Então, eu tive certeza.

— Bem — disse Selena, esvaziando seu copo —, suponho que você tivesse alguma evidência para sua teoria, Hilary. Não posso dizer que gostaria de ir aos tribunais com ela. Preciso mesmo ir agora. Prometi a Henry que meu Parecer sobre a Lei de Assentamento de Terras estaria pronto às dezesseis horas.

Depois de trocar com Marylou frases sobre o prazer de tê-la conhecido e a esperança de vê-la novamente, Selena foi embora.

— Professora Tamar — disse Marylou —, eu ficaria realmente honrada, se achar que isso não é impertinente, se me permitir oferecer-lhe outra garrafa de vinho.

Quando um convite é posto nesses termos, não se pode recusar. Permiti que ela pedisse mais uma garrafa.

— Só existe um ponto que... — disse ela, de modo tímido, quando nos acomodamos para bebê-la no breve tempo disponível sob as leis inglesas. — Quer dizer, gostei de ter voltado a Veneza sozinha e foi uma experiência válida e maravilhosa para mim. Mas não havia ninguém mais próximo que pudesse ter reconhecido Ned?

— Graziella — respondi — estava de férias e não sei se seria difícil encontrá-la. Eu também não sabia quem na equipe do Cytherea teria visto Ned o suficiente para identificá-lo com confiança; tínhamos pouco tempo e não podíamos cometer erros.

— Sim — disse ela —, compreendi isso. Mas Julia estava hospedada do outro lado da lagoa e certamente...

— Minha querida Marylou, espero que você não sinta que poupei os sentimentos de Julia à custa dos seus. Mas Julia, a seu próprio modo, havia gostado muito de Ned. Se ela o identificasse, sem dúvida se sentiria responsável pelos eventos que se seguiram. Creio que isso a teria perturbado consideravelmente, pois Julia, como você já percebeu, é uma mulher sentimental.

SOBRE A AUTORA E O TRADUTOR

Sarah Caudwell (pseudônimo de Sarah Cockburn), descendente de escoceses, nasceu em Londres, Inglaterra, em 1939. Formada em letras pela Universidade de Aberdeen e em direito pela Universidade de Oxford, advogou por vários anos nos escritórios do Lincoln's Inn em Londres, cenário de *Assim mataram Adônis*. Celebrizou-se como autora de romances policiais ao publicar a série centrada na vida de *barristers* (advogados especializados conforme a lei britânica) narrada por uma pessoa (o gênero permanence indefinido) especializada em direito medieval que atua também como detetive: *Assim mataram Adônis, The Shortest Way to Hades, The Sirens Sang of Murder* e *A sibila em seu túmulo* (publicado no Brasil em 2004 pela Editora Globo). Faleceu em janeiro de 2000.

Renato Rezende é autor de *Passeio* (2001), *Ímpar* (2005, Prêmio Alphonsus de Guimaraens da Fundação Biblioteca Nacional) e *Noiva* (2008), além de *Guilherme Zarvos por Renato Rezende* (Coleção Ciranda da Poesia, 2010) e *Coletivos* (com Felipe Scovino, 2010). Traduziu *As duas culturas e uma segunda leitura*, de C. P. Snow; *Uma questão de vida e sexo*, de Oscar Moore; e *O assassinato de Roger Ackroyd*, de Agatha Christie, entre outros livros de ficção, filosofia, poesia, história e artes visuais.

Este livro, composto com tipografia
Chaparral MM (e Nexus Typewriter,
na folha de rosto) e diagramado
pela Alaúde Editorial Limitada, foi
impresso em papel Chamois Bulk setenta
gramas pela Geográfica no nonagésimo
primeiro aniversário da publicação
de *O misterioso caso de Styles*, de
Agatha Christie. São Paulo, junho de
dois mil e onze.